德黑兰自由塔

布鲁杰迪古宅

加兹温的冬天

古兰经城门,设拉子

萨珊王朝时期浅浮雕

设拉子的国王陵墓

礼拜五清真寺，伊斯法罕

万国门，波斯波利斯

卡尚清真寺

巴姆古迹

三十三孔桥，伊斯法罕

设拉子的格子窗

戴头纱的伊朗姑娘

伊朗美食

走进伊朗

田端惠 著

当代世界出版社

图书在版编目（CIP）数据

走进伊朗/田端惠著. -- 北京：当代世界出版社，2017.4

ISBN 978-7-5090-1197-3

Ⅰ.①走… Ⅱ.①田… Ⅲ.①游记—作品集—中国—当代 Ⅳ.① I267.4

中国版本图书馆 CIP 数据核字 (2017) 第 074672 号

书　名：走进伊朗
出版发行：当代世界出版社
地　址：北京市复兴路 4 号（100860）
网　址：http：//www.worldpress.org.cn
编务电话：（010）83908456
发行电话：（010）83908409
　　　　　（010）83908455
　　　　　（010）83908377
　　　　　（010）83908423（邮购）
　　　　　（010）83908410（传真）
经　销：全国新华书店
印　刷：北京华联印刷有限公司
开　本：710 毫米 ×1000 毫米　1/16
印　张：19.5
字　数：215 千字
版　次：2017 年 6 月第 1 版
印　次：2017 年 6 月第 1 次
书　号：978-7-5090-1197-3
定　价：42.00 元

如发现印装质量问题，请与承印厂联系调换。
版权所有，翻印必究，未经许可，不得转载！

揭开靓丽的面纱

现在，出国旅游观光的人越来越多了，很多人抱着好奇心去探访伊朗这个长期被视为"神秘"的国度。他们回来后，写了很多文章，谈了各自在伊朗的经历和感受，虽然五花八门，但归纳起来，实际上就是：看到的与听到的完全不一样。正所谓"百闻不如一见"。

2015年，一位女士到伊朗旅游后在网上发表了一篇题为《伊朗，一个可以改变你的国家》的游记，她写道：

我去伊朗之前，读了《我在伊朗长大》和佩瑜的《伊朗旅行手绘》，这两本书都是从女性视角写的，读后也都让人有点戚戚然，总觉得去伊朗是拿自己的生命冒一次险。现在平安返来，我得说，去伊朗确实是一次冒险，但并不是拿自己的生命安全冒险，而是一次冲破以往头脑里的刻板印象、遭遇异文化与反省自己的心灵冒险。

……

伊朗是一个被当今世界上误解很多的国家：没有去过伊朗的人都为伊朗贴上"邪恶轴心国""女性受虐地区""战争狂""宗教极端分子集散地"等标签。但是，真正在伊朗转了一圈之后，我发现这些标签不适用于当地正常生活的伊朗人。我给伊朗贴的标签是：斑斓多彩的波斯文明古国、对旅行者超友好的热情人民、得天独厚的自然人文环境造就的"奶与蜜"之地，适合生活的地方。

关于伊朗人的热情，我还是想引用她的文章：

作为一个不懂波斯语，只能勉强辨认波斯数字的人，呆在伊朗这种地方，我本应觉得孤独无助、举目无亲，但我并没有。在设拉子的街道上，穆罕默德夫妇主动向想进清真寺参观的素不相识的我们伸出援手，又开车带我们参观了设拉子的所有景点，直到日暮，还慷慨地送了我一本《哈菲兹诗集》。在德黑兰，当我迷路、语言不通地向路人打手势的时候，奥马尔先生从旁路过，不仅将我护送到目的地，还建议我坐地铁以考察民情的要求，更主动提出次日带我游览德黑兰城市。我更无法忘怀的是，当我走进清真寺的时候，当我进入女性专用地铁车厢的时候，那些黑袍和头巾下友好的笑脸和温暖的善意。我首次进入镜宫时，两个十几岁大的小姑娘主动跑来用英语问我有没有问题，她们愿意解答。在伊斯法罕的清真寺，一位不会讲英文的大婶怜悯地看着被雨淋湿的我，送上一碗热乎乎的当地甜点，笑着做手势让我喝下去。

……

从古迹和花园，我被伊朗之美所震撼。但是，正是这些伊朗人，使我的旅行有了好故事，使这次冒险闪烁着人性的光辉，使伊朗在我心里成为一片温暖的土地。正如有人说的：假如你喜欢充满意外和惊喜的旅行，就去伊朗——而在那里，会令你最吃惊，也会给你留下最美好印象的，就是伊朗人。

这是一位第一次到伊朗旅游的女士的切身感受，也是这位女士带着"偏见"到伊朗旅游后的真实内心独白，甚至比任何长期从事伊朗研究工作的学者写的东西更有说服力。看了这位女士的文章后我感触很深，长期以来伊朗被西方"妖魔化"了，国内外一些媒体也跟着妖魔化伊朗，令人痛心。

回想起若干年前，我曾陪同一位领导人访问伊朗，到伊朗后他也曾感叹，见到伊朗街道干净整齐、社会秩序井然、文化底蕴深厚、人们脸上充满着自信的笑容，与在国内听到的关于伊朗充满恐怖、暴力的报道完全不同。我的很多朋友日常谈到伊朗时，都问我那到底是一个什么样的国家，特别是当听我说要去伊朗时，都会很关心地问："伊朗不是很恐怖吗？你去不会有什么危险吧？"每当这时，我都很无奈。

我曾在不同的场合问过很多人如何看欧洲、如何看非洲、如何看中东、如何看伊朗，回答虽不尽相同，但归纳起来是——欧洲：绿色、祥和；非洲：饥饿、疾病；中东：恐怖、爆炸；伊朗：不了解，但听说是邪恶、无赖。

我感到很悲哀。伊朗，一个与中国同样具有

5000多年历史的文明古国，就这样被有些人彻底妖魔化了。

还有一位朋友去伊朗旅游后写道：

我总想告诉身边人，与其说伊朗的景色美，不如说伊朗的人更美。那些看似离我们的生活很遥远却又似曾相识的遭遇与经历，或许不远的将来将永远不再。

在这本书里，我不想做什么评论，只希望能够向读者介绍一个真实的、客观的伊朗，而不是去误导。

导言

伊朗是一个正常的特殊国家。所谓正常，是指它实行三权分立的政治制度，总统和议会议员均由全民投票选举，民主程度较高。所谓特殊，一是它以政教合一、神权统治为政治制度的基础，以伊斯兰教法为立国之本，司法总监由最高领袖直接任命；二是在三权之外，另设三个机构对其形成制约。最高领袖是国家政策的最高和最终决策者，而选举和罢免最高领袖的权力掌握在专家会议手中；议会通过的所有决议是否与伊斯兰教法相违背需由宪法监护委员会进行审议，当议会与宪法监护委员会之间出现分歧时，则由确定国家利益委员会做出最后仲裁。

伊朗是一个历史悠久的文明古国，有着5000多年文字记载的历史。伊朗文学在世界文学界占有重要地位，早在中世纪时，伊朗文学创作已高度发展，许多波斯语著作闻名于世。特别是10世纪末、11世纪初的著名诗人菲尔多斯所著的6万双行的史书《列王记》（又称《王书》）和13世纪的萨迪创作的散文诗《果园》《蔷薇园》，迄今仍享誉世界。11世纪中期，欧马尔·哈亚姆对数学尤其在几何和代数等方面的著作对世界产生过巨大影响；同时他还是一名诗人，世界许多国家的图书馆里都收藏有他写的四行诗。14世纪伊朗的大诗人哈菲兹，他的无情揭露和嘲讽专制与暴虐、道德沉沦、虚伪、偏见，咏叹春天和爱情、呼唤自由、公正，深切同情贫困人民的诗集被翻译成多种文字，广泛流传，被后世伊斯兰学者赞为"诗人中的神舌"。伊朗古代医学和建筑学的杰出成就也对世界产生过很大影响。

伊朗以伊斯兰什叶派教义立国，国民中95%以上信奉伊斯兰教，其中95%以上信奉什叶派，逊尼派穆斯林在国民中占很小一部分。虽然伊朗在外人眼里十分神秘，比如妇女必须戴头巾、上衣必须遮盖过臀且有长袖等，其实这是宗教的规定，并非民族习俗。每一种宗教都有自己的特定教义与行为规范，完全不是什么奇怪的事情，正所谓"入乡随俗"。

伊朗是一个多民族、多宗教和谐相处的国家，无论在大城市，还是小城镇随处可见装饰精美的清真寺，间或可以看到其他宗教的漂亮教堂，如德黑兰的东正教教堂、伊斯法罕的亚美尼亚教堂、亚兹德的拜火教教堂、大不里士的犹太圣殿等。不同宗教互不干涉，按自己的方式正常举行活动，议会也为少数民族和宗教保留一定数量的议席。

伊朗是一个美丽富饶的国家。伊朗濒临波斯湾和阿曼湾，南与阿联酋、卡塔尔等阿拉伯国家隔湾相望；北与俄罗斯隔里海相望；东与阿富汗和巴基斯坦接壤，西及西北与伊拉克和土耳其交界。国土面积绝大部分在伊朗高原上，不同地域的风光旖旎各异，中部地区地形地貌和气候与中国新疆相差无几，多戈壁和沙漠；北部里海沿岸与中国南方气候相似，夏季郁郁葱葱，潮湿闷热，是伊朗稻米、棉花和茶叶为主产区；南部属大陆海洋性气候，潮湿燥热，夏季阳光直射下最高温度可达摄氏60度。伊朗高原海拔一般在900—1500米之间。东部为加恩－比尔间德高地，北部有厄尔布尔士山脉，达马万德峰海拔5670米，为伊朗最高峰；山脚下达马万德地区风光秀丽；西部和西南部是宽阔的扎格罗斯山山系，约占国土面积三分之一，山脉以东的沙漠戈壁中处处点缀着绿洲。达马万德峰与波斯湾地区在同一季节的气温相差近约40摄氏度。

伊朗是一个开放的国家。虽然在很多人的眼里，伊朗是一个封闭神秘的国家，但实际上，这是误解。在中国，人们最早说的"国际倒爷"就是伊朗人。上世纪90年代初大量伊朗人携家带口到中国旅游购物，掀起了中国产品走出国门的第一个热潮。你见过1000美元的纸币吗？那是美国1934年发行的货币，是伊朗的石油收入储藏，上世纪90年代初伊朗政府曾拿出相当一部分这种美元补贴国民赴国外旅游购物使用。另外，在伊朗见到漂亮的姑娘可以随便要求她与你照相合影，对方不仅不排斥，反而会很高兴地配合。这在中国可能吗？我问过伊朗姑娘，别人要求与你合影，你为什么高兴呢？对方普遍说，你愿意和一个你认为不漂亮的姑娘合影吗？你认为我漂亮才愿意同我合影，因此而感到高兴，有什么可奇怪的呢？还有，伊朗人特别是年轻人在街上遇到外国人，大都会主动打招呼，显得活泼而开朗。

伊朗是一个油气资源和矿产资源十分丰富的国家。伊朗地跨波斯湾和里海两大能源富集区，据最新统计数字，伊朗石油和天然气已探明储量分别位于沙特阿拉伯石油储量和俄罗斯天然气储量之后，均居世界的第二位。特别是伊朗的石油和天然气埋层浅，开采成本非常低。伊朗南部一个废弃的石油区块的产量相当于我国大庆的产量，但开采成本仅为大庆的十分之一，甚至更低。

伊朗是最早通过丝绸之路与中国进行友好交往的国家。2000多年前我们的先辈开辟了长约7000公里的丝绸之路，沟通了东西方，不仅促进了沿线国家的贸易往来，更重要的是促进了文明的互鉴与文化的交融。据周培源先生考证，狮子曾作为古代波斯人送给唐太宗的礼物，中文"狮子"一词也是由波斯语发音直译过来的；菠菜是波斯商人通过丝绸之路带到中国的，故称"波斯菜"；另外西瓜、番茄等也是通过丝绸之路传入中国。中国的印刷术和工笔画等传到了古代伊朗，与古代伊朗的细密画相互交融、相互影响。中国唐朝时期，有多名伊朗人在中国朝廷为官，有的做到了"右武卫员外中郎将"和"右屯卫将军"。同时，唐朝名将李元良也具有波斯血统，被封为"上将军"；唐末诗人李旬系波斯人后裔,号称李波斯,《全唐诗》中收入了他的几十首诗词,他还用中文写了珍贵的医书《海药本草》。特别是近代以来,当西方列强强加给中国的诸多不平等条约日渐体系化的时候,伊朗在1920年与中国签署了《中国波斯友好条约》,并商定互派外交官等事宜。由于当时双方各自忙于内部事物及处理与列强的关系,没有互派使节和互设使馆,但这个《中波友好条约》却是中国近代对外少有签署的一个平等条约。1945年9月中国人民抗日战争刚刚结束,伊朗便在重庆设立了公使馆,是少数几个在中国人民抗日战争及世界反法西斯战争刚刚取得胜利后在中国设立外交机构的国家。90年代后期,哈塔米当选伊朗总统后,提出"东向政策",2005年艾哈迈迪·内贾德当选总统后,把哈塔米的"东向政策"固化为"东向战略",两国关系进一步深化。在伊朗,无论是保守派、改革派亦或是务实派,虽然在国内事务以及地区问题上争论不休,但在发展对华关系方面却始终是保持一致的。

伊朗是一个手工业受到保护的国家,也是在国家层面设立手工业组织的国家之一。我的一个朋友曾任这个组织的主席。据他介绍,伊朗手工业是伊朗民族传统传承的证明,伊朗手工艺品广受国际社会的欢迎。如伊朗手工地毯、铜盘、铜雕及铜器器皿制品、骆驼骨与铜丝镶嵌制品、羊皮画、木版画、搪瓷蓝、印花土布,等等。国家保护和发展手工业不仅是出于保证就业、推广旅游和扩大非石油天然气经济的考虑，更重要的是要保留和传承伊朗先辈的手工技艺，延续伊朗民族精神的内涵。

伊朗是中东地区有影响力的国家。伊朗幅员辽阔，国土面积约16.45万平方公里，虽然面积小于沙特阿拉伯，但人口却是沙特阿拉伯人口的两倍。特别是伊朗雄踞整个波斯湾北岸，扼守着霍尔木兹海峡，战略地位重要，在地区事务中发挥着不可或缺的作用。

伊朗民族是勤劳聪慧、热情好客的民族。过去很多人说，波斯商人精明，现实中伊朗人也非常聪明且隐忍耐劳，从不轻言放弃。伊斯兰革命胜利后，伊朗人民经历了多次艰难险阻，但都克服了，并且推动经济从一个连基本日用品都需要进口的单一石油经济的国家，发展为工业种类基本齐全，后发潜力巨大的国家，不仅破解了美国无人机的密码，而且研制出多种先进设备。好客是伊朗人的最大特点，他们与外国人相见，一般都表现得谦恭有礼，主动打招呼攀谈。但有意思的是，你与他讲波斯语，他跟你讲英语。你讲英语他听不懂或感觉你的英语比他好的时候，他又会跟你讲波斯语。这也许是伊朗人可爱或狡黠卖弄的一面使然。

伊朗是一个长期以来被美国和西方妖魔化的国家，其实它是一个正常国家。伊斯兰革命胜利后，伊朗伊斯兰政府坚持奉行反对美国到处干涉他国事务的霸权行径，使美国丧失了对伊朗和波斯湾战略通道的控制权。1980年4月美国与伊朗断交后，一直奉行对伊朗遏制、封锁和制裁政策，特别是"9·11"后，小布什政府把恐怖主义与具体地区、国家和宗教挂钩，污称伊朗为"无赖""邪恶轴心"国家。实际上伊朗并不反对西方的民主制度，只是坚决反对西方腐朽的生活方式。但西方跟着美国围堵伊朗，就像50年代西方跟着美国围堵中国一样。现在由于媒体的宣传，伊朗在我们有些人的眼中也成为了神秘的国度。难怪乎有很多访客和游客走进伊朗，会觉得所见所闻与以前听到的完全不一样。

我最后一次到伊朗是2008年11月。本书内容即是20世纪80年代中期到21世纪初我在伊朗的经历和所见所闻。

谨以本书献给希望更多了解伊朗历史与现实的人们。

目录

伊朗漫记一 译员

- 002　初次印象
- 006　过斋月
- 009　感受空袭
- 012　伊朗美食
- 015　伊朗的男人女人
- 017　翻越达马万德峰，经历"冰火"两重天
- 020　萨里：里海东南角的城市
- 023　里海，鱼子酱，大森林
- 026　德黑兰印象
- 051　再赴里海
- 052　茶馆小憩

054　加兹温：南来北往的通道之城

059　会见当地伊马姆

062　大不里士：北部的历史都城

065　乌鲁米耶：边境上的省城

068　做客伊朗人家

071　遇见车祸

074　做客贾姆希德家

078　伊斯法罕：历史名城

087　伊朗人的贫富观

088　路过公园参加婚礼

090　启程回国

伊朗漫记二

留 学

- **094** 重返伊朗
- **095** 德黑兰大学
- **100** 波斯文学硕士班
- **102** 塔法佐里教授
- **104** 社会保障配给券
- **105** 课程与教授
- **109** 校园生活点滴
- **111** 历史文学名人
- **118** 伊朗的教育
- **119** 新年习俗
- **122** 卡尚:绿洲小城
- **126** 亚兹德:风塔之城
- **131** 克尔曼:东南部的大城市
- **134** 阿巴斯港:国际港城

- **137** 盖什姆岛：波斯湾最大的岛屿
- **139** 做客同学家
- **141** 德黑兰的大巴扎
- **144** 过斋月
- **146** 德黑兰的公共交通
- **148** 霍梅尼去世
- **150** 考试
- **152** 探访送葬仪式
- **153** 德黑兰的聚礼拜
- **156** "阿舒拉"节
- **158** 活泼大方的伊朗姑娘

工 作

- 162　库姆：宗教权威之城
- 164　设拉子：玫瑰与夜莺之城
- 175　德黑兰地铁与城郊铁路
- 178　达马万德的新发现
- 183　"超级"乘客
- 185　基什岛：波斯湾中的明珠
- 190　阿尔达比勒：萨法维王朝的发祥地
- 193　马什哈德：宗教圣城
- 197　赞江：右丝绸之路上曾经的驿站
- 201　阿拉克：重工业之城
- 202　哈马丹：西部避暑名城
- 209　胡齐斯坦省：石油与古迹
- 213　参与拍电影
- 216　参观"比斯通"铭文和巴姆古城

伊朗漫记四

面面观

- 224　观摩总统和议会选举
- 226　总统车队
- 228　政治与机构
- 233　餐饮与习惯
- 237　寻访德黑兰特色餐馆
- 238　特产：开心果、红花、鱼子酱
- 242　伊朗的水果
- 243　礼仪与禁忌
- 245　历法与古代文明
- 247　古波斯的神话传说
- 251　中伊历史上的交往
- 257　中伊古代经济和文化交流
- 261　中伊两国的近现代交往

263　**附：伊朗大事年表**

277　**后记**

伊朗漫记一

译 员

初次印象

1985年初春时节,伊朗与伊拉克之间的战事正处于拉锯状态,受中国国家体育运动委员会的委派,我和另一位同事作为翻译,陪同中国排球、体操、羽毛球和乒乓球运动的四名教练赴伊朗执教。我们一行人中,乒乓球教练因事未能同行,晚了近一周时间他才赶到德黑兰。

我在国内学习波斯语多年,这次能到伊朗工作,对我非常有吸引力,内心很兴奋。

从北京出发,飞机抵达德黑兰已是当地的夜晚。透过机窗望下去,地面一片灯火辉煌,比离开北京时的地面亮了许多,伊朗给我留下了美好的第一印象。

我们推着行李车走出海关,伊朗奥委会已经派排球协会副主席兼残疾人排球协会主席杜朗尼先生等人早早在旅客出口处迎候。欢迎仪式很简短,我们逐次接受鲜花,脖子上也都被挂上了花环,阵阵香气直沁心脾。坐进伊朗生产组装的奔驰牌柴油面包车,行驶在德黑兰大街上,窗外清风徐徐吹来,全身都觉得凉爽。由于夜已很深,街上车少人稀,我们很快便抵达市中心伊朗奥委会为我们预定的郁金香（LALEH）洲际饭店。

大家都是第一次到伊朗，心情兴奋，毫无睡意，几位教练围坐着聊了好一会儿才各自回房间歇息。我看看表，德黑兰时间已是凌晨4点半，正是北京时间上午9点。

上午10点，我们教练组全体成员前往伊朗奥委会，拜会奥委会秘书长阿加扎德先生。奥委会隶属于伊朗体育组织，体育组织由一名副总统兼任主席。阿加扎德秘书长在他的办公室会见了我们。

阿加扎德先生热情地与我们握手表示欢迎，并客气道："本来应该让你们多休息一下，但是我希望早点见到你们的心情非常迫切，也希望早一点就你们的工作做出安排，请你们谅解我的急迫心情。"他接着说："伊斯兰革命胜利后，伊朗各个体育运动项目水平下降得很厉害，希望尽早恢复提高。所以，政府才决定聘请中国教练及翻译到伊朗工作，这既是伊朗政府对中国政府的信任，也是两国政府与人民之间友谊的象征。希望中国教练组在伊朗尽心尽力地工作，帮助伊朗提高相关运动项目的水平。"随后，他要求我们的教练分别为伊朗排球、体操、羽毛球和乒乓球四个项目的教练及运动员讲好课。这让我们都感到十分意外。我们赴伊朗前，国家体委仅通知我们，在伊朗的主要任务就是训练伊朗四个项目的国家队，并没有提到还有讲课的任务。

教练组组长表示，中国国家体委没有赋予我们讲课的任务，只指示我们完成训练伊朗国家队的任务。另外，我们也没有做任何准备。阿加扎德秘书长说，"我可以给你们几天时间做准备。但是，伊朗没有现成的国家队可供你们训练，我们交给你们的任务就是给各个项目的教练和运动员讲课并进行示范训练，希望你们认真配合我们完成运项工作。"教练组长只好表示，尽最大可能尽快做好准备。阿加扎德秘书长最后表示，感谢中国政府和国家体委应伊朗政府和奥委会的请求派教练组到伊朗，并祝教练组在伊朗期间工作顺利，身体健康，生活愉快。

拜会结束了，我们走出了奥委会办公大楼。外面天空晴朗，阳光明媚，但是我们的心情充满了阴霾，都感到压力很大。

随后，伊朗排球协会副主席兼残疾人排球协会主席杜朗尼先生陪同我们参观了距离奥委会办公大楼不远的德黑兰综合体育中心足球场、排球馆、篮球馆、体操馆、羽毛球馆、乒乓球馆等几个主要场馆。从设施看，各场馆的情况都不错，里面空调很足，显得很凉爽。当时，外面的天气已经很热了，我们参观完走出场馆后不久，每个人都大汗淋漓。暂短的参观并没有驱散我们心里的阴霾。

回到饭店，杜朗尼先生陪着我们到顶层中餐厅去吃饭。我们随便找了一张桌子刚坐下，一个五大三粗满脸胡须的男服务员便给每人递上一份菜单，上面列有西红柿炒鸡蛋、青椒牛肉、鸡蛋炒饭、炒面条和酸辣汤等,感觉都是很地道的中餐。但等到菜品端上来才发现,酸辣汤是泰国海鲜酸辣汤,面条是意大利通心粉,其他菜也夹杂些许当地味道,虽说不上是真正的中餐,但是伊朗奥委会安排我们住在郁金香(LALEH)饭店的初衷,恐怕与这家"中餐厅"有关,从中可见伊朗奥委会为了让我们能够安心做好工作也是煞费苦心了。

由于当时用餐的人不多,杜朗尼先生叫来餐厅经理加入我们的闲聊。他介绍说,这个餐厅在伊斯兰革命胜利前,由一名香港人经营,当时在德黑兰属于高档中餐厅,生意非常火爆。革命胜利后,那位香港人离开了伊朗,由伊斯兰革命烈士与伤残军人及穷人基金会接手经营。基金会是一家革命胜利后接收原巴列维基金会及其他一些中小企业组成的大型企业集团,开始时主要是为在伊斯兰革命和两伊战争中初期阵亡者家属、伤残军人及低收入者提供服务,后来业务逐步扩大到石油、天然气、金融、房地产及工农业等领域,人们习惯叫这个基金会为"穷人基金会"。这个中餐厅因长期没有中国厨师,所以"中餐"的质量下降了。

听最近从德黑兰回来的朋友介绍,伊朗中餐馆还不多,可能与中餐原料大部分要从中国运去,成本较高又与伊朗人的口味不同有关。只有当地华人商会里的中餐和"丝绸之路"中餐厅的生意还很不错。

过斋月

我们很快进入了正常的训练和讲课,大家早出晚归,只是中午回饭店吃饭。作为翻译,我得轮番陪着三位教练在不同场馆里工作,就连吃饭时也会有伊方教练来陪同,搞得我整天不得偷闲。虽说忙了些,可真正的考验却是在当地的斋月期间。

穆斯林在斋月期间从日出到日落不能吃喝,也不能抽烟,以此饿肌肤、炼意志,也有加强自我修养、净化心灵、陶冶情操、体验穷人忍饥挨饿的意思,还能起到清理肠胃的功效。这被称为斋戒或把斋。斋戒是伊斯兰教的"五项功课"之一。这"五项功课"是伊斯兰教最基本的宗教功课,即信仰表白"万物非主,惟有真主。穆罕默德是真主的使者"。另外四项是:礼拜、斋戒、缴纳天课和朝觐。"五项功课"既是伊斯兰教的宗教功课,也是伊斯兰教为信徒制定的一套全方位的道德教育和灵魂净化的课程。它利用不同的时间,以不同的形式,从不同的思想角度和精神领域,对穆斯林的身心进行综合性、全方位的熏陶,从而使信徒灵魂深处潜藏的真善美得到全面的启迪和升华。斋戒在"五项功课"中享有独特的地位。真主在圣训中说:"人类的所有工作都是为他自己做的,惟斋戒例外,它是专为我的,我将钦赐斋戒者。"斋戒之所以能获得真主钦赐的殊荣,主要是因为其他功课都有一定的外在形式,惟斋戒没有任何外在形式,也没有任何人监督,不会有任何沽名钓誉的嫌疑。所以先知穆罕默德说:"谁在斋月出于信仰和虔诚而斋戒,他以往所犯的罪过已被饶恕。"

如果说斋月对穆斯林是一种历练和习惯的话,对我们来说就是一种考验了。当年的斋月是在八九月间,德黑兰的天气十分炎热。以前讲课时做翻译还有一些冰水、饮料和小点心,忙里偷闲可以补充一点,但是进入斋月,这些都没有了。

伊斯兰教对斋戒的规定还是很人性化的,未成年儿童、孕妇、病人和旅行者不需斋戒,非穆斯林也无需斋戒,但是,不能在公开场合进食、饮水和吸烟。教练还好些,他们是轮流到场馆讲课,一位讲课到上午10点结束,可以回到饭店房间喝水补充。另一位到场馆前可以喝足水。但是我却不能,送走一位教练,迎来另一位教练,从早晨6点半离开饭店直到下午1点结束讲课后,才能回饭店喝水,然后吃饭。饥饿还好忍,而口干舌燥才是真正的考验。

斋月期间,伊朗人中午不吃饭,伊方教练也不来陪我们聊天吃饭了,餐厅里显得格外冷清,除了我们教练组的几个人外只是偶尔有几个外国人去吃饭。因为时间长了,餐厅的服务员和厨师与我们熟悉了,时常允许我们进入厨房自己炒几个菜,展示一下手艺，顺便向伊朗厨师传授几道中国菜的做法。

而太阳落山后，白天冷清的饭店又开始热闹了。由于伊朗人热情好客，几个项目的伊方教练经常"不期而至"，弄得我和另一位翻译在各个房间之间来回串。特别是在吃饭的时候，他们七嘴八舌，常常弄得我们两人顾得了这头顾不上那头，很有些顾此失彼的感觉。而且是经常吃完饭，邀请我们出去喝茶。本来伊朗人的晚饭时间就晚，每天晚上8点以后才进入晚餐正点。吃完晚饭再去喝茶聊天，经常到深更半夜才能回到饭店休息。

斋月期间，每到晚饭时间，饭店里各个餐厅都会人满为患，我们因为长期住在饭店并在餐厅吃饭，餐厅专门为我们预留座位，即便这样，如果晚去一会儿就没有地方坐了。一天晚上，中餐厅人声鼎沸，熙熙攘攘，热闹非凡。我们刚坐下，一位浓妆的伊朗女士用英语问我们能不能与他们调换一下桌子，他们因为人太多，坐不下了。见我们同意了，她表示十分感谢。当我用波斯语回答时，她显得很兴奋，话便多起来，坐在我旁边开始聊天。这时，我才突然醒悟到来伊朗这么长时间，餐厅见到的服务员清一色都是男性，而且大多是胡子拉碴，从没见有年轻女性服务员，于是我问她这是为什么。她说，伊斯兰革命胜利后，伊朗实行政教合一、神权统治，不允许女性特别是年轻女性在外面抛头露面，肌肤也不能暴露在外。女性外出必须戴头巾、穿HEJAB（长袖和过臀长衫），把外在性感的部位全都罩起来，这是宗教规定。

斋月里还有一个特点，就是每天早晨日出前、中午和晚上日落后，到处都能听到高音喇叭里传出诵读《古兰经》的声音，这也是所有伊斯兰国家斋月期间共同的特点。当然，伊朗信奉伊斯兰教什叶派，把逊尼派每天祈祷五次归并为三次。如果是在逊尼派占多数的伊斯兰国家过斋月，每天上午10点和下午4点还会多听到两次诵读《古兰经》的声音。

感受空袭

两伊战争自1980年爆发后，双方攻防持续互换。至1984年初，伊拉克采取"以战迫和"方针，在地面和海上连续向伊朗发起主动攻击，战事随之由袭击波斯湾内驶往对方港口的油轮扩大到相互袭击对方的城市。白天时，教练组的教学与训练按部就班地进行，但一到晚上经常能听到凄厉的防空警报声。防空警报一响，全城实行灯火管制，市区马上一片漆黑。有几次防空警报拉响后，我跑到饭店外面仰望夜空，看见远处高射炮发射的曳光炮弹划出红色痕迹时不时地由低向上蹿升，宛如一条条赤练蛇在空中交错飞蹿。趁着救护车和救火车以及警车刺耳警笛声的间隙，隐约能听到高射炮射击时发出"突突突"的声音。

伊拉克飞机空袭德黑兰并没有对人们的日常工作和生活造成太大影响,因为德黑兰城市的四周遍布高射炮防空阵地,白天伊拉克的飞机一般不会抵近轰炸,即便是夜晚一般也轰炸不到德黑兰市区。唯一的不便是人们要随时防备可能的空袭,有时我们刚刚到顶层餐厅,听到防空警报响起,必须马上顺着楼梯往下跑,待在饭店大厅里或在饭店外面溜达。过了一段时间以后,我们渐渐习以为常,对防空警报也不那么当回事了。

正当大家松懈下来的一天晚上,我们刚刚走进顶层餐厅,还没有落座,防空警报声就凄厉地响了起来,我们只好顺着楼梯往下跑。教练们像以往那样坐在大厅里聊天,我到外面去溜达。突然附近传来两声巨响,真是震耳欲聋。我怔了一下,也就一两秒钟,只听饭店大厅的玻璃"哗哗"地作响,如同要崩裂似的,玻璃表面像是有流水一样地颤抖。随即看到饭店正南方不远的天空一片火红,把整个饭店周围照得一片通亮。等伊拉克飞机远去,防空警报解除后,我们回到顶层餐厅,从玻璃窗看出去,只见两个街区外的地方燃起两团熊熊大火。

第二天早晨,伊朗奥委会的车来接我们去排球馆,司机告诉我们昨天晚上伊拉克飞机轰炸了距离这里不远的一个住宅区,有两幢建筑被炸毁,其中一家人正在为孩子过生日,结果炸死了不少被邀请来祝贺的客人。我们请司机带我们去那里看看,到了那里,整条街道仍然被封锁着,从远处能看到地面炸出的两个大坑,旁边堆满各种碎物,建筑物的残垣断壁和路两边被烧毁的汽车,景象很是惨烈。

整个上午,无论在排球馆还是体操馆,大家都在议论昨天晚上发生的惨剧,谁都没心情听课和训练了。我们应伊方要求停课半天,向逝者表示哀悼后,心情沉痛地返回饭店。我受托给伊朗奥委会秘书长阿加扎德先生打电话,对昨天晚上的事情表示遗憾和哀悼,他同意我们全天停训的建议。

此后几天,每当我们坐到饭店顶层餐厅,总会不约而同地看向曾经被轰炸的地方。大家吃饭也没有人开玩笑,情绪很是压抑。这不是因为害怕,而是内心的深深同情,想想几秒钟前一家人庆祝孩子生日其乐融融,转眼就变为一具具冰冷的尸体,甚至有人连尸体都没能留下来。

大概一周后的一天傍晚,我和乒乓球教练返回饭店,刚走下车突然间饭店的门童跑了过来,急切地说:"你知道吗?我们向巴格达发射导弹了,我们发射了'蚕式'导弹。"听他的话,我一时不知该如何回答,只是默默地点了点头走回房间。多年后我回国工作,与一位领导谈起这次经历。恰好他当时在中国驻伊拉克使馆任一等秘书,他说当时正在巴格达一位朋友家里做辞行前的拜会，突然一声巨响使他顿时失聪了，等到苏醒过来，便听不到任何声音了，只看到窗户上玻璃碎裂后像流水似地往下掉，房间里充满了灰尘，呛得人喘不过气来。那次爆炸距离他当时的所在地不足500米，震后耳鸣使他很长时间都不得安宁。他估计我所说的很可能正是那次伊朗反击伊拉克发射的导弹，当时我们俩分别在两伊工作，同样近距离经历了飞机轰炸和导弹袭击。大家忽然间相视无言，心底泛起阵阵酸楚。

伊朗美食

伊拉克飞机突破德黑兰防空圈轰炸市区，这给市民生活和工作造成一定影响，有人开始奔赴外地投亲靠友了。我们住的郁金香饭店顶层的中餐厅和法式西餐厅也出于安全考虑关张，我们每天吃饭只好转移到饭店底层的伊朗餐厅了。

第一次到餐厅品尝地道的伊朗饭，我发现了一种美食——羊肉末烤肉串，波斯语为KABAB KUBIDEH，味道好极了，它一下子成了我的最爱。在随后的一个多月里，每天中午和晚上我都专吃这种美食，算下来，我一共吃了60多顿羊肉末烤肉串没变样。这当时也算在餐厅创下了一个小小的记录。

伊朗烤食

伊朗菜品以烤、煮和生拌为主，没有炒菜，我觉得烤食的确比煮食更好吃。色拉生拌菜是饭前开胃的凉菜，与国内许多餐馆浇色拉酱大拌菜做法完全一样。伊朗烤食主要有羊肉末烤肉串、羊里脊烤肉串、烤鸡串、烤鱼、烤虾等。伊朗人爱吃羊里脊烤肉串，因为肉块都是好肉，肉眼看得清清楚楚。但是我认为，羊里脊烤肉串肉虽然好，但是入味差，吃的时候还要撒点盐，另外就是肉块较大，吃着较硬，口感稍差。

羊肉末烤肉串味道极佳，是伊朗美食中的绝品。它用羊肉末拌上葱头末、鸡蛋清、盐和伊朗特有的香料，长时间搅拌成非常黏稠的肉馅，用手攥到铁钎子上再用炭火烤制而成，味道好，口感更好。每当我品尝这种烤肉串时，都有一种垂涎欲滴的感觉。在伊朗餐馆里，并不是所有人都喜欢单吃这种烤肉串，还要配上一盘上黄下白的米饭。黄米饭是用伊朗红花水浸泡过的，颜色鲜艳。盘子旁边摆放着烤西红柿和酸黄瓜块、葱头与小柠檬，米饭下面盖放着两个羊肉末烤肉串。这种配着米饭、烤西红柿、酸黄瓜与葱头和小柠檬的饭在波斯语中被称为 CHELOU KABAB KUBIDEH。这道美食很受当地人欢迎，当时在外面餐馆一份相当于5块钱人民币，在饭店餐厅吃大概要15块人民币。也有烤鸡肉串，但味道和口感却差了很远。

上世纪90年代初，一家马什哈德的烤羊排店在德黑兰北部的非洲街开了一家分店，一时生意非常火爆，特别是每到周末都要提前预订座位。一段时间里，那里倍受当地的中国人喜爱，常常相邀去聚餐，成为"老乡见老乡"的理想之所。这里的烤羊排也非常美味，用大概80公分长的铁钎子串上五块两叉的排骨肉，再加上一小块其他部位的带骨肉，长长的一串飘着香味端上来，烤好的肉要一斤多，够食客大快朵颐的。烤羊排配上热馕、酸黄瓜、糖蒜以及稀释的酸奶就是一道美味佳肴。这种酸奶是一种加盐或薄荷叶的稀酸奶，波斯语为DUGH。作为餐厅的一道招牌菜，真是令人赞不绝口。

伊朗人口味相对较重，所有餐馆的饭桌上盐瓶是必备品，如果饭桌上没有备盐瓶，食客都会感到奇怪。另外，伊朗的饭菜里，洋葱、柠檬、酸黄瓜和烤西红柿也是不可或缺的搭配。

伊朗的男人女人

由于空袭的原因，德黑兰街头一下子冷清起来。伊方也安排排球协会副主席兼残疾人排球协会主席杜朗尼先生陪同我们教练组到北部地区巡游讲课。

杜朗尼个头不高，胖胖的，戴着一副近视眼镜，嘴唇上留着一撮小胡子，两颊刮得干净得有点发青，说话轻声细语，对我们十分友好。他是一位十分虔诚的穆斯林，饭前坐在饭桌前要先向前上方伸出双手默念《古兰经》中"感谢真主赐予"等词句，饭后必定要再次伸手向前上方默诵。无论走到哪里，他都会定时赶到最近的清真寺去做祷告。我曾跟着他去了一次，了解穆斯林是如何做祷告的。他告诉我，每天三次祈祷，那是与真主对话的过程；又告诫我要信奉真主，真主是无所不知、无所不见、无所不晓的万能的主；人生一定要行善，不能作恶，人生在世的一举一动真主都看着眼里，等等。从他那里，我增长了许多有关伊朗和伊斯兰教的知识。

杜朗尼始终不肯告诉我他的年龄，我估计他大约50岁左右。伊朗男性的年龄从面相上很难判断准确，因为过了18岁以后，他们都会满脸长满又黑又硬的胡须，如果不刮，真实年龄就被掩藏住了。当然，也有大致判断的特征，那就是眼角的鱼尾纹和眼神。年轻人的眼神比较清澈，加上接人待物比较单纯，交谈也比较直接。成年人的眼睛里多了一些圆滑与世故，特别是鱼尾纹会出卖他们的年龄。

伊朗女性天生漂亮，但她们大多饰以浓妆，搭配着深蓝或浅色素花头巾，显得十分得体。如果想从外貌判断她们的年龄则更加困难，较好的办法是看穿着和身材。伊朗姑娘们身材普遍比较苗条，但是结了婚，要操持家务，特别是做了母亲以后，她们的身材就会稍微显胖了。虽然不是所有人都是如此，可比例相当高。当然，鱼尾纹也在述说着她们的年龄，毕竟那是岁月留下的痕迹，但女性都非常重视化妆和脸部的保养,通常看起来会显得比实际年龄小一些。

翻越达马万德峰，经历"冰火"两重天

德黑兰向北直线距离大约110公里就是里海，马赞达兰省（MAZANDRAN）就位于里海的东南角，省会萨里（SARI）。里海沿岸地区每年有长达七个月的雨季，水量充沛这片亚热带平原郁郁葱葱，绿得醉人。

当时，只有两条路可以从德黑兰通往北部的里海。一条是中路，翻越厄尔布尔士（ALBORZ）山脉最高峰达马万德峰（DAMAVAD），到达马赞德兰省；另一条是通往北部里海的西路，虽不需要翻越高山，但要绕行不少路程. 当然，这只是针对马赞德兰省而言，如果到乔鲁斯（CHALUS）和安扎利港（BANDAR ANZALI）等里海西部地区，走西路是最好的选择。后来中国公司打通了德黑兰到萨里的山间隧道，修建了高速公路，路程就近多了，但却失去了欣赏达马德峰高山风景的机会。

达马万德峰是厄尔布尔士山脉的最高峰，最高海拔5670米，

山上与山下形成了两种不同的气候。厄尔布尔士山脉层峦迭起，巍峨壮观。山脉阻挡了里海南下的湿气和雨水，形成了南部以土黄色石头居多，以北则充满春意盎然的两种截然不同的自然景观。

我们乘坐伊朗当地组装的奔驰柴油面包车从中路直奔里海东南角的马赞达兰省，出发时德黑兰的气温已经达到了摄氏40度，司机不得不开启空调降温。然而，随着车辆慢慢向山上行驶，发动机的声音变得越来越沉重，空气也越来越凉，司机只好换开暖气继续行车。转过一个急弯，我们眼前突然出现了洁白的雪峰，迎面而立，直插蓝天。大家不由得赞叹起来，纷纷要求司机师傅找个地方停车，好下车去拍照。陪同的杜朗尼先生提醒我们外面很冷，最好不要下车，隔着车窗照几张相就行了。无奈我们坚持，司机便谨慎地找了一个稍微宽敞处停下车，嘴里不住地提醒大家马上回来。车门刚打开，一股刺骨寒风立即袭来，顿时激起我浑身的鸡皮疙瘩。出发时我们都穿着短袖汗衫，温暖的车里并没有体会到外边的寒冷。我们硬着头皮下车，端相机的手不到一分钟就快冻僵了，大家相继都跑回到车里，还不停地让司机开足暖气，才能缓过气来。杜朗尼告诉我们，这里的温度一直在零度以下，越往上走温度会越低。

车继续上行，海拔越来越高，气温也越来越低。看着雪峰距离我们近在咫尺，我打开车窗伸出手去试探外面的温度。窗户刚打开一条缝,刺骨的寒风钻过缝隙灌进车内,全车人用不同语言不约而同地大声喊起来,快关上窗户。那温度差实在是太大了,真有零下几十度的感觉。

汽车一翻越达马万德峰向下行驶,眼前就出现截然不同的景色,一改山前光秃秃和斑斑雪迹,四处满是高大的树木,茂密的森林,在阳光下层层叠叠,看着令人心旷神怡。这时司机关上了车内的暖气,建议大家打开窗户。一股清新湿润并夹杂着凉爽的和风吹进来,好似中国江南初春般和煦,让人感觉十分舒服,大家使劲儿呼吸新鲜空气,仿佛要把肺清洗几遍一样,体操教练表现得尤甚。杜朗尼先生发现陶醉中的体操教练,问我为什么他是这种神情。我说,这里的气候与他的家乡湖南相似,可能他正在一面享受清新空气,一面在想家吧!

下得山来,我们看到了水稻田,虽然里面没有人在干活儿,但灌满水的稻田如同一面大镜子反射出耀眼的光芒,秧苗绿油油地茁壮成长令我感到十分亲切。但夏季潮湿闷热的感觉随之也包围了我们,我关上车窗,让司机再打开空调。正在享受外面潮湿空气的杜朗尼先生和司机有些不解。对于长期居住在干燥炎热气候里的德黑兰人来说,伊朗北部的潮湿气候是一种转变和享受,而对于我来说只能是一种忍受。

车行总共不到两个小时,可我们却充分体验到在同一季节的

"冰火两重天",短短的达马万德峰之行,给我留下了难忘的记忆。

萨里:里海东南角的城市

萨里(SARI)市是马赞达兰省省会,在萨珊王朝(约公元224年—651年)时期曾是古代塔巴列斯坦的都城。萨珊王朝也称波斯第二帝国,是最后一个前伊斯兰时期的波斯帝国。

从德黑兰翻越厄尔布尔士山到萨里,我们走了四个小时左右。下山时,天空没有一丝云彩,气候潮湿闷热。车子刚到市区附近,突然乌云密布,接着下起了瓢泼大雨。雨势极大,雨点打到汽车的前挡风玻璃上,任凭雨刷快速扫来扫去,仍会影响司机开车的视线。然而,下着这么大的雨,透过两侧的车窗,我们却看到不少人从路旁室内跑出来跳进雨中,尽情地欢呼雀跃。

萨里城市面积不大,我们被安排住进了一个伊朗式小旅馆。说是伊朗式小旅馆,是因为其建筑风格、室内装饰和卫生间设施都与一般西式饭店不同。旅馆外墙是土黄色的砖体结构;窗户具有独特的伊斯兰穹顶风格。卫生间里也没有浴盆,只有淋浴,很简单但也很实用;里边没有坐便器,只有一个蹲坑,一旁边挂着个金属软管冲洗器。伊朗人上卫生间一般不用卫生纸,而是用水清洗。所以伊朗人一般不用左手递物待人，认为左手是不洁之物，除非是右手有残疾，不得以才用左手。

在伊朗无论是在城市还是乡村，无论是公共卫生间还是私人家庭卫生间，金属软管冲洗器都是必备品。另外，男士公共卫生间里没有小便池，都是一个一个的隔间。一次我在高速路的休息区上卫生间，突然看到一个老妇人从另一个隔间出来，并坦然地去到洗手池洗手。我感到愕然，但马上想到在这高速公路休息区，南来北往的车多人多，女卫生间外常常排起长龙，偶尔哪位老妇人忍不住到男卫生间如厕，也就不难理解了。关键因为男卫生间也都是"关进小门如一统，但关他人什么事"的小隔间。

多年以后，我的一些伊朗朋友到中国来，常常会向我抱怨几件事：一是带有明显伊斯兰标志的餐馆难寻觅，吃饭不方便；第二就是在中国的公共场所很难发现有麦加朝向的指示标志，他们祈祷时只能凭感觉朝着麦加方向，而在伊朗无论是大饭店还是小旅馆，房间里都有麦加方向的指示标志；第三是所有饭店、餐馆和其他场所的卫生间都不设冲洗器；第四便是所有男士公共卫生间的小便池多为"暴露"的，没有隔间。这真是一方水土养一方人，相互尊重何其重要呀。

伊朗的习俗是男士之间第一次见面仅以握手表示欢迎和友好，相互熟悉的人或亲人之间才拥抱并左右左亲吻脸颊三次；男女之间不握手，男士仅把右手轻放在左胸前表示敬意，女士则点头表示回敬。

在萨里讲课和训练的日子过得很愉快。一天，马赞达兰省的乒协主席来找乒乓球教练说，他应一个女子俱乐部的请求，将一些女球员集中到了旁边的场馆，希望请中国教练到那里指导一下。主人的请求，我们不好拒绝，于是跟随他走进了平时对于我们来说是禁区的女子训练馆。训练馆里，一队身着深蓝色HEJAB（长袖长衫）、头戴同色头巾的女运动员见到我们鼓掌欢迎，教练礼貌地回应着，随后便开始给她们讲解乒乓球的动作要领，边说边做示范，并与一些女运动员对练起来，指出她们动作的问题，传授发球技巧，大家练得都很专心。突然，一连串的"莺歌声"传入我的耳朵，我循声望去，只见一个穿着紧身体操服约莫十多岁的小女孩像燕子般轻盈地跑进乒乓球馆，并唧唧喳喳地大声说话。一时间，女球员们个个目瞪口呆。小女孩忽然看到我们两个外国男人，禁不住双手捂嘴，尔后大喊一声，涨红着脸跑出去。按照伊斯兰教的规定，女性不能在陌生男人面前裸露肢体任何部位，特别是膝盖以上部位和头发。在伊斯兰教看来，女性在陌生男人面前裸露肢体和头发，以及臀部的形状，都可能在直观上引起男人的邪念。因此，女性外出必须穿着过臀的HEJAB（长袖长衫）并戴上头巾，以防止可能的性犯罪。当然，这是后来我在德黑兰大学学习时伊朗朋友给我的一种解释。

萨里位于里海南岸平原，平静的塔兼河平缓绕城而过，两岸肥沃的土地上盛产稻米、柑橘、甘蔗等农产品以及林业产品。除公路外，这里还有一条德黑兰至土耳卡曼港的铁路经过。

里海，鱼子酱，大森林

里海位于辽阔平坦的中亚西部和欧洲东南端，是世界上最大的湖泊，也是世界上最大的咸水湖，面积近40万平方公里，拥有与海洋相似的生态系统。里海在地理学上属性为"海迹湖"，它与黑海最后分离成为一个内陆湖泊，距今不过1.1万多年。它的西面是高加索山脉，东北为哈萨克斯坦，东南为土库曼斯坦，西南为阿塞拜疆，西北沿岸是俄罗斯，伊朗则位于里海的南岸。

有人说里海既是海，又是湖。里海水面约低于海平面27米，靠近北部俄罗斯的水深较浅，平均深度约4-6米；中部平均深度约20米，越向南越深；南部平均深度约100米，最大深度约1025米。青海湖是中国最大的咸水湖，而里海的水面面积相当于84个青海湖。

我们站在里海岸边，望着一望无际、浩瀚烟渺的水面，精神为之一振。在太阳的照耀下，宽阔的水面呈现出粼粼波光，徐徐微风翻卷起连片的浪花一排接一排地扑向浅滩。眺望远山点缀层层绿色，我们呼吸着略带潮湿的空气，很是惬意。

20世纪初，里海只有西部和东部发现了石油天然气资源，并开始小规模开采。虽然官方还没有勘探发现大油气田，但是一位当地朋友跟我说，相信里海蕴藏着丰富的石油和天然气资源。并说，这不是他的猜测，而是真主的眷顾，他相信真主待人是平等的。若干年后，人们果然勘探发现在里海储藏着巨大的石油和天然气资源，但在靠近伊朗的地区尚未发现。此后，里海沿岸五国与美国和西方国家围绕里海油气管道的走向展开了激烈博弈。伊朗坚称油气管道经伊朗输出是最便宜、最安全、最便利的，并提出了另一替代方案，即里海油气输送到伊朗北部，在那里经过炼化，供伊朗国内消费；伊朗则在波斯湾沿岸替代出口同等数量的里海沿岸国家输往伊朗北部的油气。这一方案最终被西方国家拒绝了。阿塞拜疆选择了铺设经过高加索到土耳其再延伸至欧洲国家的管线。

马赞达兰省和萨里市的体育组织对我们一行十分热情，一天早餐时，他们特意上了一道用蛋黄末和葱头末调制的鱼子酱款待我们，那面包片夹鱼子酱的淡淡咸腥美味，令我至今难以忘怀。要知道当地鱼子酱的价格比黄金还要高，萨里也不是鱼子酱的产地。这种鱼子酱是用里海鲟鱼卵制成的，全世界市场上销售的鱼子酱将近90%产于里海。在里海沿岸的伊朗、俄罗斯、土库曼斯坦、哈萨克斯坦和阿塞拜疆五国中，伊朗生产制造的野生鱼子酱最为著名，价格也最高，产量超过其他四国产量总和的一半。由于伊朗的鱼子酱生产加工业由政府监管，不仅质量稳定，而且制造技术最佳，被公认为世界上质量最好的鱼子酱。虽然里海的伊朗水域鲟鱼资源丰富，鱼子酱产量高、质量好，但石油和天然气资源却不多。土库曼斯坦和阿塞拜疆等里海沿岸国家，虽然鲟鱼资源不多，鱼子酱产量低，但石油和天然气资源却异常丰富。这似乎在验证着真主还是公平的说法。

出得萨里城，靠近里海边附近的山上有一处森林公园，若乘缆车到山顶，不仅可以欣赏连绵的雪山，还可以享受里海的美景。头顶上是一如碧洗的湛蓝色天空，脚下是郁郁葱葱的绿色山林，还有潺潺的瀑布、炊烟袅袅的农户和座座小山村点缀其间，真是美不胜收。当时，我们登上此处，极目所望，到处都是绿色，群岭起伏覆盖着林海的波浪，深绿色，浅绿色，明绿色，暗绿色，细细看去，似乎每棵树都有十几米高，苍劲挺拔。夏日的森林，被宁静所笼罩，我们迈步走进其中，微风吹拂感觉异常凉爽，与山下闷热的反差强烈。阵风吹拂着树叶沙沙响起，似乎是在向我们打招呼，片刻之后又恢复原来的寂静。我们边轻声地聊天，边顺阶而下，林中富集负氧离子，相当于一个大氧吧，我们享受着新鲜而略带潮湿的空气。树木枝叶茂密，遮挡阳光，叶片呈现出均匀的绿色，好像有人把它们洗干净后又涂上了一层油漆似的，鲜亮光滑。我们下到一个平台，看到不少伊朗人家在那里休憩，或逗小孩玩耍，或坐在毯子上聊天野餐，其乐融融，一派和平安宁的景象。

德黑兰印象

德黑兰（TEHRAN）是在18世纪时由南部的雷伊小城逐步向北扩大而发展起来的。到上个世纪的60年代中期，又从北部复向南发展，形成了北部新区，中部古建筑区和南部古老城区的格局。"德黑兰"一词是古波斯语"山脚下"或"山麓"的意思。它的历史可追溯到2000多年前的安息王朝时期。那时的德黑兰还只是隐藏在雷伊城北部梧桐林里的一个小村庄。公元13世纪起开始日渐兴旺。1786年，穆罕默德·汗推翻了统治德黑兰的阿夫沙尔·汗王朝，建立了凯加王朝，并于1788年把那里定为都城，穆罕默德·汗是第一位定都德黑兰的波斯国王。上世纪60年代以后，由于伊朗石油财富剧增，德黑兰的城市建设也得到了空前发展，并逐渐成为一座规模庞大、繁华热闹的国际大都市。在80年代中期，它不仅是伊朗最大的城市，也是西亚地区最大的城市，约有 1100 万人口，约占伊朗当时全国总人口的六分之一。

早在 9 世纪初期，德黑兰就已经成为古代著名商道"丝绸之路"南来北往的歇脚地。13 世纪，因受到蒙古人入侵，雷伊城遭到破坏，随后德黑兰兴而代之。由于德黑兰是伊朗北部东西向大道与通往南部大道的交汇点，所以在短时期内便成为了一座中等规模的城市和贸易中心。1905 年伊朗人民掀起立宪运动。1906 年德黑兰人民在宗教神职人员的领导下，在各清真寺举行集会，要求实行君主立宪制，把立宪运动推向了高潮。穆扎法尔·丁国王被迫接受了君主立宪制，并授命召开议会会议。但几个月后，穆扎法尔·丁国王去世，穆罕默德·阿里国王登基后，拒绝接受君主立宪制，寻找各种借口取消君主立宪制。1907 年 6 月 24 日，穆罕默德·阿里国王命令军队炮轰议会，造成数名议员死亡，数名议员被捕，穆罕默德·阿里国王恢复了独裁专制统治。

立宪运动后，德黑兰发展陷于停顿。同时，由于经济萧条、社会混乱、政局动荡，许多文物古迹或遭到破坏，或因年久失修渐趋倒塌。后来由于哥萨克人之间爆发战争，以及民众与政府之间发生冲突，使许多古建筑再次遭到摧残。由于战争和政局动荡，德黑兰失去了昔日的辉煌，不再像一座大都市了。另外，凯加王朝末期，正值第一次世界大战爆发，战火波及伊朗，加上连年干旱，德黑兰的经济发展和城市建设受到很大影响。1921年2月,波斯哥萨克旅旅长礼萨·汗·巴列维发动政变,就任首相。1925年12月,议会罢免凯加王朝末代君王艾哈迈德,礼萨·汗·巴列维拥军权自立为王,建立巴列维王朝。此后,德黑兰才逐渐恢复了稳定。

德黑兰位于伊朗中部偏北,坐落于伊朗高原北缘的厄尔布尔士山脉南麓,市区分布在一片北高南低的坡地上,海拔由北部山麓地带的1900米逐步向南下降到雷伊城的1500米。城郊东、西、北三面被厄尔布尔士山脉和成弧形状的丘陵环绕,属于亚热带沙漠气候,四季分明,夏季干燥炎热,早晚与午间温差较大。夏季中午最热时温度可以达到摄氏44-45度,阳光直射时会很燥热;但在阴凉处,明显可以感觉到凉爽。早晚则更加凉爽,昼夜温差近10摄氏度。晚饭后到街上或公园散步,不仅不会出汗,还会感觉到丝丝清凉。每到冬季,德黑兰常会降雪,有时雪层厚达半米,但因为白天气温都在零度以上,所以很难见到化雪成冰的景象。

两条笔直宽阔的林荫大道贯穿德黑兰市区的南北和东西,分别为革命大街(KHIYABAN-EH-ENGHLAB)和瓦里阿斯尔(WALIASR)大街。两条大街的交接处为瓦里阿斯尔广场。城区南部多古建筑,许多街道至今还保留着古代波斯的风貌。中部有许多具有凯加王朝特色的建筑,如古列斯坦宫、伊朗国家历史博物馆、伊朗外交部、国防部等。北部则多为现代化建筑,既有各

德黑兰城

种现代化饭店和大商店，也有成片的别墅区，美丽的鲜花和喷泉把整个城市北部装扮得清新秀丽。从整体看，城内多为三五层的小楼，一些超过十层的高大建筑点缀其间，远看城市错落有致。当地人更喜欢有院落的小别墅，住在里边宁静而舒适。

德黑兰一年四季都有各种盛开的鲜花，尤其是伊朗人喜欢的"国花"——玫瑰花到处怒放。房前屋后以及带有喷泉的街心花园，再到街道两旁，随处可以看到鲜花，闻到花香。德黑兰市民酷爱种花、养花、赏花，许多家庭都在自己家门前或小院里辟块地种上鲜花，营造出匠心独运的小花园，因此有人形象地把德黑兰称为"鲜花的城市"。

我们住的郁金香饭店位于德黑兰市中心偏北的地方，西侧不远处是地毯博物馆；往东南约一公里是郁金香公园，公园的西门外是现代艺术博物馆。博物馆朝向工人大街，再向南是工人广场；著名的德黑兰大学坐落于工人大街南段，而大学男生和女生宿舍位于工人北街。德黑兰大学南门前是革命大街，这是德黑兰东西向的最主要街道之一。笔直的革命大街从德黑兰麦赫拉巴德机场附近的自由广场，两头连接自由大街和达马万德大街，由西向东长度约有30公里。路面宽阔，双向设有6车道，中间是公交车专用线。南面与之平行的还有共和国大街，长约20多公里，西起工人广场一直向东延伸，同样是双向6车道。

德黑兰南北向的主要大街是瓦利阿斯尔大街，南北长约 30 公里，依地势从北部海拔约 1900 米山麓附近的塔吉利士广场向南缓缓降低，直到海拔约 1500 米的城南小镇雷伊。大道两旁绿树成荫，这得归功于终年从山上流淌而下的雪水的滋润。它与城区东西向的革命大街和共和国大街大街构成德黑兰的城市交通基本格局，加上绕城修建的环形快速路疏导着川流不息的车辆，向我们诠释着城市设计者的现代交通理念。

德黑兰的建筑以土黄色或白色为基本色调。土黄色是伊朗烧制砖特有的颜色，白色一般都是大理石装饰的。市内许多三四层的小楼，临街一面装饰得都很漂亮，但两侧却显露出陈旧的砖墙体，令人不解。后来经朋友介绍我才明白，他们认为那样没有必要，因为若旁边的房子与自己的衔接而建，侧面装饰就会浪费，所以砖墙体要留着以备其他新建筑衔接。

德黑兰大街总体上都是正南正北的，特别是北部街巷规划的很整齐。而街道的命名大体可分为四类。

第一类是以领袖的名字命名的，如霍梅尼广场，但以领袖名字命名的街道和广场仅以霍梅尼为限。

第二类是取庄重意义的名字，如市中心东西向的革命大街和共和国大街，南北向的工人大街等。

第三类以烈士的名字命名，如以在 1981 年 6 月 28 日伊斯兰共和党总部爆炸事件中身亡的烈士、前伊斯兰共和党总书记贝赫什提的名字命名的贝赫什提烈士大街、沙里亚提烈士大街等，还有以被暗杀的前总理名字命名的巴霍纳尔烈士大街和环绕德黑兰北部的切米朗博士烈士大道等。在德黑兰，还遍布着许多以烈士的名字命名的大街小巷。这在全国各地亦有许多相同之处，如伊斯法罕以烈士名字命名的贝赫什提烈士机场、马什哈德的哈希米·内贾德烈士机场和设拉子的阿亚图拉·达斯特盖卜烈士机场，等等。

第四类是以各种果园或花园的名字命名的街巷，如北部的橘园大街一巷、二巷……果园大街一巷、二巷……

德黑兰最大的"巴扎"（市场）位于市中心偏南处，它反映了波斯数千年灿烂的文明与文化，里面各种当地特产一应俱全，许多手工制品精美绝伦，展示着当地工匠高超的工艺水平。德黑兰市区以南约50公里处坐落着新建的霍梅尼陵墓，穹顶金碧辉煌，气势磅礴。

作为一个伊斯兰国家的首都，德黑兰拥有一千多座清真寺，每到祷告时间，各清真寺的宣礼之声彼此应和，庄严肃穆。德黑兰蜚声全球，还因为在1943年秋季第二次世界大战进入关键时期，罗斯福、丘吉尔和斯大林三巨头曾聚会于当时苏联驻伊朗大使馆圆形大厅并签署了著名的《德黑兰宣言》，号召全世界联合起来打败法西斯德国，从而加速了纳粹德国的灭亡。

美国人曾拍摄了至少两部关于德黑兰的电影，一部是《德黑兰1943年》，另一部是《逃离德黑兰》。前一部反映的是在第二次世界大战期间美、英、苏三国领导人聚会德黑兰时，纳粹特工企图暗杀丘吉尔和斯大林的阴谋行动、三巨头讨价还价最终达成开辟第二战场的《德黑兰宣言》的故事。后一部是在伊朗人民推翻巴列维王朝统治的过程中，美国人逃离伊朗的曲折故事。如今的德黑兰，并没有像电影中渲染的那般压抑和紧张气氛，而是一座厄尔布尔士山脚下景致非凡的大都市，美丽、遍布鲜花，巨大的梧桐树矗立在街道两边，现代化建筑整齐新颖，其间夹杂着古香古色的清真寺、拜火教和东正教教堂，整座城市显得既古老又年轻。

我们住在德黑兰，自然少不了要去参观自由纪念塔、地毯博物馆、萨德阿巴德王宫群、古列斯坦宫、尼亚瓦兰宫、伊朗国家博物馆、自然与动物博物馆、沙姆斯宫、现代艺术博物馆，忙里偷闲还游览了南部的雷伊小城、北部的避暑胜地鲁德巴尔旅游度假区。

自由纪念塔是德黑兰的标志性建筑，通体淡黄色，设计为中空的倒"丫"型，由宽变窄向上汇聚的线条增加了透视感，风格新颖，气势恢弘。它位于市区西部德黑兰机场附近，原为"波斯帝国建国纪念塔",于1971年10月波斯帝国建立2500年庆典时落成,象征着"波斯帝国的复兴"。该塔又称为"伊朗的大门",塔高63米,大拱形门高21米,塔基宽50米;钢筋水泥结构,镶嵌了25000块伊斯法罕石灰华石。伊朗年轻的建筑设计师候赛因·阿马纳特在设计该建筑时,吸取了古代萨珊王朝和萨法维王朝时期的特点和民族风格。纪念塔的底层设有博物馆、图书馆、电影厅、展览廊和展厅、视听室及休息厅等。从入口进去首先是德黑兰城市、伊朗民族服饰、石油工业和考古等几个展览大厅,馆里还珍藏着历代珍贵的文物,其中有居鲁士石滚、7世纪的金盘、用金银粉书写的《古兰经》以及工笔画等。可容纳500名观众的电影厅里,经常放映介绍伊朗悠久历史和灿烂文化、各领域建设成就以及伊朗的森林状况、波斯湾地理位置与特征等影片。从塔底可以沿着286级石阶盘旋拾级而上,同时设有四部电梯可直达塔顶的瞭望台。站在塔顶,环顾四周,金碧辉煌的古老建筑,气势非凡的高楼大厦,以及位于城南的火车站与老城区、西侧和西南侧的麦赫拉巴德机场与高低错落有致的建筑群、北部的新城区,直到远处的厄尔布尔士山脉的积雪、东侧车流滚滚的革命大街等德黑兰全城景色尽收眼底。广场四周正南正北四条宽阔平坦的公路伸向东南西北四个方向,像一条细带将条条街道连接在一起,使全城成为一个有机的整体。

地毯博物馆地处德黑兰市中心，于 1977 年落成，据说是巴列维的王后法拉赫设计的。从远处看，博物馆的外形像一架巨大的地毯织架，占地面积 24000 平方米，展出面积 3400 平方米，收藏和展出伊朗 18 世纪至今不同时期、不同地区编织的各种古老手工地毯 5000 余件。

为了保护展品，室内常年保持着摄氏 20 度的衡温和合适的干湿度，使展出的地毯始终能够保持色泽鲜艳夺目，其中最古老的一件已有 450 年的历史。这些地毯做工细腻，表现出编织者的高超技艺，在用色和图案上各有特色，件件精美绝伦。传统波斯地毯的图案以象征天堂的繁花枝蔓、各种清真寺建筑、浩大的宫廷和狩猎场面、人物脸谱，以及宗教图腾最具代表性。

博物馆一层的大厅主要展出各历史时代编织的珍贵名毯，其中有十二生肖毯、百人头像毯、天堂毯、宫廷画面毯等等。二层大厅主要是为临时举办地毯展而开辟，同时也展出少量的珍贵地毯。

馆内设有图书室、书店，里面汇集着各种有关地毯的图书，电影厅里主要放映介绍地毯编织影片，另外还有地毯修理部和茶室等。有时也安排专人表演手工编织地毯。从各色各样的波斯地毯中，既能体会出伊朗人对地毯的情有独钟，也有助于参观者理解伊朗传统文化的精髓，感受外来文化对波斯文化的影响。

除了展示各种各样的地毯外，馆内还有地毯的染色原料样品，如石榴皮、靛青、核桃壳、钾矾和木樨草等，以及编织地毯所用的工具，如钩针、剪子和针排等。伊斯兰革命胜利后，原王宫里的部分地毯也转存于该处。据介绍，伊朗地毯之所以闻名于世，主要取决于三个关键性因素：一是羊毛上色均使用矿物质或植物提取的染料；二是地毯上全部都是丰富的图案，很少有大面积的单色区域；三是地毯成品的道数多（结多）密度大。

德黑兰有三座著名的王宫建筑群：占地面积最大的萨德阿巴德王宫（SAD ABAD）建筑群，规模虽小但最现代化的尼亚瓦兰王宫（KAKHEH NIAVALAN）建筑群，以及位于市中心最古老的古列斯坦王宫（KAKHEHGOLESTAN）建筑群。

萨德阿巴德王宫位于德黑兰市北部山麓的塔吉利什广场附近，占地面积约400公顷，其中约有180公顷森林、花园和草坪，环境优美。整个建筑由14座宫组成，是全部用花岗岩建造的新式建筑，其中有的宫在巴列维国王逃离伊朗时还未完工。建筑群内除国王宫、王后宫、老国王宫外，还有王储宫、亲王宫等。所有的宫内陈设与装饰极尽奢华，沙发、桌椅、窗帘、吊灯均从法国、英国、捷克和印度等国进口，所铺设的地毯图案艳丽，全部是做工精细的手工波斯地毯。每一座宫殿都富丽堂皇、设备齐全。据介绍，建筑群中原来藏有许多伊朗和欧洲名画，其中欧洲名画大多是西方国家元首或首脑送给巴列维的礼品。现在建筑群中陈列的伊朗和欧洲名画及地毯等只是当初藏品的很小一部分，大部分已被巴列维国王送给了外国领导人，1979年1月巴列维国王逃离伊朗时也带走了许多珍品。另外，民众冲进王宫时也有部分珍品被损坏或流失了。伊斯兰革命胜利后，这座建筑群被改为博物馆，供国内外公众参观。

这里最大的宫殿是巴列维宫，占地面积2164平方米，建筑面积约5000平方米，分上下两层和地下室。因其外墙用白色的大理石装饰，故被人们俗称白宫。该宫由伊朗建筑师设计并建造，始建于1931年，历时八年才竣工。所用大理石均取自伊朗西南部的克尔曼省，建筑外形具有德国宫殿的特点，内部装饰则完全是伊朗风格。宫的顶部为伊朗独特的石膏雕塑，地面铺满波斯地毯，整个建筑集伊朗与欧洲风格于一体。宫内陈列有各国元首或政府首脑赠送的各种贵重礼品，如斯里兰卡总理赠送的一对象牙，还有中国的漆雕矮柜和屏风及其他手工艺品等。

白宫是巴列维国王处理公务和夏天居住的地方，内有办公室、寝室、起居室、餐厅、宴会厅、礼宾厅、接见厅等。其中礼宾厅的装饰和摆设均为欧洲19世纪风格，如沙发为路易十三至十六世时代的风格，瓷器产自法国，铜雕为意大利制造，还有许多欧洲名画。

沙赫万德宫四周墙壁全部用绿色石块砌成，素以绿宫著称，是伊朗最雄伟最靓丽的一座王宫。该宫依山而建，坐落在王宫建筑群的最北面，是礼萨·汗·巴列维国王的寝宫，始建于1922年，1928年竣工，占地面积1400平方米。该宫无论建筑风格还是装饰，都不同于其他宫，具有独特的波斯建筑风格，特别是宫内的石膏雕塑、镜片镶嵌、镀金、雕刻等艺术。

绿宫的第一层有大厅、餐厅、贵宾室和国王办公室。地下层在1973年修缮过一次，主要用于招待贵宾，设有餐厅、休息厅，两间寝室，一个特别会议厅。绿宫最漂亮的地方应属一层大厅，它是这座宫的主要部分。大厅顶部为拱形，四壁和拱顶全部镶嵌着小镜片，呈几何图案，灯光照在上面，反射出五彩缤纷，格外辉煌。镜片镶嵌是伊朗的一种室内装饰艺术，主要用于宫殿、清真寺和陵墓等建筑。大厅里铺有一块80平方米的马什哈德手工编织地毯。宫内国王办公室装潢华丽，墙壁上雕刻有镀金画，室内的办公桌、沙发、扶手椅等，均用昂贵的木材制作，并精雕细刻着花纹。此外，绿宫里还有许多从欧洲购买的吊灯、名画、路易十六式沙发、古钟、灯座、铜花瓶和一些水晶装饰品。

伊斯兰革命胜利后，伊朗政府于1983年在王宫建筑群里修建了一座军事博物馆，主要介绍伊朗的军事发展史，展品中还有

500 年前的武器。该馆既展示伊朗在各时期使用的武器，如宝剑、长矛、铠甲、火枪等可追溯到阿契美尼德王朝时期的冷兵器；同时还展出一些现代的武器装备，如各种枪械、坦克和飞机等。

在这组建筑群里，还有一座伊斯兰革命胜利后修建的人类学博物馆。据介绍，修建这个博物馆的目的，是要向参观者介绍伊朗人民在各个历史阶段的发展进程和风俗习惯，还有从远古到当今各个朝代伊朗人的生活工具和各民族服饰。该馆共两层，每一个展厅介绍一个时代的文化和风俗，主题鲜明。其中最重要的部分是古代厅，里面陈列着一些历史文件和档案，配以不同时期出土的文物、古代农业灌溉工具、打猎工具和服饰、照明用具、手工艺品等。

古列斯坦宫又称玫瑰宫和冬宫，它堪称代表了伊朗建筑的精华。该宫是凯加王朝法塔赫·阿里国王（1797 年—1834 年在位）在萨法维王朝阿巴斯一世国王（1587 年—1629 年在位）所建宫殿的基础上扩建而成，七栋建筑有序地分布于中心花园的四周。1873 年，纳赛尔·丁国王访问欧洲时，受到欧式建筑启发，在宫里加建了一座博物馆，用以展示镶满珠宝的王冠和他从欧洲带回的精美礼品。当年巴列维王朝礼萨·汗·巴列维和穆罕默德·礼萨·巴列维两个国王的加冕典礼都在宫中大厅举行。礼萨·巴列维为使加冕礼更隆重，特意翻修大厅并进行了重新装饰。此后，他每年在迎接新年和生日庆典时，都会在这里接受大臣、外国使节和达官显贵的朝贺。

整个宫殿最具特色的是明镜厅、大理石厅、钻石厅和通风楼等。明镜厅堪称伊朗建筑中的精华，站在厅内举目环顾，圆形穹顶和四周墙壁嵌满了小块镜片，墙壁上悬挂着著名画家克马尔·穆鲁克的名画，整个大厅显得富丽堂皇、流光溢彩。这里原来收藏着凯加王朝阿里·汗国王下令制作的太阳宝座，后来又以他的宠妃孔雀夫人的名字命名为孔雀宝座，可惜在1979年伊斯兰革命时被毁坏了。

尼亚瓦兰宫位于德黑兰北部，建于19世纪中叶凯加王朝纳赛尔·丁国王时期，由主宫、别院和博物馆等建筑组成，掩映在茂密的绿树林中，也是一组夏宫建筑群。它与古列斯坦宫相比，在设计风格上受欧洲特别是俄罗斯建筑的影响更明显。中空的大厅顶部可以人为控制其开闭起合，是各个王宫中最现代化的。主宫共有两层，摆放着许多各国元首和政府首脑赠送给巴列维国王的礼物。一层大厅铺放着一块编织了世界100位知名人士头像的手工地毯，艺术价值极高，价值连城，可谓是精品中的精品。二层巴列维会见客人的大厅里铺着一块当时伊朗最大的手工编织的地毯，面积约有200平方米。

伊朗国家博物馆是人们到德黑兰必去之所，它地处德黑兰市中心地带、霍梅尼广场及伊朗外交部办公区域西侧，建于1916年，占地面积20000平方米，是伊朗最大的考古和历史博物馆，展出文物30余万件，按其收藏文物及展品种类之多跻身世界大型博物馆也是当之无愧。

该博物馆包括两座单体建筑：一座是1938年开放的古代伊朗博物馆，建筑面积约11000平方米，展品主要有古代各种人工制品和文物；另一座是1996年开放的伊斯兰历史博物馆。

古代伊朗博物馆的一大亮点是著名的《汉穆拉比法典》石碑复制品。该法典是古巴比伦国王汉谟拉比（约前1792年—前1750年在位）颁布并刻于石碑上的法律汇编，是世界上迄今发现最早的成文法律条文、最具代表性的楔形文字法典和完整保存下来最早的一部成文法典，是当今研究古巴比伦经济制度与社会法治制度极其重要的文物。由于《汉谟拉比法典》原文被雕刻在一段高2.25米、上部周长1.65米、底部周长1.90米的黑色玄武岩石柱上，故又称"石柱法"。石柱上端是汉谟拉比国王站在太阳和正义之神沙马什面前接受象征王权权标的浮雕，以表示君权神授。浮雕中的太阳神形体高大，胡须编成整齐的须辫，头戴螺旋形宝冠，右肩袒露，身披长袍，正襟危坐，正在授予汉谟拉比象征权力的魔标和魔环。浮雕中的汉谟拉比头戴传统王冠，神情肃穆，举手宣誓，体现了古巴比伦王国流传至今的艺术价值，十分罕见，因此

伊朗国家博物馆内的展品

而显得更加珍贵。石柱下端是用阿卡德楔形文字刻写的法典铭文，共3500行、282条，对刑事、民事、贸易、婚姻、继承、审判制度等做了详细规定。《汉穆拉比法典》于上世纪30年代初由法国考古队在伊朗西南部苏萨古城遗址中发现并出土，原件现存于巴黎卢浮宫博物馆亚洲展馆。

伊斯兰历史博物馆门廊和入口处均用暗红色的砖修砌建成，体现了萨珊王朝都城泰西封王宫建筑风格。伊斯兰时期博物馆大楼始建于1944年，1950年进行扩建，1966年建成开馆。建筑面积约10000平方米，共有四层。一二层为博物馆，展示着伊斯兰时期伊朗和外国两部分的各种文物。其中伊朗展品包括与伊斯兰历史相关的文物，如地毯、木头绘画以及书法和小型细密画艺术作品，邮票、硬币、伊朗艺术史相关的研究成果、其他文化研究成果及摄影作品、伊朗的公共及国际关系等13个部分。外国部分中最有价值的是石制和金属刻制品、水晶器皿、各种枪械及家庭用具，这些展品都具有200多年的历史。三四层为会议厅和交流活动场所以及文物研究和修复部门。

自然与动物博物馆位于德黑兰东北部风景优美、气候宜人的达尔阿巴德地区，是中东地区最漂亮的博物馆之一。该馆建于1993年，分上下两层，占地面积12000平方米，1997年加入国际博物馆委员会和世界环境保护组织教育与研究委员会，成为世界重要的博物馆之一。

该博物馆设有多个展厅，藏有来自世界各地的约7000万件标本。陈列品按照古生物、矿物、植物、动物、生态和人类分为六个展馆。古生物学展厅里陈列着各个地质期的古生物标本。馆存最古老的化石可追溯到10亿年前，还有一些类似恐龙等史前巨型动物的塑像，以及不同时代的植物及气候变化介绍。动物大厅里，仅蝴蝶、蜻蜓等昆虫的标本就有2800余万件。还有豹子正在偷袭羚羊群、火烈鸟展翅飞翔中，扑向山羊的饿狼和站立的熊猫，非洲马、野羚羊、驼鹿等一些珍稀动物的标本。布展者将它们设计得姿态各异，充满动感，制作得栩栩如生。

博物馆里另一景观是通道两旁放在大型玻璃缸里的淡水和咸水鱼类，其中有些是世界上濒临灭绝的珍稀鱼类，如非洲有肺鱼、红尾猫鱼等。另外，还有一些波斯湾和里海珍稀鱼类以及蜴、乌龟、蛇、蝾螈、青蛙等爬行动物和两栖动物。

博物馆内有图书馆、电影院和剧院，还设有小动物园，饲养着各种哺乳动物、海生动物、爬行动物及飞禽和昆虫等。

自然与动物博物馆周围自然风光优美，人们在参观间隙，还可以坐在二层露天平台上喝茶小憩，眺望北部的山脉和南部的城区，一洗劳累，既恬静，又惬意。

现代艺术博物馆坐落于德黑兰市中心郁金香公园西门外，建成于1977年，是由伊朗设计师设计建造的。博物馆外形独特，是当代艺术的杰出代表，也是伊朗最受欢迎、游客最多的博物馆之一；除欧洲和美国外，这里还是收集现代艺术珍品最丰富的博物馆之一，被认为是世界现代艺术中最重要的亚洲博物馆之一。博物馆的大部分位于地下，馆内的藏品贯穿了从20世纪初期至70年代末西方50多位艺术大师的作品，包括康定斯基、杰克逊·波洛克、恩索尔、爱德华·维亚尔、巴斯金、莫奈、毕加索等大师的精美作品。虽然有些大师的作品只收藏有一幅，但就整个现代艺术历史线条来说也起到了联结作用。馆内也珍藏着一些大师的艺术雕塑，如英国著名雕塑家穆尔创作的抽象造型作品、瑞士雕塑家吉亚柯梅蒂表现立体主义风格的雕塑作品等。

沙姆斯宫（KAKHEH SAMS）又称珍珠宫，位于德黑兰以西约60公里外，是巴列维王朝沙姆斯·巴列维公主设计建造的宫殿，依小山坡而建。建筑外观如同一个张开口的巨大的蚌或珍珠，远处看入口大门的影壁像一颗珍珠，从低处入口通过环形通道逐步到达中央的圆形大厅，环形通道外侧是作用不同的房间，有公主的办公室、会客室、更衣室、卧室、大小餐厅、电影厅、室内游泳池和中央大厅等设施。该宫占地面积极大，包括一个高尔夫球场和一大一小相互连接的湖泊，以及赛马场等。我个人认为，沙姆斯宫是伊朗王宫中最具特色的一个宫殿，非常值得一看。

雷伊（REI）小城位于德黑兰东南部不到10公里处、德黑兰通往库姆的老公路旁，在公元前5000年至公元1200年间一直是古代波斯的重要城镇。它曾以"拉克"或"拉加"的名字被记载于大流士时代的各种铭文中，也曾经在拜火教经文《阿维斯塔》，甚至基督教的《圣经》中被提到过。现在雷伊城还保留着阿契美尼德王朝、安息王朝、萨珊王朝和伊斯兰时代塞尔柱王朝时期一些老城墙的残垣断壁，以及古老的地下灌溉系统——坎儿井。雷伊城在历史上显赫一时，亚历山大大帝曾驻临该城，帕提亚人曾固守该地，在塞尔柱王朝时期依然是一座繁荣的城池。据10世纪一部史书记载，雷伊城是当时除巴格达以外最精致的城市，也是波斯精细陶器的产地。目前城内还保留着托格洛尔塔，那是该城唯一没有遭到外敌破坏的20米高的砖结构建筑。

鲁德巴尔（RUDBAR）是德黑兰市北部郊区的旅游景点和避暑胜地。每到节假日，特别是在夏季里的周末，德黑兰市民都喜欢全家人或邀上亲朋好友到这里休闲度假或野餐，享受大自然的绚丽风光，呼吸新鲜空气。鲁德巴尔位于德黑兰北部约40公里山脚下的施米兰山区，占地面积403平方公里。该地区有20多座村庄，依山傍水，风景秀丽，数百条小溪流汇入八条河流，尔后注入当地著名的贾杰鲁德河。贾杰鲁德河下游建有一座大水坝，从而形成水库，德黑兰市民的饮用水主要由这座水库提供。

鲁德巴尔地区海拔在1800米以上，最高山峰海拔约2800米，气候与德黑兰差别较大。冬天气温在零下摄氏20度左右，夏季最热的时候气温一般也只有摄氏22度左右。在夏季，当德黑兰骄阳似火的时候，那里却是凉爽无比。当地人主要以畜牧业、旅游业和果树种植为生活主要来源。在去鲁德巴尔的公路两旁有许多沿溪流而建的餐厅，夏季生意非常火爆。

鲁德巴尔地区风景最秀丽的是沙姆沙克村，该村庄一年四季游客不绝。夏季人们喜欢来避暑，冬季则主要是滑雪爱好者到这里享受滑雪的乐趣。沙姆沙克村及附近，可以说是滑雪爱好者的"天堂"。据历史记载，沙姆沙克村庄有200多年的历史，曾经是德黑兰到马赞达朗省的一个客栈。该地区的山顶常年积雪，有人戏称为天然冰箱，尤其到了春季，山顶大雪覆盖，山下绿树成荫，百花争艳，美不胜收。另外，沙姆沙克山脚下保留着古老的农村建筑，半山腰上则建有许多现代化的别墅及饭店。

鲁德巴尔地区最引人入胜的是米古村，村庄坐落于山清水秀的峡谷里，米古河穿村而过，溪水潺潺，整个村庄就是一个美丽的避暑山庄，吸引着德黑兰市民每年夏季到这里来度假，享受大自然赐予的靓丽景观。

鲁德巴尔地区的还有一个小村庄阿哈尔村，它靠近高山，山峰常年积雪，融雪汇流成一条清澈而湍急的小河从村旁流过。河谷里果园密布，盛产樱桃、杏和核桃等。阿哈尔村的历史，据说可追溯到伊斯兰以前的萨珊王朝时期，村北部的山顶上迄今还保留着一座萨珊王朝时期遗留下来的堡垒。

鲁巴尔背依施米兰山，山势挺拔，区域内有五座海拔在4000米以上的山峰，常年吸引着无数登山爱好者一显身手。

珍宝馆是德黑兰不可不去参观的好地方，但是它一般每周只开放两个下午。珍宝馆位于市中心伊朗中央银行地下室，收藏着伊朗历代的一些珠宝首饰等珍品。1938年礼萨·汗·巴列维国王将一些主要藏品交给国民银行，作为发行纸币的担保。1960年底转为展览，向公众开放。展品都是世界顶级珍宝，有孔雀宝座、巴列维王冠、法拉赫王后凤冠、"光明之海"钻石、珠宝地球仪和纯金镶宝石地球仪托架等。

进入珍宝馆迎面首先看到的是孔雀宝座，它根据凯加王朝法塔赫·阿里国王（1798年—1849年）的命令制作，上面镶有

26700多颗宝石。1926年礼萨·汗·巴列维国王和1967年穆罕默德礼萨·巴列维国王加冕时都坐过这个宝座。当然它不是18世纪上半叶阿夫沙尔王朝纳迪尔·汗国王从印度卧莫尔王朝洗劫来的那个孔雀宝座。

巴列维王冠是1925年礼萨·汗·巴列维国王按照萨珊王朝（226年—651年）的王冠样式制作的。1926年礼萨·汗·巴列维和1967年穆罕默德礼萨·巴列维均佩戴该王冠出席加冕典礼。王冠总重2080克，上面镶有3380颗钻石，重1144克拉；5颗绿宝石，重199克拉；2颗蓝宝石，重19克拉；另外还有368颗珍珠。

法拉赫王后凤冠是1967年穆罕默德礼萨·巴列维为王后法拉赫加冕而制作的，总重1480.9克，上面嵌着36颗绿宝石、34颗红宝石、2颗尖晶石、105颗珍珠和1469颗钻石。

馆里最引人注目的是一颗世界闻名的"光明之海"钻石。据说，"光明之海"和"光明之山"是世界上最著名的两颗钻石，原属于印度的莫卧尔皇帝，后成为伊朗纳迪尔·汗国王的战利品。"光明之山"几经转手，现为英国王室所有，镶嵌在英国女王的王冠上。"光明之海"钻石为玫瑰色或浅桃色，长1.5英寸，宽1英寸，厚0.375英寸，重182克拉，放于馆内特制的玻璃钢罩内。

珠宝地球仪是凯加王朝纳赛尔·丁国王（1848年即位）为了保存散放的王室宝石，命令工匠在1869年制作的。地球仪直径约

2英尺，世界各国的位置用红宝石镶嵌标示，伊朗、法国、英国和东南亚各国用钻石镶嵌标示，海洋用祖母绿宝石镶嵌标示。据介绍，地球仪上宝石的总重达18200克拉。地球仪托架也是用纯金打造，同样镶嵌着许多红宝石和钻石。

珍宝馆里还珍藏着一颗"萨曼里"红宝石，重量达500克拉，是世界上最大的红宝石之一。珍宝馆还展出各种用金银制作并镶有宝石的水烟、烛台、花瓶、镜子、化妆盒、镶有宝石的宝剑和匕首，以及镶嵌着各种大小钻石、绿宝石、红宝石、蓝宝石和珍珠的器皿。

珍宝馆里的珠宝究竟价值多高，恐怕无人能估计出，件件可说价值连城吧。它们有些属于举世无双，有些从艺术和历史价值的角度看也是无与伦比。虽然伊朗经历了无数次历史的变迁和战争，这些珠宝仍然完整地保存在珍宝馆里，不能不说是一个奇迹。

德黑兰作为伊朗的首都，同时也是伊朗政治、经济和文化中心，总人口达1300多万人。2007年建成的米拉德电视塔（MILAD）跻身于世界高塔榜中，成为城市现代化的新象征。德黑兰地铁素有世界上最洁净地铁之美誉，同时也是中东最庞大的地铁系统，运行的许多机车是与中国合作制造的。作为经济中心，市区周边有很多的大型工厂，如南部靠近雷伊的炼油厂，西部几家汽车组装厂，以及电子器材厂等其他一些工厂。汽车制造、电力设备、军工、纺织和水泥等都是德黑兰的主要现代产业。

再赴里海

在伊朗从事体育教学和训练一段时间后,大多数教练回国了,我和乒乓球教练留下来并被派往里海沿岸地区巡回教练指导。可这次不再是马赞达朗省,而是其他城市。有趣的是陪同我们这次旅行的依然是杜朗尼先生和他的助手,而不是乒乓球协会的人。他说,他恰好要到北部的阿尔达比勒省去公干,所以就向阿加扎德秘书长请求让他"搭我们的顺风车",并负责给我们安排前三站的食宿。

动身的那天,杜朗尼先生和我们一起来到德黑兰自由广场西北侧的长途车站。买了车票,按照车站的引导,我们走向一辆浅灰色的老式奔驰车。坐下后我发现,这可真是名副其实的老爷车,前排座椅是一排与后排座椅完全相同的通椅,两排座椅靠背都较低,低到不及乘客肩膀。我和老杜及助手刚在后排坐稳,司机便启动车子。随着发动机"突突"的响声,车尾冒出一股浓浓的黑烟。我问司机这车跑了有多少里程,司机回答,不多,还不到40万公里。

这种老爷车还能跑长途、翻山越谷吗?我的心忐忑起来。老杜似乎看出了我的担心,说这位司机是老手了,经常跑这条线路,闭着眼睛都能开。我忙说，可千万可别闭着眼开，免得大家都掉到山沟里洗澡。老杜安慰我，把心放在肚子里吧，不会出问题的。

车启绕过自由广场旁的转盘向西驶上了高速公路，在当时，中国还没有开通高速公路。伊朗以德黑兰放射出去的几条高速公路都是上世纪70年代修建的，虽然使用了十几年，但路面破损并不严重。司机50多岁，驾驶技术不错，车子开得很平稳。他是个不甘寂寞的人，听到老杜和我聊天，也时不时地插话。

经过1974年9月亚运会主会场——自由体育运动中心后，车子驶上山区公路，离开德黑兰向着里海的方向前进。从德黑兰至北部城市乔鲁斯（CHALUS）的公路，连通着厄尔布尔士山脉南北，被称为伊朗最美丽的公路之一。沿着蜿蜒的盘山公路，我们在如画的风景中驱车前往里海边美丽的城市——乔鲁斯。

茶馆小憩

我们驶上蜿蜒的山区公路不久，选择在一处滑雪场入口处的茶馆前停车歇息，喝茶，品尝小点心。这个小茶馆十分干净整洁，茶馆后面一条山涧里溪水潺流，绿树成荫，景色十分靓丽养眼。我们坐在茶馆外面靠近山间小溪旁的伊朗式大木床上聊着天，仿若身处仙境。

伊朗各地的茶馆里，差不多都备有伊朗水烟。水烟的规格有大有小，据说抽水烟已经有500多年历史。这种水烟是在一个基座上加装一个玻璃水瓶，上面有一个放炭火的金属小碗，炭火上放烟丝。玻璃水瓶上部伸出一根类似茶壶嘴的玻璃管，接上软管和烟嘴吸烟者就可以享用了。当时的水烟还是以烟丝为主，大家轮流使用一个烟嘴，很不卫生。后来有所改进，制作了一次性的小烟嘴插在原来的烟嘴上。每当来人的时候，茶馆服务员都会根据人数在托盘上放一些一次性的小烟嘴，每个人抽烟时插上自己的烟嘴便可享用了；烟丝里也加入了苹果、柠檬、橘子等各种原料，在旁边闻着都是香料味，十分好闻。同时，看着别人抽着水烟，烟气渺渺升起，伴随着水瓶里发出的咕噜声，别有一番情趣。在小茶馆里，我第一次试着抽了两口这种水烟，嗓子里感觉与中国旱烟大不一样，味道还有点怪。

伊朗人喝红茶习惯加些糖，茶也必须是煮沸的。喝茶时从不用大茶杯或带盖的瓷茶杯，都是用比国内常见的小酒杯稍大一些的玻璃杯，而且从不喝凉茶。伊朗人有几种不同的喝茶习惯：一种是在热茶中加入方糖或砂糖，搅拌均匀后喝；另一种是先把方糖放到嘴里，然后再喝一口茶水；还有一种是口渴急了嫌茶太烫，就把茶水倒进小垫盘里，嘴里先放一块方糖，然后将茶水一饮而尽。伊朗人喝茶时各种甜点是不可或缺的"伴侣"，其实喝茶、吃甜点更多的是聊天交流的一种方式，很怡情。伊朗的甜点品种繁多，但多数甜点对中国人来说太过甜腻。伊朗报纸曾经做过一个统计，当时伊朗人均年消费25公斤糖，而中国人年均消费不到半公斤。这么高的糖摄入量，真不知伊朗糖尿病人多不多，但是我接触过的伊朗朋友从来没有人说自己有糖尿病或家族病史的。

伊朗人似乎对肝炎、糖尿病等中国人认为很可怕的病症并不十分在乎，反而对中国人见怪不怪的感冒发烧格外重视。伊朗的医院与中国也不尽相同，伊朗的医院里不设药房，药房都是单独开设，而且药房的从业员必须具有官方认可的资质，病人要凭医生开的处方才可到药房买药。

加兹温：南来北往的通道之城

经过大概两个多小时的时间，我们到达了巡回教练指导的第一站加兹温（GHAZVIN）市。

加兹温市是加兹温省的省会，据说早在公元前24世纪左右就有人在这里定居，16世纪早期曾经是萨法维王朝的塔赫玛斯普一世（1513年—1576年）统治时代的都城。它位于德黑兰西北，处在德黑兰到里海边古代都城、东阿塞拜疆省省会大不里士和吉朗省省会拉什特的中间位置，也是厄尔布什尔山脉和扎格罗斯山脉的交汇处，海拔约1800米左右，夏季凉爽舒适，冬季严寒难耐。当地盛产阿月浑子（PESTEH，国内称"开心果"）、巴旦杏（大杏仁，波斯语、维吾尔语为BADAM）、榛子、核桃、葡萄和苹果等。

加兹温的先民多数信奉拜火教，所以在该城的众多历史遗迹中，有很多拜火教的遗迹。其中位于加兹温城中最有名的建筑——礼拜五清真寺，现在称卡比尔礼拜五清真寺。在伊斯兰时代以前这里曾经是拜火教的圣殿，8世纪末在萨珊王朝时期拜火教圣殿的基础上改建而成的。

我们住在加兹温，自然要参观当地的清真寺和陵墓，来感受古老的历史和文化。所参观之地一个是古建筑，色调很暗，呈暗红色；另一个的寺内墙壁上镶满了小玻璃镜片，晚上在灯光的照射下银光闪闪，很有特色。查书看图，那个色调很暗且呈暗红色的古清真寺应该是伊玛目礼萨·侯赛因清真寺，因为我记得那里有伊玛目礼萨·侯赛因的陵墓。侯赛因陵墓建筑很宏伟，迎面的六个尖塔形门柱与入口大门的巧妙结合，给人以简洁精致的感觉。陵墓中铺着墓石，建有高高的环形拱廊，最上部则是个精美装饰的八面体圆拱顶。在夕阳温暖余晖的照射下，整个陵墓呈现着别样的肃穆，令人怀念这位有不同死因传说的先王。而穆斯塔法维

卡比尔礼拜五清真寺

穆斯塔法维陵墓

伊朗漫记一：译员

伊马姆礼萨·侯赛因陵墓

陵墓则是在伊朗国内很著名的。穆斯塔法维（1281年—1350年）不仅是历史学家，也是地理学家，还创作出最富有民族性的不朽文学作品。他于1340年完成的巨著《诺兹哈图·古路布》，阐述了人们对宇宙起源和结构的认识，还介绍了伊朗各个城市的情况，对我们今天了解历史仍有很大帮助。陵墓地面部分是在一个褐色砖砌的方形建筑上高高耸立着蓝绿色的圆锥形拱顶，地下室则是这位伟大学者的墓葬处。一方釉砖铭文向来瞻仰者讲述着古老的优秀文化和历史。

加兹温城市规划以南北和东西向的道路展开，城区不是很大，高层建筑不多，但几条主干道上车来人往。每到礼拜时和假日，许多大小清真寺周围和自由广场、萨莱赫广场附近都会人流如潮。我对加兹温市的建筑和历史遗迹没有太深刻的印象，但是与当地伊马姆会见的情景在多年后仍记忆犹新。

会见当地伊马姆

一天早饭后，杜朗尼先生和当地体育组织的一位负责人来我们住的小旅馆说，当地有位重要人物希望会见我们，所以上午的计划临时要变。既然如此，我们提出回房间去换正装，以符合重要会见礼仪。杜朗尼很着急地说，时间来不及，不用了。我们只好跟他上车，但总感到穿着随意地去参加会见很不礼貌。

车子拐进一条稍宽的街道，在一条小巷的岔口处停下。巷口拦着一道粗铁链，边上有一座碉堡似的掩体，两名士兵挎着冲锋枪在站岗。杜朗尼和体育组织的负责人上前去交涉后，一名士兵放下铁链让我们进去。进小巷不远，一座大门前有位身着伊斯兰神职人员服装、戴着缠头（波斯语为 EMAMEH）的人已在迎候我们。握手致意后，他领着我们穿过小院子上了楼。我看见院子里有几个身穿便衣的人在不停地走动，腰部鼓鼓，猜想应该是手枪；角落的棚子里还停放着三辆新款的奔驰轿车。

穿过一座小楼后走下梯子进入第二个院子，同样有几个身着便装的人站在不远处。这个院子里树木成行，草坪很平整，小水池及喷泉哗哗响着。显然我们被领进一个重要人物的院落。这时对面小楼的大门里走出来两个身着伊斯兰神职人员服装、戴着缠头、满脸胡子的人，一面与我们握手，一面表示欢迎，并请我们进去。在门口我们脱了鞋，踏进大厅。厅里站着七八位神职人员，中间一位戴着缠头、满脸灰白胡须、戴着眼镜的年长者率先与我们握手，旁边的人介绍说他就是加兹温大清真寺的伊马姆（名字我忘了）。随后我们与其他人一一握手致意。

伊马姆请我们在大厅里就座。厅里没有任何家具，只有墙边有一些长方形的靠垫，显得大厅更加宽敞，估计有 80-100 平方米的样子；地上铺着一块很大的地毯，地毯上摆放着精装的伊斯兰典籍和一些其他书籍，还有几部电话。

我们在地毯上盘腿坐下，伊马姆与我们寒暄后，询问我们到加兹温生活是否适应。伊马姆说话声音很轻，神态坦然，表露出非常友好，并说这是一次礼节性的会见，让大家不要拘束。他非常热情地说："可能你们不习惯同我这样的神职人员会面。但听说中国朋友到加兹温来，我没有理由不与你们见面。我与你们会见是希望传达一个信号，伊朗是中国真诚的朋友，希望你们在加兹温过得愉快。"我们表示感谢，同时也抱歉道："因为临时知道您要会见我们，所以没来得及换服装，有些不礼貌。"伊马姆并不介意地说："衣服只是外在的表现，我们重视的是内心的实在。你们这样来与我会面，我感到很开心。这说明我们是朋友，只有朋友之间才不会在乎外在的表现。"

这是我们第一次如此近距离地与神职人员对话，几句话后，我和教练都感觉找不到合适的话题与伊马姆交流。但是伊马姆转而拉起家常，迅速拉近了我们之间的距离，让人感到亲切。他希望了解中国，了解中国穆斯林的情况。我们的陌生感迅速消失，双方交谈甚欢，会见的场面非常融洽。只是地毯上的电话铃声不时地轮流响起，伊马姆不停地接听电话，边查看地毯上的书籍边回答着对方，交谈不得不暂停下来。见状我们礼貌地提出告辞，随后离开。

杜朗尼先生告诉我们，这位伊马姆是加兹温最重要的人物，比市长甚至省长还要重要，他是最高领袖霍梅尼派驻加兹温的代表，是领袖信任的人。

这次会见，使我有机会近距离观察伊朗神职人员的工作和生活，并与之交流。他们在整个会见中始终面带微笑，彬彬有礼，态度温和，令我感慨。这与我之前听说的神职人员高谈阔论的形象反差很大，特别是他们繁忙的工作与宽大的宅院、简朴的生活与豪华的轿车、森严的警卫与谦逊有礼的谈话，这几点好像很难同时汇集到一点上。但不管怎么说，这次会见是我在伊朗的一次宝贵经历。

大不里士：北部的历史都城

大不里士（TABRIZ）是伊朗仅次于德黑兰、伊斯法罕、马什哈德的第四大城市，也是一座坐落于山谷中的城市。该市位于海拔1360多米的萨罕德山北麓雷扎耶湖盆地东北侧的谷地，与向外延伸的大平原相连，距德黑兰约530公里，夏季炎热、干燥，冬季严寒，多地震，历史上曾多次遭地震破坏。

大不里士始建于公元前247年—前224年安息王朝时代，并成为拜火教的圣地；3世纪萨珊王朝时成为都城；13世纪蒙古伊尔汗王朝也定都于该地。据史料记载，当年大不里士车水马龙，十分繁华，是南来北往商旅中心和农产品与欧洲商品的集散地。14世纪后期的帖木儿王朝统治时期，迁都撒马尔罕，大不里士重归宁静。16世纪后萨法维王朝和18世纪凯加王朝时期，大不里士再次成为都城。18世纪沙皇俄国远征军多次占领该城，肆行蹂躏破坏。二战后，开始现代化建设，新建有火车站、市政府大厦、大不里士大学等。现为伊朗工业和农牧业中心及著名的波斯地毯产地之一，有铁路直通阿塞拜疆及穿过邻省到土耳其。市区四周多温泉，濒湖有避暑处所。

14世纪摩洛哥大旅行家伊本·巴图泰在游历了大不里士后，记述了当时大不里士的景象："我路过出售珠宝的巴扎时，我的双眼被我所见到的那些种类繁多的珠宝弄得眼花缭乱。穿着华丽、长相美丽的女仆们腰里系着绸腰带，佩戴着这些珍贵的珠宝，站在商人面前，向那些突厥人的太太们展示这些珠宝。太太们一个赛过一个地购买了大批珠宝。"

"大不里士（TABRIZ）"一词在波斯语中可分为两部分：前一部分为"TAB"，意为"热、发烧"；后一部分为"RIZ"，意为"向下流淌"。合并可译为"热流"。因为大不里士周围有许多温泉，其中尤以硫磺温泉著名。

城内的著名古迹是"蓝色清真寺",建于1465年—1466年贾汗国王时期,上世纪60年代中期曾进行修葺,因其整个建筑的内外全部用蓝色彩釉砖装饰,又被人们称为"伊斯兰绿松石"。清真寺高耸宏伟,装饰工艺精美,特别在阳光照射下更是熠熠生辉,耀眼夺目。

大不里士博物馆是了解大不里士甚至伊朗历史的重要场所,该馆陈设主要围绕三个主题:一是人类学部分,主要展示伊朗各民族和部落的服饰、习俗和特点等;二是考古部分,主要展出伊朗各地发掘出的公元前4世纪前后的古钱币、兵器、装饰品、瓷砖、器皿和生活用品等;三是立宪革命部分,主要展出伊朗立宪革命时期的文献、照片和资料等。

"诗人陵园"安葬着50多位伊朗历史上著名的诗人、科学家和宗教学者,12世纪的著名诗人哈特朗·大不里齐是其中的代表人物。虽然这里名为诗人陵园,但里面还安葬着许多伊朗先贤,同时陵园也是一座漂亮的公园。

大不里士基督教堂也很值得一看。它有名是因为大不里士是亚美尼亚人聚居的主要城市之一,在基督教传播初期,信奉了基督教的亚美尼亚人就在那里建设了社区。该市共有六座基督教堂,其中最著名的是坐落在亚美尼亚人聚集区的圣塞尔基斯大教堂。

矗立在街头的八角蓝色穹顶塔,建于塞尔柱王朝时期(公元11世纪),坐落在石基之上,八个角都有一个穹顶门,以蓝色瓷砖装饰,看起来非常华丽。

大不里士是伊朗最古老的地毯产地,被称之为"波斯地毯之乡"。当地的地毯产量占整个伊朗地毯产量的比例最大,并且囊括了几乎所有波斯地毯的图案和质地。

乌鲁米耶:边境上的省城

乘坐从大不里士前往乌鲁米耶市大巴车的乘客中,只有我们两个人是外国人,而且是当地人平时很少见到的东亚人面孔,也许因为乌鲁米耶靠近伊朗、伊拉克和土耳其三国边境地区,是西阿塞拜疆省省会缘故吧。车子开动后,许多伊朗人好奇地凑过来,围着我们七嘴八舌地问个不停。

当一个年轻姑娘得知有位中国来的乒乓球教练后,很是兴奋。她不仅与其他乘客商量后,将座位调换到我们旁边,而且一路不停地与我们交谈。她很喜欢乒乓球运动,在乌鲁米耶的家里就有一张乒乓球台,经常邀些朋友对练。交谈中,她还邀请我们抽空能到她家做客。

我们一路上边与那位姑娘聊天，边欣赏沿途的旖旎风光。车窗外的景色不停变幻，一会儿是葱绿色的森林，一会儿是生机盎然的农田，一会儿是裸露的红色土地。不久，车窗外可见一个巨大的蓝绿色的湖泊，于是我问年轻姑娘那是什么湖。她告诉我那是乌鲁米耶湖，是个咸水湖，人躺在水面不会下沉，常去泡泡对消除关节炎和治疗皮肤病会有很好的效果。

后来我查阅资料了解到，乌鲁米耶湖位于伊朗西阿塞拜疆省和东阿塞拜疆省之间，形状像一只海马（与里海相似），湖面两端长 140 公里，宽约 55 公里，湖水最深处约 16 米，最大面积曾达 4500 平方公里，是中东地区最大的湖泊之一，也曾经是仅次于美国盐湖的世界第二大咸水湖。湖中有 100 多个小岛，是红鹤、鹈鹕、琵鹭、朱鹮、鹳、翘鼻麻鸭、翘嘴长脚鹬、长脚鹬、海鸥等各类野生候鸟迁徙的过境栖息地。湖水的含盐比例约为海水六倍，浓度太高，所以不适合鱼类生存，只有一种浮游生物——丰年虾（或称卤虫）能够生存。据说这种丰年虾具有较高的经济价值。该湖被联合国教科文组织列入生物圈保留区。但进入 21 世纪后，由于蒸发量加剧和入湖水减少，湖水水位急剧下降，面积迅速缩小，到 2011 年 8 月，湖区面积已不及鼎盛时期的 40%。另外，该湖周边还面临盐碱化、沼泽化加剧等问题。目前伊朗政府正在积极采取措施拯救该湖。

西阿塞拜疆省和乌鲁米耶市体育组织官员在乌鲁米耶市车站欢迎并给我们戴上了花环，表达他们的真诚情谊，我们也许是第一个来到地处边境地带的中国乒乓球教练和翻译吧。

我们在一家伊朗式小旅馆住下，里面很干净，也很舒适。安顿好，我和教练在旅馆外面的一家小餐馆吃午饭。餐馆老板非常热情，对我们几乎有求必应，一举手一投足都透出当地人的淳朴。伊朗人有自己的生活习惯，公务员一般早晨8点上班，下午2点吃午饭，虽然规定3点下班，但许多人午饭后就下班了，回家睡一会儿，下午4点左右再外出活动。当时，伊朗正值战争期间，又受到美国的长期封锁和制裁，经济状况不太好，很多公务员选择下班后去开出租车或到自家经营的小店里帮忙，以期补贴家用。晚饭通常是在八九点钟吃，饭后一般还要喝茶聊天，直耗到十一二点才休息。第二天一大早还要按部就班地去上班。当时伊朗国内是每周五天半工作制，星期四下午和星期五为法定休息日。

第二天凌晨，一阵"哒哒哒，哒哒哒"的声响将我着从睡梦中惊醒，我看了一下表不到5点钟。我感觉像是机枪的射击声，声音很大，响了一阵后，四周重归平静。早饭时，我好奇地问旅馆的人，凌晨是不是听到枪声了？对方说，旅馆楼顶就有一挺高射机枪。几乎每天早晨伊拉克的飞机都会从这里飞进伊朗领空，深入内地骚扰。所以一有伊拉克飞机出现，楼顶的高射机枪就会

伊朗漫记一：译员

开火。见我面有疑虑，他补充道，伊拉克的飞机从来不轰炸这里，因为这里只是一个小城市，你们放心吧，不会有危险的。

果然，在以后的几天里，楼顶的高射机枪凌晨都会打几梭子，只是有时会在凌晨 3 点多钟，有时是 5 点多钟。我很快适应了这种凌晨枪响，没有任何身处战争中的威胁感，甚至还能睡个回笼觉。

做客伊朗人家

一天下午训练指导结束后，我们应穆罕默德邀请到他家做客。他家是一幢独体的两层别墅，院前种着草坪，别墅门前右侧有一个停车棚，停着一辆宽大的美国老式别克轿车。院后有一个游泳池。一层的客厅很大，约 80 平方米左右，铺着两块大地毯；另有一个开放式大厨房兼餐厅，还有三个房间。二层主要是卧室，大概有五六间，还有一个大约 50 平方米的书房，各房间和书房的外面是一圈阳台或者说敞开式的走廊。地下室有一个约 100 平方米的大厅，角落里摆放着一张乒乓球台，周围还有挡板，很是正规。另一侧则有一排房间，其中两间是车库，其他房间估计是工具房或储藏室。穆罕默德告诉我，平时朋友聚会都在一层大厅，如果聚会的人多，就会使用地下室来招待大家。他家客厅里的沙发和茶几、餐厅的桌椅和厨具、房间里的床和衣柜等均为欧式风格,都是白色的,摆设与中国家庭没有太大不同。餐厅中间摆放着足够12个人围坐的餐桌,黄红的颜色很是抢眼。

来到穆罕默德的家,我们还看到了他女儿法蒂玛的"真面目"。法蒂玛除去头巾,满头黑发如瀑布般披在两肩上。脸庞瘦长,眉毛很浓,眼窝深陷,鼻梁高挺,皮肤白皙。她穿着一身合体的运动衣,显示出极好的身材,步履轻盈,似一只小鸟在客厅与厨房间飞来飞去,既帮母亲做饭,又忙着端饭,还不时在我们与她父亲聊天中插上几句话。

穆罕默德请来了三个家庭的十几个人并逐一介绍我们认识,法蒂玛也给我们介绍了她的三个朋友,都是十八九岁的姑娘。其中一位没有像其他女孩般摘去 MEGHNAEH(套头),也没有脱去 HEJAB(一种长袖长衫),而是一直安静地坐在一边。这一是说明她家里的宗教气氛比较浓厚,在陌生男性面前不轻易放开;二是她性格比较腼腆,但鲜有中国教练来,听说了便借到法蒂玛家做客来看看。

闲聊中,我得知穆罕默德是个商人,主要从事同土耳其和阿塞拜疆的进出口贸易。难怪他那么富有。当时在伊朗从事国际贸易的商人都比较有钱。默罕默德说,他女儿喜欢乒乓球,他为了女儿专门买了一张球台放在地下室,平时她会带些朋友到家里来打球。法蒂玛昨天回来后非常兴奋，一进门就告诉我与你们在车上相遇的情况，并让我邀请你们到家里来做客。她甚至希望你们能够住在我们家里。当然，如果可以的话，我会非常高兴的。另外，她还想与你们同行一起返回德黑兰。

晚饭后，法蒂玛迫不及待地引领着我们下到地下室，要跟教练打球。她的父母及朋友在旁边观看，那位腼腆的女孩也上场打了一阵，虽说有模有样，但她仍戴着头巾，穿着长衫，十分不方便。教练十分认真地指导几位姑娘的动作后，嘱咐她们多对着镜子练习。毕竟业余爱好与专业国家级教练球技水平差距很大，但仍可看出乒乓球运动在伊朗广受年轻人的欢迎。穆罕默德夫妇知趣地不停地劝说，大家便回到客厅喝茶聊天。

这次做客，使我感受到伊朗人的热情。原本并不认识，只是闲聊了几句，就非常热情地邀请他人到家里做客。这样的事，我以后又多次遇到过，更验证了这个看法。

我们在乌鲁米耶市短暂逗留，训练之余只参观了一个清真寺，还到乌鲁米耶湖泡了一次盐湖淤泥或盐泥浆，当地人管这种盐泥浆叫作FANJAN。泡在FANJAN里，浑身抹满了黑色的FANJAN，被太阳一晒，有一种皮肤收缩或拉紧的感觉。乌鲁米耶湖同以色列与约旦之间的世界"肚脐"死海相似，因为盐度很高，基本上没有生物存在。区别在于死海水色碧蓝、清澈见底，乌鲁米耶湖水则呈现淡绿色，显得有些浑浊。以色列和约旦都有用死海淤泥制作的护肤用品，在国际市场上很畅销。可乌鲁米耶湖旁尚未建更多的旅游设施，完全是原始状态。泡完FANJAN洗脸时，盐水刺得我脸很疼，再经太阳一晒满脸通红，容光焕发。如果乌鲁米耶湖的淤泥也能被开发出来，那对于爱美的女士们应该又是一种福音。

遇见车祸

大约一周后，我和教练乘坐大巴车离开乌鲁米耶返回德黑兰，很多人到车站来送行。车子还没开动，就听见法蒂玛从后排跟我们打招呼，她照旧与一位女士调换座位，又坐到了我们旁边。

这是一条双向公路，从公路上来来往往的车辆所挂牌子看，土耳其牌照的卡车和油罐车远远多于伊朗的车辆，公路也显得有些拥挤。车子开得并不快，接近傍晚时，我正与法蒂玛低声交谈着，突然听到车外"嘭"的一声巨响。抬头只见我们车前不远的地方腾起一股烟尘，前后的车子都停了下来。我下车走向前去看了看，原来是两辆土耳其的卡车相撞，其中一辆拉着钢筋的加长卡车把另一辆卡车撞翻到了路旁的沟里，现场留下满地碎玻璃片。

被撞翻的卡车司机正从翻倒的车头里爬出来,看样子伤得不太厉害,只是头上稍有些血迹。我们只好在车上静等处理事故,一个多小时后交通才恢复。

夜幕降临,公路上的车都打开行车灯,远看星星点点,近看连成一串,弯曲的公路变得很漂亮。大概晚上9点钟左右,大巴车停靠在一排路边餐馆前,乘客们下车各自选择不同的餐馆去就餐。我和教练在三家餐馆中选择一家进去,服务员热情地接待了我们。在伊朗,所有乘客在路途中用餐都是自主决定的,并不指定餐馆。

夜间公路上行驶的各类大小车辆并不比白天少,我们的车继续赶路,乘客大都昏昏欲睡。突然大巴车紧急制动停车,大家惊慌地睁开眼,在车前灯照射下赫然映入眼帘一幅惨景:宽阔的双向4车道上一片耀眼的光芒和四散的行李等物品,两辆大巴车翻倒在公路两旁,隐约可见路边好像有人在向上方挥动着胳膊求救。定睛看后才发现,公路上一片耀眼的光芒是玻璃碎片反射的光芒,一些从翻倒的大巴车上甩出来还没有得到救治的伤者正在祈祷真主的救助。

所有路过的汽车都开着大灯,将公路方圆约100多米的范围照得如同白昼。显然是刚刚发生了车祸,大家都急忙下车,跑上前去帮忙。我们也同他们一起将尚能动的轻伤者扶到路边,对于重伤者只是轻声地同他们说话，分散他们的注意力，不敢盲动，也不让他们就此睡过去。路遇车祸，所有车上的人都去参加救助，体现出伊朗人的齐心协力和充满爱心。

各种救援车辆响着警笛声很快赶到，我们先是配合急救医生和护士搀扶轻伤者上救护车，又在医生的指导下把还能向上伸胳膊的重伤者扶上担架，抬上救护车。有几个重伤者躺在地上一动不动，医务人员在不停地为他们做着人工呼吸，测量脉搏。还有些人在忙着收拾散落在公路上的物品，并分别送往路边集中摆放整齐。

参与救援后，我在路旁的小草上抹掉手上的血迹，算是洗了洗手，找到教练，一并回到了我们的大巴上。乘客纷纷上车，司机请大家相互看看左邻右舍是否到齐了。确认没有落下人后，大巴车缓缓驶到车祸旁边，司机鸣笛致意，然后加速离去。我看到司机神情肃穆，车厢内很静，没有人出声，个个心里都不是滋味。

一路上经历两场车祸，大家默不作声，但睡意全无。只有坐在最前面小座上的司机助手不时同司机小声说几句话，或递上一杯咖啡。因为路上耽搁，我们第二天凌晨时分才到达赞江（ZANJAN）省省会赞江市。吃过早餐短暂休息后，车子继续前行。

初升的太阳照进车里，加上经过几个小时的调整，大家的心情渐渐平复，车里又恢复了活跃气氛，不时传来彼此问候和聊天说话声。

回想我们的这次"北巡",虽然在返程中看到了惨不忍睹的车祸,令人感到遗憾,但总体上还是令我大开眼界。经历了很多事情,第一次拜会了神职人员,第一次到伊朗人家里做客,学到很多知识,非常愉快。唯一有些不习惯的是,在北部各地讲学训练中,所有现场的人都用一个玻璃杯喝水,一个人喝完,倒上水后传递给下一个人。我还曾看到一个运动员在路边买了一大块冰,随即在地上砸成小块后不冲洗,连带着地上的土就扔进水桶里,然后添加上自来水就给大家喝。不过,在后来的日子里,我也习惯了。在伊朗,自来水龙头里的水是可以直饮用的。伊朗的水质普遍较软,很洁净,并没有被污染。后来我在德黑兰大学学习的时候,基本上也都是直接从自来水龙头接水喝的。

一路奔波,有惊无险,我们终于回到德黑兰,再次按部就班地投入到指导伊朗教练和训练伊朗运动员中去。

做客贾姆希德家

贾姆希德先生是伊朗排球协会副主席兼教练与规则委员会主席。他听说我们住在自由体育中心,就赶来与我们见面。因为几位教练先期回国后,我和乒乓球教练被派遣到北部"巡视"指导,彼此已经一个多月没有见面了。

老贾人很不错,知识渊博,待人诚恳,当年大约50岁左右,个头不高,白头发,唇上蓄着整齐的短白胡须,满面红光,显得很精神。他曾在法国、德国和英国求学,最后在英国一所大学取得了运动学的博士学位。

一天晚上,教练结束工作并洗完澡后,我们乘坐老贾的那辆伊朗产的PEIKAN轿车到了他的家里。PEIKAN轿车是伊朗当时的主力车型,是上世纪60年代从英国引进的生产线生产的,已经完全实现了国产化。伊朗全国各地街上跑的绝大多数是那种车,出租车也同样。那种车比较便宜,生产厂就在贾姆希德家再往西约20公里高速公路南侧的工业区。后来我多次到那里参观过。PEIKAN汽车厂旁边还有一个生产老式奔驰面包车和大巴车的工厂,我也多次陪代表团参观过。

上世纪90年代中后期,伊朗从法国和韩国先后引进了标致206和大宇两厢车生产线。据说伊朗当时采取了这样一个措施:凡是申请购买上述车的人必须提交低收入证明,高收入者一律不能购买那两种车。伊朗政府的考虑是,让穷人也能开上好车。至于富人有钱可以在国外买车回来上100%的进口税。

老贾的家就在自由体育中心附近,是一排三层连体别墅中的一个单元，内有一个约50平方米的客厅，铺着一块约20平方米的地毯，还有四间卧室，一个开放式厨房，外面有一个车库。那是当年亚运会结束后出售的运动员公寓。老贾是卖掉了自己原来的房产，买下那处房子的。房子周围环境很好，绿荫环抱，草坪树木繁多。该小区在德黑兰是一个不错的小区，只是离市区远了点。

与当时自由纪念塔西侧和麦赫拉巴德机场北侧一大片巴列维时期未完工的小区相比，这里的环境更幽静，更优美。机场北侧小区的建筑群，高低错落有致，少有正南正北的建筑，曲里拐弯占地面积很大，据说可以住10万户，是巴列维时期为教师等中低收入者建造的，从空中上往下看，可以看到所有楼群组成波斯语"国王万岁"的词句。我没有从空中看过，是后来听伊朗城市与住房部的一位副部长说的。这片住宅区是在两伊战争结束以后，才陆续完工交付使用的。后来我经常去那里。那里的房子面积一般都在150-200平方米，其中有一些是跃层公寓。

贾姆希德的夫人热情地招待我们，她和老贾曾一同留学国外，两人在1974年亚运会筹备期间带着尚在襁褓中的女儿阿娜希塔回到伊朗，就职于伊朗奥委会。伊斯兰革命胜利后继续留在奥委会工作。老贾的夫人个儿不高，如同其他结婚生了孩子的女性一样有点发胖，但很精神，很有气质。他们的女儿当时12岁，长得非常漂亮，被老贾两口视为掌上明珠。

伊朗人请人到家里做客，一般不会只请一家人，多数时候会请几个家庭或多个朋友。在乌鲁米耶时是这样，这次也同样。我们到他的家里后，老贾夫妇忙着给我们介绍他们的朋友。我们相互握手寒暄，然后落座。大家聊了一会儿后，老贾夫妇如同中国的父母亲一样让小阿娜希塔给大家表演各种节目。阿娜希塔很大方，能歌善舞，一点也不怵外国人，表演完节目后，就坐在我的旁边同我聊天。她对中国一点都不了解，问我的有些问题都不好回答。如她很天真地问："你们的长相为什么与伊朗人不同？你们为什么不长胡子？"我说："胡子被我刮掉了。"她摸着我的下巴说："你根本就没有胡子。男人的胡子刮了后，会留下青色，还会扎手。"确实，伊朗人的胡子一天不刮就会长出黑乎乎的一片，而且胡须很硬。后来我在德黑兰大学学习时，有位伊朗同学到我的房间做客，用我的电动刮胡刀试着刮胡子，但因动力不足，根本刮不动，害地他疼得哇哇大叫。

伊朗人请人到家里做客，一般都是先边喝茶或饮料，边聊天。吃饭都是自助餐形式。做好的饭菜放在一张大桌子上，每个人拿一个盘子随自己的意愿挑选食物，选好食物后，随意坐下，当然主人要随主客坐。伊朗人吃饭与国内的南方人一样，一般都先喝汤、吃色拉拌菜，然后吃主食饭菜。主菜一般有两三种。主食一般有两种：一种是白米饭加薄饼，当然上面有一层用红花水浸泡过做的米饭；另一种是羊肉炒饭加薄饼，类似于新疆的手抓饭，非常美味。

当天的晚餐很丰富，大家聊得很愉快。

伊斯法罕：历史名城

伊斯法罕（ESFAHAN）市是伊斯法罕省的省会，伊斯法罕人自己称该市是伊朗第二大城市，但是伊朗东北部的霍拉桑省省会马什哈德的人说马市才是伊朗第二大城市。那两个城市争老二争了很长时间，谁也说不清楚到底哪个城市更大一些。但两个城市各有特点：伊斯法罕是古代波斯的重要城市，丝绸之路的重要驿站之一，也是多朝古都，有众多古迹；马什哈德是伊斯兰教什叶派著名的宗教圣地，以伊朗什叶派第八个伊玛姆阿里·礼萨的陵墓建在那里而闻名于世，并吸引着众多朝觐者前往朝拜。

伊斯法罕是伊朗最古老的城市之一，距离德黑兰约 400 公里。"伊斯法罕"一词源于波斯语"斯帕罕"，意为"军队"或"军营"。古时那里曾是军队的集结地，由此而得名。公元 11-12 世纪塞尔柱帝国时期，该城成为都城。1501 年 -1736 年萨法维王朝时期，该城处于全盛时期，商家云集，八方宾客汇集，市内扎延德河北部的多数建筑物和清真寺都是那个时期建造的。伊朗有句谚语"伊斯法罕半天下",反映了当时该城的繁荣景象和深远影响。可以说,驿站就是当年伊斯法罕历史光华的缩影。迄今城里还保留着不少当时所建的驿站,五星级的阿巴斯饭店以及一些民居就是在当年的驿站基础上扩建和改建而成的。中国世界古代史研究会副理事长、北京大学伊朗研究所兼职教授李铁匠在《大漠风流——波斯文明探秘》一书中说:"伊朗安息王朝的兴起,全靠丝绸贸易的支持。它的灭亡,也是因为丝绸贸易的中断。古代丝绸贸易的重要由此可见一斑。"

在历史上,伊斯法罕就与西安有着密切往来,一个是丝绸之路上的重要中转站,一个是丝绸之路的起点城市之一。1989年5月,西安化觉巷清真大寺马良骥阿訇应邀访问德黑兰和伊斯法罕时,西安与伊斯法罕结为友好城市。这是我第一次到伊斯法罕。在以后的岁月里,我到该城去过无数次。其中有一年我在一年中就去过11次。

大概是11月的一天,乒协租车拉着我们离开德黑兰奔赴伊斯法罕。我们沿着老公路向南走准备出德黑兰,上德黑兰至伊斯法罕的高速公路。当车行驶到德黑兰南部时,我看到那里到处都是比较低矮陈旧的小楼房。我是第一次去那里,以往都是在市中心或靠近北部地区活动。司机对我说,那里是贫民区。德黑兰基本上可以以革命大街为中心划分南北，北部地区是富人区；中部可以说是行政区，议会、政府机构包括总统府和内阁机构基本上都在那个区域；南部都是老房子，是德市的传统区域，越往南越贫穷。但是，德黑兰最有特色的大巴扎（传统市场）就位于南城。他指着一大片区域说，那一大片就是德黑兰的大巴扎。另外，南城的传统茶馆很有特色，他建议我们有时间去体验体验。

出了德黑兰走上高速公路后不久，我第一次看到了戈壁。比起都市里的花团锦簇七彩流荧，戈壁另有一番景色。在那片贫瘠空旷，天苍苍、野茫茫、高低起伏的戈壁滩上开出的高速公路上，观赏车窗外看不到尽头的红黄色略带灰绿色骆驼草的戈壁，以及一望无际的湛蓝天空、变幻莫测的洁白云朵，很像是一副原始的动人画卷，其实也是一种享受。

我们的车行驶了大约一个多小时后，司机拐下了高速公路，进入了一个城市。司机告诉我，那里是伊朗的宗教权威中心——圣城库姆。库姆的饭菜与德黑兰没有什么区别，也可以说，整个伊朗的饭菜区别都不大，只是里海边的人和波斯湾沿岸的人吃鱼多些。饭后，我们没有在库姆停留，从市中心穿城而后，再次拐上了高速公路。我们虽然只是走马观花地穿城而过，并短暂停留吃饭，但是我也看出了这座城市的主要特点，就是清真寺特别多，街道两旁似乎到处是高耸的清真寺的宣礼塔。虽然当时不是斋月，但中午时分从街头的高音喇叭中也会不断地传出诵读《古兰经》的声音。

离开库姆驶上高速公路后,我们沿着戈壁继续前行。大概三个多小时后,我们抵达了位于伊斯法罕市老城区中心的市政府大楼前。省市两级体育组织和乒协的官员迎接我们,并把我们请进了市政府大楼。在那里,一位副市长会见了我们,晚上又宴请了我们。我们再次享受到超规格的接待。

饭后,我们被安排在靠近把伊斯法罕市区一分为二的扎延德河北岸临街的一家旅馆。出了旅馆向北就是老城区的商业街。市政府就在商业街旁的一个小广场东侧。市政府的北侧紧邻著名的40柱宫。40柱宫向东走约500米是享誉世界的"半天下"广场(现称霍梅尼广场)。商业街向西走大约3公里处,有一座清真寺,人爬上那里的一个宣礼塔晃动,塔身会随之摇晃,故此被中国人命名为"摇晃塔"。后来出于保护古迹的缘故不再允许人爬塔了。出旅馆向南走不到200米就是著名的33孔古桥,顺着33孔古桥向东大约2公里外是坐落在河上的建于16世纪萨法维二世时期、供人们游玩和乘凉的哈柱古桥。河的南部是新市区,著名的伊斯法罕大学等就坐落在市区南部山麓的北侧。

我们在伊斯法罕的工作依然是每天下午4点至7点到俱乐部去指导训练,工作很清闲。伊斯法罕省市乒协每天上午安排人陪同我们参观游览市区的主要景点。

我们最先去的是40柱宫。那里已经开辟成为一个公园，购票进公园大门后，就能看到一个面向东的独体宫殿坐落在树林中间。40柱宫总面积约67000平方米，主体建筑面积1113平方米，始建于萨法维王朝阿巴斯一世，阿巴斯二世时建成，是国王当时接待贵宾和外国使节的地方。宫殿的基石高出地面两米多。与平台相接的大殿有三个拱顶。入门处有一个小镜片镶嵌的镜厅，是1657年阿巴斯二世国王时代建造的，萨法维二世时重新修饰。宫殿前半部是三面开放的宽敞平台，台上有20根高大的松木支柱。正中的4根大柱子中间有一大理石水池。水池边上的石雕狮子的嘴里可以喷出水流。宫殿前方有一个长方形的大水池，长110米，宽16米，大水池四周有石雕喷泉。站在水池东侧远处眺望宫殿，20根柱子与辉映在水中的清晰倒影浑然一体，"40柱宫"由此得名。宫殿内墙上有几幅珍贵的壁画，反映了当时的宫廷生活和征战场面。其中一幅是反映当时波斯与印度大战即马象大战的情景，另一幅是反映当时波斯国王招待中亚各臣服国使臣的景象。宫内还展有一本写在羊皮上的厚厚的《古兰经》，另外还陈列着一些器皿、古币、书法等文物珍品。

参观完40柱宫后，我们在公园门口处坐在伊朗式的大木床上一边休息聊天，一边喝茶并享受水烟。

离开 40 柱宫后，我们向东步行到"半天下"广场。广场在萨法维王朝时期是一个马球场，周围有两层拱廊环绕，拱廊东西侧靠近北部的地方各有一个大门。广场西侧中央是古老的阿里卡普宫。该宫是一座六层建筑，建于 17 世纪初。宫的第三层平台是萨法维王朝时期国王用来招待外国使节观看马球和焰火表演，以及检阅军队的地方；上面三层是国王的住所。阿里卡普宫的对面是国王清真寺（现称伊马姆清真寺），该清真寺小巧精致，在建筑学和光学方面有着广泛影响。广场南部是星期五聚礼拜清真寺。那是伊斯法罕最大的清真寺，它的主要特点是双层穹顶，外拱顶高 54 米，外顶和内顶相距 15 米。如果人静站在正对着拱顶下面的回音石上拍手甚至是划火柴，都可以听到多次回音。离拱顶中心越远，回音越弱。另外，清真寺里外均由精美的瓷砖镶嵌而成，清真寺的大门是镀银的，看上去有些发黑。门上写有许多诗文，都是由当时著名书法家用波斯文纳斯塔利克字体书写的。墙壁上还有反映当时文化艺术最高水准的壁画和装潢。整个建筑宏伟大气，设计精美。清真寺拱顶上的尖塔对着麦加。大拱顶的两侧各有一个高 43 米的宣礼塔。寺内西南侧还有一个三角形日晷，是当时人们用来测算时间的。在 17 世纪建寺时，清真寺西侧就建有讲授伊斯兰经学的教室或讲堂，现在仍然有宗教学生在那里学习。寺内中央是一个大型圆水池，供人们日常做礼拜前洗手和洗脚用。

该寺内还有一处专供女性礼拜的半地下室内场所，冬暖夏凉。

广场的四周都是手工艺品商店或小作坊，北部是大巴扎，里面四通八达，我去过无数次，但没有一次能走完整个巴扎。伊斯法罕最主要的手工艺品有黄或红铜盘、铜瓶、铜壶、手工矿物质染料染色的土布、各种规格的骆驼骨与铜丝镶嵌盒、水烟等。那种手工矿物质染料染色的土布，我曾经在北京西单的中友百货大厦里看到过，1.5米见方的土布售价达450元人民币，而在伊斯法罕广场北端的大巴扎入口不远的小作坊里，同样规格的土布售价只有20元人民币。另外，"嘎兹糖"是伊斯法罕的一种特产糖果，是用嘎兹树树胶与破碎的开心果仁混合制成的一种糖果，非常好吃，是旅游后馈赠给家人和朋友的不错选择。

伊马姆广场西面、靠近商业街北侧的阿巴斯饭店是伊朗最具特色的五星级饭店。它保留了古代驿站和波斯建筑风格的特点，是一个四周合拢的长方形大型建筑，饭店的里侧是一个大院子，院子里种着一些果树，院子的北侧有一个传统水烟馆。饭店大厅的墙壁和天花板上用密密麻麻的红、蓝宝石和小镜块镶嵌成几何形图案，非常漂亮。大厅东侧的几个餐厅里都有描绘古代波斯以胖为美的女性细密画壁画，很有特色，非常值得一看。杨尚昆、李鹏、江泽民、胡锦涛等访问伊斯法罕时都曾下榻于该饭店。

在伊斯法罕期间，我们还相继游览了横跨扎延德河的33孔桥和哈柱桥两座古桥。

33孔桥是1602年萨法维王朝阿巴斯一世国王命令他的大臣、格鲁吉亚族人阿拉威尔迪·汗负责监制建造的一座砖石结构的双层古桥，上层由33个圆拱构成，故名33孔桥。桥上可通行车辆和行人，下层可喝茶与戏水、纳凉，是伊斯法罕最漂亮的一座古桥，也是世界上著名的桥梁设计代表之一。现在桥上已禁止车辆通行。

哈柱古桥在33孔桥下游约两公里的地方，也是世界著名的古桥梁。该桥是在1660年时在一座古桥的基础上改建而成的，长105米，桥面宽14米，共有24孔。大桥建在一个水坝上，桥上的滑动式闸门可以提升水位用于灌溉周围的农田。桥有两层拱顶，采用不同颜色的砖区分开。桥中央有两个亭子，是当时国王会客的地方。在萨法维时代，那座古桥还是国王举行盛典的地方，据说当年国王坐在古桥中央，大臣们站在各个拱洞中观看典礼。古桥既是通道、拦河坝，也是一处休闲场所，同时还是一件艺术品。除了让人瞠目的石基之外，里面色彩鲜明的壁砖及17世纪的绘画尤其引人注目。

33孔古桥和哈柱古桥如今已成为伊斯法罕人生活的一部分。不仅是当地人在河边乘凉、野餐、吸水烟、品茶的好去处，也是情侣约会的浪漫场所。当时，扎延德河还有些脏乱，后在市长卡尔巴斯齐的治理下，河水清澈，并在河道的伊斯法罕市区上游地带筑起橡皮坝，供人们划船戏水；河道两岸也绿树成荫，草坪成片，成为当地人周末和日落后野餐的好去处。卡尔巴斯齐也因此受到时任总统拉夫桑贾尼的重视，后来成为德黑兰市长。他在德黑兰市长任上也很有作为，不过后来因挪用公款等罪名被罢免，并被禁止从政，过早地结束了他的政治生涯，在政治舞台上黯然地失去了踪影，不然很有可能作为务实派的代表人物参与总统角逐。

伊斯法罕还有一个亚美尼亚人的"万克"教堂。因为去的次数不多，我记不清该教堂到底位于市区的哪个方向了，只模糊记得位于老城区的西部，距离"摇晃塔"不远。该教堂是16世纪萨法维国王统治早期，为鼓励被强迫从与阿塞拜疆接壤的东阿塞拜疆省朱尔法的亚美尼亚人迁移到伊斯法罕安家立业而建造的。教堂具有伊斯兰风格的大穹顶，外墙上布满了萨法维时代的标志性装饰，在外面看就像是一座清真寺，但进入到教堂内部，各种精美的壁画令人惊叹，各种基督教的元素融合在里面，提醒着人们那是一座基督教堂。不同的文化融合在一个建筑里，体现了和谐的统一。

纵观伊斯法罕市，整体街道也是按照正南正北的规划建设的。外来人在该市主要街道上不容易迷路，特别是扎延德河以北的老城区更是如此。

然而，要想真正融入伊朗人的生活，一是到他们的家里做客，体验伊朗人的家庭生活，二是选择到河边、公园等地方，可以看到一家一家的伊朗人，围坐在树荫下草坪旁聚餐聊天，看到外国人他们都会很热情地招呼你，给你一杯香甜的红茶，请你品尝他们的食物，而且你很快发现，他们的幸福指数让你嫉妒。在伊斯法罕的时候，我和教练每天晚上都一定要在扎延德河畔坐坐，享受着清凉的和风，看着夜色霓虹下的33孔桥和哈柱桥，以及纳凉休闲的伊朗人家，一份怡然自是写意人生。

伊朗人的贫富观

我们在伊斯法罕期间曾应邀到一位乒乓球俱乐部会员家里做客，俱乐部七八个会员与我们同往。主人是个小商人，家住在扎延德河以南新市区的一幢公寓楼里。家里住房面积大概有180平方米以上，有一个很大的客厅和四间卧室，每个卧室都带有卫生间，大厅里也有一个公用卫生间，厨房如同其他家庭一样是开放式的。家里干净整洁，各种电器设备一应俱全，还有两辆小轿车。

我们在他家吃饭闲聊的时候，他说他是穷人。我说："你有这么大的房子，各种设施及电器齐全，还有两辆汽车，怎么能说是穷人呢？"他说："这个房子不是我的，是我租住的。我现在挣的钱只够我的正常开销，还没有足够的钱买房子，所以是穷人。什么时候我有了自己的房子，才可以说进阶为富裕阶层了。"

我无语。当时，中国的公务人员月工资只有 40-50 块钱，全都是租住的房屋，而且面积还很小，很多家庭甚至连基本电器还不齐全，更有很多家庭是几代人挤在一间小屋里。可见伊朗人当时的普遍生活水准比中国人高出不是一两个档次。

路过公园参加婚礼

在等待回国具体消息的期间，一个星期五的下午我和教练到外面散步，路过一个公园时，看到门口熙熙攘攘，很是热闹。教练好奇地让我去问问发生了什么事。走近一打听，得知里面正在举行婚礼。我试探着问，我们可以进去看看吗？对方非常高兴地说，当然，欢迎你们。随后我们被引导到公园一座灯火通明的单层建筑前面的草坪上，那里摆放着一排排的桌椅，已经坐满了人，而且都是男性。我们被介绍给了新郎、新郎的父亲和其他亲属及朋友，然后安排我们坐在了新郎家人的长条桌旁。

我们送给新郎一把随身携带的小香木扇，新郎非常高兴地接过去，说："礼品非常珍贵，非常有意义。因为是中国朋友送给我的新婚礼物，我一定要和我的新娘分享这份快乐，并好好保存。"这是我们当时经常随身携带的小礼品之一，因为不知什么时候就会有伊朗朋友邀请我们去做客。空手到人家家里或其他地方做客，对于中国人来说是一件非常尴尬的事情，除非有特殊情况，一般情况下都会带一件小礼品以示礼貌和尊重。

在座的伊朗朋友对于我们的突兀造访不仅没有任何不快，反而很高兴，非常主动热情地与我们聊天，大多数是询问有关中国的事情和我们对伊朗的印象。当时，虽已接近傍晚，但天空依然湛蓝，在微风的吹拂下感觉很凉爽。大家坐在一起喝着饮料，愉快地聊着天。伊朗人饭前不喝茶，只喝饮料或凉水，吃烤肉的时候还有必备的稀释酸奶。伊朗当时只有可口可乐、百事可乐、七喜和"毛耶韶耶勒"（一种不含酒精但有点啤酒味的饮料）几种饮料。伊朗人一般都是在闲暇的时候，或接待客人的时候，或工间休息的时候，配着各种甜点喝茶。这与中国人的习惯大不相同。

聊天的时候，我不时听到背后的单层建筑里发出的女性唱歌跳舞的声音，以及"噜噜噜噜，噜噜噜噜"的欢叫声。听到她们的欢乐声，其他人也会受到感染。当时我就是如此，脑子里瞬间忘记了伊朗"男女授受不亲"的宗教礼仪，很突兀地提出能不能见见新娘子。哈哈，我的"无理"要求理所当然地被友好地拒绝了。

在伊朗的岁月里，我曾多次参加伊朗朋友的婚礼。伊朗人的婚礼同中国人一样，有伊朗传统式的，也有西式的，具体采取哪种形式皆由新郎和新娘及家人商量决定。但无论什么方式，有些环节是必不可少的。如先要到附近的清真寺去登记，领取结婚证书；在举行婚礼的下午，要请清真寺的伊玛姆到家里主持证婚仪式，新郎和新娘要对着《古兰经》发誓，两人自愿结为夫妇，相守一辈子，不离不弃。与中国婚礼不同的是，邀请亲戚朋友出席的婚宴通常都安排在晚上，而且新郎必须亲自开着布满鲜花的车接新娘赴婚宴，新娘必须坐在新郎开的车的副驾驶位上。虽然，伊朗女性外出都必须穿HEJAB戴头巾，但是在赴婚宴的途中，新娘可以不穿HEJAB，也可以不戴头巾，只穿着白色婚纱。那是一种约定成俗，没有人干预，而且所有车辆看到婚车后，都会主动让开并鸣笛致意。伊朗人的婚车队不长，一般只有一两辆车跟随婚车。

启程回国

有了具体回国日期后，教练想让我们悄悄地离开。始终没有告诉任何人我们马上要回国的消息。

但是，消息还是不胫而走。一时间来为我们践行的人络绎不绝，甚至有些外地的教练或乒乓球爱好者也赶到德黑兰与我们相聚告别。乒协不得不停止了教练到俱乐部指导的工作。

12月中旬,我和教练乘坐伊朗航空IR800航班从德黑兰飞回了北京,结束了为期七个多月的首次伊朗之行。

此行虽然时间不长,但对于我来说既是一种历练,也是一种经历。不仅锻炼了语言,而且参观了很多地方,了解了很多当地的风土人情,更重要的是结交了一些好朋友。

伊朗漫记二

留 学

重返伊朗

1988年8月，两伊战争结束。我在年底前即办好了赴伊朗学习的所有手续，于次年1月初作为访问学者重返德黑兰。

一别近三年，我再次登上了飞往伊朗的航班，深夜时分降落在德黑兰麦赫拉巴德机场。与上次不同的是，没有人接机。我径自提取行李走出机场。外面白茫茫一片，德黑兰下雪了，而且挺大，到处堆满厚厚的积雪，天空阴沉着还在飘飘洒洒地落下雪花。

打上一辆等候的出租车，我告诉司机中国大使馆的地址，很快便离开了机场。司机是位年轻人，大大的脸庞、略带卷曲的黑发，留着浓密的小胡子。驾驶座椅似乎难以承受他的体量，显得很狭窄。我为舒缓车内沉闷的气氛，对他说，猛看你长得太像阿富汗总统纳吉布拉了。他诙谐地答道："我还有这种荣耀呀。那我干脆到阿富汗去做他的替身好了。"深更半夜的德黑兰大街上，车辆稀少，一路顺畅，扫雪车正将路面上的积雪清扫到路两旁，堆得高高的像垒起了一道雪墙。摇下车窗，空气中略带着潮湿，我深深地吸一口，重温那久违了的德黑兰独特气息。

车子停在中国驻伊朗大使馆门前，司机扭头向我要30美元车费。是他的诙谐，还是我听错了，在德黑兰，里亚尔与美元的比价黑市比官方的比价高出近20倍。我掏出3美元给他，并说：哥们儿，你别唬我了，3美元你都赚了不少。边说我边取出后备箱里的行李箱，司机还想与我讨价还价，但看到使馆门前的伊朗警卫走过来，吓得他赶忙开车走了。这次到德黑兰遇到的第一件事，居然是防骗，倒是提醒我今非昔比，我将以一个普通的留学生身份，实实在在地重新体验伊朗的生活。

由于当时去伊朗留学的中国学生不多，大使馆负责留学生等方面的事务由文化处代管。第二天上午，我到文化处报道后，自己打车去了德黑兰大学。

德黑兰大学

在人生的旅途中，我又一次成为一名学生，这次是就读于德黑兰大学人文与社会科学学院波斯文学专业的留学生。我的到来，成为在此中国留学生中的"老大"，因为我是年龄最大的。留学期间，我先后师从过塔法佐里教授先生、奥姆兹加尔教授女士、列桑教授先生、赞迪教授先生等人。

德黑兰大学是伊朗的最高学府，一所综合性大学，也是伊朗最古老、规模最大的大学。它建于1934年，主校区占地面积22.5万平方米。初期只设有医学院、技术学院、哲学院、法学院、科学院和文学院6个学院，后来逐渐发展，成为伊朗规模最大的综合性大学，到现在共有自然科学、人文与社会科学，工程、技术、医学、医药、农业、法律、政治、经济、生命科学、资源环境、国际贸易、神学、伊斯兰哲学和法律等16个学院；另外还有2个语言培训中心和4个教研机构，以及大辞典编纂、中东与考古研究、社会扶贫调查、防治恶性疾病和高科技研究等14个研究机构；附属的还有3个服务与通讯机构，数座图书馆、文化中心、医疗中心和娱乐中心等。德黑兰大学一共有111个本科专业、177个硕士以及156个博士专业，当时共有25000余名学生。

国际上评价一所大学的重要标准之一是学校图书馆的藏书规模。德黑兰大学除中心图书馆外下辖有40多个分馆，仅本部藏书就超过150万册，其中约有5000多种不同语言的出版物，总的藏书规模达到近500万册，可谓是规模巨大，它也是中东地区最大的图书馆之一。图书馆大楼共9层，其中6层为书库，分别有波斯语、阿拉伯语、英语、俄语、法语、德语和毕业论文等书库。目录厅里开架书库有约15000册图书，供随时查阅。出版物阅览厅约有1800多种波斯语和阿拉伯语读物，约3800种英语、俄语、法语和德语等语种的读物。伊朗学阅览厅，约有8000多册关于伊朗学方面的书籍，并设有阅读手抄本和观看图片的地方。

图书馆里还有一个可容纳500人的会议厅，供举行学术和文化研讨等使用。另外还有两个阅览厅，供学生阅览书籍报刊。图书馆里最重要的一部分是手抄本和石刻版本收藏室，该收藏室里收藏有约15000册手抄本，5000多册石刻版书籍，7000多张图片和7000多个缩微胶卷，40000多份历史文件。其中最珍贵的有伊本·西那的《医典》和伊本·阿巴德的《引导与迷误》等手抄本。

德胡达大辞典编纂研究所是德黑兰大学最著名的研究机构之一，该所主要负责人大多是德黑兰大学文学院的著名教授。该所以阿里·阿克巴尔·德胡达的名字命名。德胡达老先生用了40年时间整理了一部迄今为止伊朗最大的波斯语辞典，其中一部分他在世时已经出版。德胡达先生在编纂辞典时，大量阅读古代诗歌与散文，在所有单词下面画线，然后由他的几位助手按照字母顺序将所有单词记录在卡片上，一共收集了大约300多万张卡片，20多万个词条，每一个词条都详细地注释含义、词源和词性的变化。那些卡片是大辞典的第一手资料。

德胡达大辞典编纂研究所从1956年开始出版《德胡达大辞典》，迄今共出版了222分册，约27000余页。我在德黑兰大学学习的时候买过一套，运回国后装订成27本。德胡达大辞典编纂研究所还与北京大学东方语言文学系波斯语研究室合作，联合编纂了《波斯语—汉语词典》和《汉语—波斯语词典》。

考古研究所是德黑兰大学下属的另一重要机构，始建于1959年，是当时伊朗最大的考古研究所。该研究所分为三个部分，分别研究史前、史后和伊斯兰时期的文物古迹。考古研究所除了教授考古学外，还负责对各地的历史古迹进行勘探和挖掘等工作，伊朗出土的许多文物都是由该研究所负责勘探和挖掘出来的。

德黑兰大学比较年轻的研究所应属文化与艺术研究所，它于1999年建立，并负责管理德黑兰博物馆和穆甘迪穆博物馆等机构。穆甘迪穆教授是一位考古学家，还是一位艺术家，曾任教于德黑兰大学美术学院。他的家里收藏了许多文物古籍和艺术珍品，供学生参观、研究，后来他的家索性被辟为德黑兰大学博物馆。在穆甘迪穆教授收藏的文物古籍和艺术珍品中，有许多著名油画、水彩画、丝织品、书法艺术、瓷器、玻璃器皿、雕塑、地毯和挂毯，等等。

德黑兰大学地球物理研究所是伊朗最早研究地球物理的机构，建于1957年。该研究所成立初期只进行地震学、地球磁力和重力测量三个方面研究，以后逐渐扩展。目前该研究所设有地球物理和航天物理两个教研组，另外还有8个研究中心，1个国家地震记录中心和一座专业图书馆。1990年6月21日，伊朗西北部的赞江省发生里氏7.3级强烈地震后，中国国家地震局专家组曾到德黑兰与该研究所共同研讨，并赠送了一批仪器。

德黑兰大学的主校区位于革命广场东北侧，部分院系分散在德黑兰市郊。校园中心广场景色秀丽，中心图书馆附近有一个足球场，北面建有一座古典风格与现代风格结合的清真寺。学校礼堂以古代波斯著名诗人菲尔多斯的名字命名。人文学院楼前广场上就矗立着诗人的半身雕像，我正是就读于该学院。另外，德黑兰大学在卡拉季（KARAJ）、库姆（GHOM）和萨里（SARI）等城市还设有分校。

大学医疗中心为所有大学生提供免费医疗服务；学校设有男生和女生两个食堂，男生和女生两个宿舍区也分别设有食堂，学生可以买票就餐，当时每顿饭100里亚尔；学生宿舍区里有商店、干洗店、理发店等服务设施。校区内还有电影院、俱乐部、体育场等娱乐场所，可谓一应俱全，供学生休息娱乐。

伊朗的大学实行学分制，只要修满学分，不论在校时间长短都可以毕业；学校对学生实行免费教育，并负责提供宿舍和奖学金。如果学生是已经结婚的学生，其奖学金比未婚学生多1万里亚尔，校方还免费提供一套公寓。公寓大概有50平方米，一间卧室，一个客厅，一个开放式厨房和一个卫生间，24小时提供热水，条件很优厚。

当时我的奖学金是35000里亚尔，以官价兑换美元约合480美元，但黑市兑换只约合25美元，官价与黑市价相差近20倍。中国的教育部还通过大使馆每月补助我们1万里亚尔生活费，以官价兑换约合140美元。

波斯文学硕士班

我就读的波斯文学硕士班人不多,开始时一共只有七个人,都是外国人,其中一个印度人、两个巴基斯坦人、一个法国人、两个德国人和我。后来又加入了一个波兰人。每次塔法佐里教授上课,我们都是围坐在他办公室的长条桌前。上课基本上都是研讨式的,教授一般只介绍些背景情况,然后听我们每个人讲自己的看法,遇到特殊情况或个别我们弄不懂的问题,他才讲解,然后向每个人提出问题。所以,上教授的课前,我们都必须认真准备,否则上课时被教授问得答不出来,觉得很难堪。

我们这个由留学生组成的班,第一学期只有几门课是大家一起上,如菲尔多斯的《列王记》、萨迪的《蔷薇园》、贾米的《春园》和阿拉伯语,其他的课程每个人选修的都不一样,我们每个星期最多相互见到四次,所以相互也谈不上很深的了解。

虽然我们这个班人少,但总是有些相互磕磕绊绊的情况出现。印度学生和巴基斯坦学生常常在讨论文学问题时转移到政治问题,甚至是国家关系上。我一般是充当和事老,教授也乐得让我来协调,代他息事宁人,天长日久我便成为实际上的"班长"。

班里唯一的女学生来自法国，可她的装束比伊朗女孩儿还严实，我记忆中从未见她露出过肌肤。她除了戴着MEGHNAEH（一种穆斯林女士的套头）以外，还在头巾里面衬一个白头巾，包裹严密得不露一丝头发。她从不穿HEJAB，总是穿着一件深蓝色的CHADOR。那种CHADOR实际上就是一块大布从头直披至脚踝，平时用一只手在下巴处捏住，或用夹子夹住。我开始有些不解，渐渐熟悉后她告诉我，她的父亲是法国人，母亲是伊朗人，从小接受伊斯兰教熏陶，养成了习惯。她长得很漂亮，举止得体，看得出是一位有着良好家教的女孩子。每次上塔法佐里教授的课，她都早早就到，将书包放在她旁边的座位上，看到我来就会说，敖萨德（我在伊朗学习时候的名字）坐在这里。

一天，塔法佐里教授正在讲课，一位棕色头发、留着小胡须的年轻人敲门进来，向塔法佐里教授报到，并说他想请教授给他开一封介绍信，以便到教育部注册读博士学位。教授问他在波兰哪个大学学习的波斯文学？老师是谁？他回答说，他是伊朗人，在华沙大学已经硕士毕业，老师是xxxxx。教授说，我认识xxxxx老师，华沙大学四年级毕业就会授予硕士学位。《列王记》《蔷薇园》《果园》《春园》和《政策谋略书》等诗歌与散文你学过吗？年轻人回答说全学过。教授指着我们说，他们正在学《列王记》，你现在给他们讲讲吧。年轻人有些为难，但又只能照做，结果连读都读不顺，还有些地方读错，很快就脸红脖子粗了，头上开始冒汗。教授见状说，这是硕士班，你不要再提读博士了，先在这里读硕士吧。教授并没给他面子，当着我们数落了他一顿，提醒他年轻人不要说大话，要谦虚。波兰人从此便跟我们一同学习，而且很怕塔法佐里教授。

后来他办理好手续后，与我们住同一宿舍楼。每当上塔法佐里教授课的前一天，他必定要到我的房间，请教有关问题，我想可能是因为塔法佐里教授是我们的几个教授中最严厉的一个吧。

塔法佐里教授

我上课的第一天，就吃了塔法佐里教授一个下马威。他开列出一张长长的参考书单，足有60本，要求我们购买后认真阅读。我很为难，不得不请教授减掉一些，并希望最多10本。一是因为我没有那么多钱，二是因为我读不过来。教授看着我说，做学问就要多看书，多看书才能逐步培养起兴趣。我说，目前我主要是进修语言，提升波斯语水平。您让我看这么多书，我很难看完。教授半天没有说话，最后妥协了，重新给我一张列有6本必读书的单子。我真心感谢他的理解。

随着我与塔法佐里教授接触渐多，了解也更深。他虽然非常严肃，不苟言笑，但是为人很好，非常关心我。比如斋月期间，学校不供应午饭，如果上午和下午连续上课，我就没法回去吃饭。这时候，他都会把我一个人叫到他的办公室，边聊天边让我食用他带的点心和咖啡。虽然不足以吃饱，但是很暖我心。他早年留学法国，酷爱文学，并非常执着于波斯文学的研究与教学，是伊朗国内研究巴列维语（古波斯语）和菲尔多斯《列王记》的权威。当年他50岁左右，在德黑兰大学甚至是伊朗国内都以很有个性出名。伊朗伊斯兰革命胜利以后，政府禁止所有人打领带，认为那是西方的生活方式。但是，塔法佐里教授每天都西装革履地到学校上班、授课，没有人敢管他。后来我才知道，他在伊朗是位拥有巨大影响力的学者。

我两个学期选修的是塔法佐里教授讲授的《列王记》和《政策谋略书》、列桑教授讲授的《蔷薇园》和《果园》、奥姆兹加尔教授讲授的贾米《七卷诗》（又名《七星座》）和《春园》，以及赞迪教授教的阿拉伯语。阿拉伯语是学波斯文学的必读课。前6门课都是3个学分，阿拉伯语课是2个学分。在德黑兰大学读硕士，一般要在三年内学完46个学分的课程。塔法佐里教授告诉我，如果我愿意，他可以帮助多选修一些课，让我在两年内拿到硕士学位。我婉拒了，因为有些课程我还没培养起浓厚的兴趣，怕因此耽误了必修课。

社会保障配给券

按照《伊朗社会保障法》的有关规定，凡是拿到长期居住签证的人都可以享受与伊朗人同等的国民待遇。当时，那种待遇具体体现在 6 种基本食品的配给券，以及搭乘火车和飞机时可以用里亚尔购票上。

1988 年 8 月长达近 8 年的两伊战争结束后，伊朗百废待兴。在 80 年代末期，由于持续战争的影响和美国长期封锁与制裁等原因，伊朗经济十分困难，对于像牛肉、羊肉、鸡肉、大米、食糖和食用油等基本食品均实行配给供应。

我到德黑兰社会保障组织去领取配给券，只登记了学生证上的基本信息，就很顺利地领取到了一大张印好的连张配给券。

伊朗当时的配给供应与国内改革开放前的配给制不同。当时国内的配给券具体称为粮票（面票、米票）和油票、副食本等，有的还要配合粮本使用。如当时北京每人每月供应半斤食用油，买油时只交油票和钱就行。大米是每人每月供应 6 斤，到粮店去买大米，除了要交售货员粮票外，粮店还要在粮本上记录下买了多少斤大米。

伊朗的配给券是另外一种形式，在社会保障组织领取的是一大张类似邮票、编好号码、连张的配给券。单张的配给券上都印有编号，如从 100、101、102 到 1000。配给券大概长约 10 公分，宽约 4 公分。基本上每隔 2-3 天或 3-4 天，报纸上就会公布某某号配给券供应什么，食品店和超市也都会贴出告示，公布配给券的号码及可购买的相对应的供给食品种类。

当时，供应最多的是食糖，每次每张券供应半公斤，牛肉、羊肉、大米和食用油供应较少。可能伊朗人喜欢吃糖，特别是喝茶时要放很多方糖或砂糖。我因吃甜食较少，糖券往往用不完或基本不用。有时候我就用糖券与其他人的大米券交换，互通有无；有时候还会到食品店换甜点。

课程与教授

对我来说上塔法佐里教授的课最累，一是因为我对文学不感兴趣，是他逼我学的；二是因为他要求很严，每次上课前我都要认真准备，看些诗歌和文学作品及其历史背景等材料。这对文学功底还不够深的我来讲，感觉有点枯燥。塔法佐里教授上课时，提问我的次数比提问其他同学的次数多，有时我甚至怀疑自己准备不认真，而塔法佐里教授是在用这种方式敲打我。后来，在斋月期间的一个中午，我因下午有课来不及回宿舍，只好在校园的椅子上闭目养神等待时间。塔法佐里教授见到后，就招呼我到他的办公室，给了我一些小点心，还冲了一杯咖啡。然后跟我聊天："你现在的感觉怎么样？是不是对文学产生了一点兴趣了？"我回答："教授先生，说实话我还不是很有兴趣。每次上您的课之前，我虽然都认真准备，但还是觉得枯燥，感觉很累。每次听到您的提问，弄得我总是很紧张。"教授笑了并说："我就是要这种效果，就是要通过这种方式培养你对文学的兴趣。"原来如此，我知道他是为了我好，让我多接触他认为十分美好的东西。我们从此也建立了很友好的师生感情。他对中国很感兴趣，常问我些关于中国的事情，特别是新疆的情况。他听说新疆博物馆陈列有一块出土的巴列维语（古波斯语）石帖，非常想到实地去看一看。后来我回国后曾邀请他访华，但可惜他没能成行。若干年后，我再次到驻伊朗使馆工作时回德黑兰大学去看望他，但由于他出了车祸，没有见到。

列桑教授是一个非常有趣的人，高高的个子，白头发，说话慢悠悠的，一副学究的模样。他对中国充满了兴趣，但不太了解。上列桑教授的课最愉快，每次课前，他都要我讲讲中国，或问我一些问题。以至于每次上他课前的 10 分钟左右，都成了我给大家介绍中国的专题时间。列桑教授知道我对文学的兴趣不如语言那么浓，所以并不苛求于我，只是希望我在愉悦的环境中学习。毕业后多年的一个伊朗新年日子，我给每位教过我的教授发了一张贺年卡。听说列桑教授把我发给他的贺卡拿到他的班上展示给大家，并十分自豪地说："这是我的一位中国学生给我发来的。"但遗憾的是，不久后他因心肌梗塞去世，享年不到70岁。

上赞迪教授的课很轻松，赞迪教授是我们的阿拉伯语老师。他个头不高，谢顶，说话声音洪亮，唱歌应属于男中音那一类。学习波斯文学时，学习阿拉伯语是十分必要的。因为在8世纪以后，波斯文学深受伊斯兰教和阿拉伯文学的影响。在伊朗，公元前5世纪，用古波斯语著写的拜火教(亦称"祆教"或"琐罗亚兹德教")经书《阿维斯塔》中已经有了萌芽状态的诗歌。公元3世纪后文学作品开始大量涌现。7世纪伊斯兰教兴起后，阿拉伯帝国统治了伊朗，伊斯兰教也就取代了伊朗的拜火教，成为伊朗人信仰的主要宗教。伊朗人通过阿拉伯人百年的翻译工程，更为广泛地接触到外界的事务，波斯诗歌开始采用阿拉伯诗歌的韵律，波斯语诗歌和散文也吸收了大量的阿拉伯诗歌与散文韵文的表达方法，阿拉伯语对波斯语产生了很大的影响。赞迪教授对我们的要求比较松，很多次上课时，他会就某些问题征求我们的意见，让我们自由发挥。他待我们像兄弟姐妹，而不仅仅是教授与学生的关系。

奥姆兹加尔教授和塔法佐里教授上课时一样，很严肃。她对我们要求严格，但很多时候又表现出女性柔情的一面。她与塔法佐里教授是非常好的朋友，经常在一起探讨学术问题。她的个子很高，年轻时喜欢打排球，她的哥哥曾任巴列维王朝时期的最后一任首相。她对贾米《七卷诗》和《春园》及波斯文学史的研究积淀非常深厚，给我们讲课时总是眉飞色舞，感情也融入了当时诗歌描述的情景里。她曾讲过，中世纪波斯语文学鼎盛时期的许多作品都是以早期巴列维语文学为基础的，如10世纪菲尔多斯创作的史诗《列王记》（又称"王书"）的基本素材均取自于已经失传的巴列维语《列王纪》而流传下来。另外，《一千零一夜》的故事也是渊源于巴列维语故事集《一千个故事》而广泛传播，成为文学经典。她讲的课给我们留下了很深的印象，虽然我对文学的兴趣不是很浓，但她讲的很多内容特别是贾米的《七卷诗》我却记得很清楚。

第二学期，我除了学习有关诗歌外，还增选了波斯文学史课。记得所师从的各位教授对中国都表现出浓厚的兴趣，但所了解的大都是中国很早以前的事情，对当代中国的经济、政治、社会与文化情况知道得很不全面，夹杂着许多误识，甚至还有认为中国仍然处在"文化大革命"中的笑话。我想，伊朗人对中国的兴趣，可能是源于《古兰经》里的一句话："求知，哪怕远到中国。"

校园生活点滴

德黑兰大学的男生宿舍区内有一大片三层楼房。当时,外国留学生少,我所住的23号楼还有好多房间空着,原本有五名中国学生,后来又增加了来自德国、日本、波兰、肯尼亚、黎巴嫩等国的学生。来自阿富汗的学生住在伊朗学生的宿舍里,或住在外面其他地方。印度学生和巴基斯坦学生因为带着家属,住在学校的公寓楼。女留学生有苏丹的、斯里兰卡的、黎巴嫩的等,还有来自法国的女留学生。苏丹的那位女孩儿个子很高,走路有些慢悠悠的,很喜欢戴色彩明艳的头巾,成为校园的一道靓丽风景。我们在学校组织到外地旅游时会聚在一起,大家聊起天都很开心。

我选的课程多是在上午上课,中午在学校餐厅吃午饭,男生与女生在不同的区域用餐。学校的两个餐厅的伙食当时总体上比较单调,特别是肉很少,量也不大,如羊肉末烤肉串每顿只有两小条,且每周只有一次。我常借下午没课的日子,在餐厅吃完饭,再到街上吃两个SASIS(将长形小面包掏去内瓤,加进几片牛肉肠、西红柿和酸黄瓜片等做成的伊朗特色"三明治")。学校餐厅有一种菜我们称其为酸芹菜,是把芹菜切成小丁,用小块羊肉和大红豆,再加上大量的小柠檬煮,快出锅时加上两勺食用油,味道酸酸的。

还有一种是茴香、羊肉末炒米饭加一大勺酸奶。开始我们留学生都吃不惯，后来时间长了，也不觉得很难吃了。校区南大门外的街道旁有许多书店，店前的人行道上有很多卖旧书的书摊。教授开列的很多参考书在书店里买不到，但有些可以在旧书摊上找到。

学校每天有免费校车往返于宿舍区与校区间，但是等车的人多，车上总是很拥挤。宿舍区外面有跑专线的面包车，每次每人只收50里亚尔，很便宜，候车人相比校车少点，所以我基本上都是乘坐专线出租面包车去上课。

宿舍里的空调是伊朗生产的水式空调，在伊朗几乎所有楼顶上都有这种空调的主机。空调简单实用，物美价廉，还很环保，没有佛里昂，特别适用于气候干燥炎热的地区。宿舍每个房间都有两个壁柜、两张单人床、两套桌椅，地面铺着一块毯子，除此再没有其他东西了。本来我的同屋是位身材高大的德国人，因为我夜里打呼噜，他就搬到对面两个德国同乡的房间打地铺去了。以后他每次见到我，都会模仿出"呼噜呼噜"声，算是打招呼了。

宿舍区里有很多桑葚树，上面长满了白色的桑葚，远远看去好像挂满了奶白色的葡萄，很诱人。在春末夏初时节，我会打桑葚吃，味道很鲜美。伊朗人从来不吃，看到我打桑葚，感到很不理解，总是问这东西能吃吗？我对他们说，这东西很好吃，在中国有的地方把它当作水果吃。他们很好奇，但也不去尝试。

一天放学后我走在路上，突然听身后有人喊了声"奥萨德"，回过头与他对视半天，才想起是几年前参加体操训练的一位运动员。几年不见，如今他已是大学生了。很快他约了几个朋友与我共进晚餐，我们回忆起当年的时光，聊得很愉快，饭后他们骑摩托车去兜风。没想到，一段时间后他打电话告诉我，那天晚上骑摩托车出了车祸，撞断了一条腿，治疗休养了好久。当时，伊朗精力充沛的年轻人，一到晚上很多人骑着摩托车在街上兜风，一辆摩托车带着两三个人还敢飙车。德黑兰街头的摩托车绝大部分是日本生产的铃木和本田等牌子，许多看上去比较旧，特别是南城地区到处都是陈旧的摩托车。2000年后，我多次到伊朗出差，在德黑兰街道随处都能看到重庆生产的力帆牌摩托车，据说当时力帆摩托已占据伊朗摩托车市场的半壁江山。

历史文学名人

鲁达吉是9世纪波斯诗人，被称为波斯文学史上第一位著名诗人，生于撒马尔罕（今塔吉克斯坦境内），曾任阿拉伯帝国统治时期波斯的地方王朝——萨曼王朝的宫廷诗人。有人说他先天失明，也有人说他是后天失明，但更多的人认为，一位先天失明的人不可能写出那么多准确描绘客观事物的诗句。他精于音律，熟悉民间作品，诗歌体裁丰富多样，基调开朗豪放，不仅歌颂帝王的功绩和王朝的兴盛，而且歌颂大自然的美丽和生活的欢乐。他在对百姓疾苦表示同情的同时，也表达了对贫富悬殊的社会现象和统治者虚伪的不满。他既是古代波斯"霍拉桑体"诗歌的奠基人，也是颂诗和四行诗的创始人，对诗歌发展影响很大，被后人称为"波斯诗歌之父"。研究波斯文学的学者说，是他与同时代的诗人奠定了波斯颂诗、抒情诗、叙事诗和四行诗的基础。关于鲁达吉到底写了多少诗歌，已无法确定，迄今只留下了 2000 行左右。他在《离愁》的诗中写道："啊，我葱郁的青松，离别似狂风肆虐咆哮，要将我的生命之树连根拔掉，如若你不生就波纹滚滚的秀发，我怎会心醉神往地把性命轻抛。凭我这残躯贱命怎配动问，一吻你如玉朱唇价值多少？离别，犹如投入心扉的一团烈火，熊熊烈焰把我的心儿烧焦。"他在代表作之一《老年怨》中，用大量篇幅描绘自己才貌超群、风流倜傥、春风得意的青年时代：那时，"我没有妻子儿女，没有家庭的累赘；生活得逍遥自在，一切都我素我行"；那时，"我的诗歌誉满整个世界；'霍拉桑诗人'便是我独享的美名"。到结尾处，他笔锋突然一转，"然而现在年华已逝，我已变成了另外的模样；拿来拐杖吧！我须拄杖荷袋、行乞为生"。他还有一个名句："有取有舍的人多么幸福，寡情的守财奴才是不幸。"

菲尔多斯是 10 世纪伟大的波斯诗人,出生于伊朗东北部霍拉桑省的图斯。菲尔多斯在伊朗是一位家喻户晓的诗人,被称为伊朗的"荷马"。他是伊朗卷帙浩繁的民族英雄史诗巨著《列王记》的作者。他在萨曼王朝宫廷诗人塔吉基奉命创作诗体《列王记》1000 行的基础上,以诗歌形式叙述古代波斯的神话传说、王朝的文治武功和民族英雄的功勋业绩,完成了 6 万双行的史诗《列王记》。当时的波斯已经成为阿拉伯帝国的一个行省,菲尔多斯在《列王记》里反映了波斯人反抗阿拉伯人统治、鼓励反抗异族侵略的民族思想。同时,他在创作过程中有意识地避免使用阿拉伯语,完全使用的是优美流畅的波斯语,对避免波斯语被阿拉伯语同化,继承和发扬古波斯文学传统,以及创造波斯文学语言方面发挥了重要作用。他写道:"我 30 年辛劳不辍,用波斯语拯救了伊朗。……我们与伊朗休戚相关,愿为伊朗而决一死战。为保卫国土和子子孙孙,保卫妻子儿女骨肉至亲,人人甘愿献出生命,决不把祖国拱手让人。勇士啊,你若光荣献出生命,强似忍辱苟活屈身事人。"《列王记》叙述的时间跨度在 4000 年以上,从开天辟地写到公元 651 年波斯被阿拉伯帝国统治为止,共叙述了波斯历史上 50 个君王公侯的事迹,汇集了数千年来流传在民间的神话传说和历史故事。

欧马尔·哈亚姆是 11 世纪后期波斯著名诗人,被认为是菲尔多斯以后波斯最著名的哲理诗人。他同时在数学、医学、天文学和哲学等方面造诣很深，也取得了很高的成就，是当时著名的多科科学家。他生活在阿拉伯帝国统治的时代，写的许多四行诗均流露出受压抑的痛苦和愤懑心情,以及渴望改变现实的愿望。他在对自然、人生、社会和宗教等重要问题进行探讨的四行诗中，表现出深刻的哲理思考和对生命探索的追求。他在诗中写道："那一夜我的心头不被世事震撼，那一夜泪水不湿透我的衣衫。碗样的头颅中有装不完的愁思，装不完愁思是因这碗翻转倒置。"他的四行诗继承了萨曼王朝时期的诗歌体风格，语言明白晓畅，朴实洗练，不尚雕琢，感情充沛。他的诗歌既探索宇宙的奥秘和人生的意义，如"我们来去匆匆的宇宙，上不见渊源，下不见尽头；从来无人能参透个中真谛，我们自何方来，又向何方走去？"同时又否定地狱和天堂，批判宗教的教义，如"一群人探讨宗教教义，另一群人思索人生不易之理。我担心有朝一日一声呼喊：'无知的人们，这二者都不是真理！'"他既揭露世道不公，谴责压迫与仇恨，如"如若天下事能用公正度尺衡量，如若人世生活令人满意舒畅，如若天地之间尚有公平二字,正直的人怎会有百结愁肠？"同时又保持独立高尚人格，不愿追求利禄，不肯随人俯仰，如"宁可如同兀鹰啃一块骨头，也不要做人食客向小人乞求；宁可吃自家的一块面饼，也不要去讨悭吝者美味佳馐。"他在以歌颂酒为主题的四行诗中，提倡追求现世人生的欢乐和自由幸福的生活。他在一首诗里写道："我们本是人体中精液一滴，情欲冲动把我们驱出身体。明天清风一阵扬起我们的骨灰，这瞬息时光何不把酒杯高高举起？"由于一些四行诗表现出对伊斯兰教的怀疑和否定，以及具有强烈的反宗教色彩，他和他的诗歌被统治阶层和宗教上层称为"吞噬教义"的毒蛇。

萨迪是 14 世纪波斯的另一位伟大的文学家、散文家和诗人。他的成名作是《果园》和《蔷薇园》。《果园》是一部叙事诗集，由 200 个故事组成。萨迪的作品中尤以抒情诗成就最高，被称为"抒情大师"。他在诗集中描绘果园情景："溪水潺潺，枝头鸟儿鸣；一边树上果实累累，另一边郁金香五彩斑斓；风在绿树荫下，摊开绚丽的地毯。"《蔷薇园》则有诗有散文，诗歌与散文相间，"我用美丽词彩的长线串着箴言的明珠，我用欢笑的蜜糖调和着忠言的苦药，免得枯燥无味，使人错过了从中获益的机会。""园中蔷薇的花瓣不因秋风乍起而凋零，时节更替也不会令春的明媚变作秋的凄凉。你与其欣赏瓶中花儿的艳丽，不如从我这园中摘取篇章；鲜花五六日便不免枯萎残败，我的这片不凋谢的园林将给人予裨益。"除了上述两部传世佳作以外，萨迪还以颂诗、挽歌、抒情诗、短诗和四行诗等不同形式创作了大量散文体诗歌，保留下来的约有 600 多首，通过对花鸟、山水、美女、静夜的描写，寄托他对大自然的热爱和对美好人生的向往。他的诗歌结构严谨、语言凝练流畅、韵律抑扬有致，是波斯文学史上的一枝奇葩。他的作品几百年来一直是波斯文学的典范，不仅在波斯文学史上占有极高的地位，是学习波斯语言与文学极好的教科书，也是波斯散文史上一部承前启后的作品，而且获得了广泛的国际赞誉。他与哈菲兹、哈亚姆和鲁米被誉为支撑波斯文学大厦的四根柱石，也是"波斯古典文坛最伟大的人物"。他经典诗句是："亚当子孙皆兄弟，兄弟犹如手足亲。造物之初本一体，一肢患病染全身。为人不恤他人苦，不配世上枉为人。"另外，他还在诗中把君王与百姓的关系比作是"树"与"根"的关系："君王是树，百姓为根，树茂皆因根深。万勿逞凶害百姓，害民犹如自掘根。"

哈菲兹被称为14世纪中叶波斯伟大的诗圣，最能代表他文学成就的是近500首抒情诗。他在抒情诗中注重抒发主观感受和描写客观景物，抒情中不乏哲理，充满浪漫主义色彩。他在诗中写道："烦恼吗？那就和我在一起，因为我无忧无虑！孤独吗？在我的眼皮底下，有一千个赤裸的恋人，居住在古老的山洞里！富有吗？这是一把鹤嘴锄，我的整个身体就是，一座翡翠的矿藏！它在求你，把我挖去吧！在羊皮纸上，写下你所有的忧虑，把它交给神！哪怕相隔千年的距离，我可以倾身，用我心中的火焰，点燃你的生命，并把让你恐惧的一切，化作神圣的香灰。"他在许多颂酒的抒情诗中，表达了他追求自由爱情、渴望个性解放的心里。他在诗中写道："在路上，你可以尝试，用你最初相遇的方式，拥抱你的配偶或恋人；让柔情从你的眼中流露，就像太阳温暖地凝视大地；和孩子们一起玩游戏，和你的朋友在一起，向你的宠物和植物哼唱些小曲，为什么不让它们癫狂陶醉！让我们干杯，为我们进化阶梯上爬过每一级，向整个疯狂的世界轻声低语：'我爱你！我爱你！'你手舞，你足蹈，威胁和警告整个宇宙，没有真爱，你的心就无法生活！"他在咏叹春天、鲜花，呼唤自由、公正的抒情诗中，洋溢着对美好生活的企盼。他的诗歌在艺术和内容上都可以说是波斯抒情诗的巅峰之作。他在波斯文学史上占有重要的地位，许多东西方著名诗人都给予他高度的评价和赞赏，后世伊斯兰学者也称赞他为"诗人中的神舌""设拉子的夜莺"。恩格斯曾写道："读放荡不羁的老哈菲兹的原作是令人十分快意的。"德国诗人歌德也赞誉他："哈菲兹啊，除非丧失了理智，我才会把自己与你相提并论。你是一艘鼓满风帆劈风斩浪的大船，而我则不过是在海浪中上下颠簸的小舟。"1971年，他的诗歌被集结为《哈菲兹诗集》第一次正式出版，并被翻译成多国文字。他的经典诗言是"我不曾听到过比爱的语言更美好的声音，她是本赠予这个世界的最为珍贵的礼物"。

基拉鲁丁·鲁米是波斯神秘主义诗歌的创始人，因被尊为"毛拉"，故以毛拉维著称，他是13世纪波斯的一位大诗人，也是苏菲教派的代表人物。他的主要作品是长篇叙事诗《玛斯纳维》（"训言诗"），共有6卷，汇集了大量流传于民间的故事和神话传说。

由于中世纪的伊朗几乎一直处于外族的统治之下，连年的战乱使鲁米命运多舛。所以，他的诗歌都带有较浓厚的神秘主义色彩。他提倡以宗教思想为指导，主张禁欲、苦修和精神修炼，以净化人的心灵，返璞归真。他的作品被苏菲教派奉为经典。他的诗体名言是"共同的语言体现共同的心声，同心同德胜过相同的语言"。

贾米被称为15世纪波斯的"末代诗圣"。他不仅是诗人，而且是一位学者和苏菲派的领袖。他的创造性模仿成为波斯古典诗歌的集大成者，因此获得"诗人之王"和"智慧大师"的称誉。其中极负盛名的作品是模仿内扎米《五卷诗》的《七卷诗》（又名《七星座》）和模仿萨迪《蔷薇园》的《春园》。他在一首诗中写道："我宁愿用牙咬断铸铁纯钢，宁愿用手指抓破顽石花岗，俯身钻进火红的炉膛，把燃着的煤炭放在眼上，用头顶住百峰骆驼的重载，飞步不停从东方跑到西方，这一切我都心甘情愿忍受，最不堪忍受的是小人的封赏。"

伊朗的教育

伊朗实行12年免费教育，即小学5年、中学7年。中学包括初级中学3年，高级中学4年，高级中学毕业后要参加高考。一般大学 4 年，硕士研究生 3 年，博士研究生 3 年。考上国立大学的学生享受国家给予的伙食费补贴和免费住宿等优惠。在我与伊朗中学生的接触中，他们很少说自己是初中几年级或高中几年级，都习惯是说 10 年级、11 年级或 12 年级的学生。

伊朗的幼儿园和低年级小学生均由园方与校方派园车或校车在学生家门口和校门外接送，如果校车送抵时，家里没有人，校车是不能放下学生擅自离开的，必须当面把孩子交给家长。

伊朗从小学 1 年级至 12 年级实行男女分校，小学女学生校服是明灰色的 HEJIAB，白色的套头（EMAMEH）；中学女生的校服是深蓝色 HEJIAB，同色套头；大学女生没有校服，她们的服饰和颜色不限，但以深色为主，可以戴套头，也可以戴头巾。大学男女合校，但进入教学楼时要从不同大门进入，进教室后女生坐在靠近门的一边，男生则坐在靠近窗户的一边。听说有的学校规定更严格一些，在教室中间拉一道布帘把男女生分开，不过我没有见过。

新年习俗

伊朗纪年采用的是波斯太阳历，以穆罕默德从麦加迁徙到麦地那为纪年元年，与公历相差621年，并以春分时节为纪年开始，一般在3月21日为新年，波斯语称为NOURUZ。波斯太阳历每年前6个月为31天，后5个月为30天，最后一个月为29天，闰月时为30天。该历法最早的修订人是伊朗11世纪著名诗人、数学家、天文学家欧马尔·哈亚姆。目前，除伊朗使用这种纪年外，阿富汗和居住在伊朗、伊拉克、土耳其和叙利亚四国交界地区的库尔德人也采用这种纪年法，亦称新年第一天为NOURUZ。

新年是伊朗最重要的节日，法定假日10天，但很多地方都放假15天或更长时间。在新年前后的一段时间里，对家在外地的人会提前回家、当地的也会提前下班准备年货，节后晚点回来上班的领导并不见怪。当时许多机关单位年前为职工会分发少许年货，如牛羊肉、鸡肉、大米和食油等福利。

伊朗人在新年来临之际，按照习俗要打扫室内外卫生，在室内摆放各种装饰性的麦苗或蒜苗等绿色植物，院里院外都整理一遍，大街小巷随处可以看到人们忙碌着清扫街道和美化环境。窗明几净后，还要到清真寺去聆听真主的教诲，除去心灵上的污垢，并祈求真主在大自然焕然一新的时刻让他们的生活变得更加美好。在学校我们也会跟随伊朗同学一起将宿舍内外打扫得干净整洁。

每年伊历最后一个星期三的晚上，伊朗人要过"跳火节"。古代波斯曾视"跳火节"为新年的开始，相当于国内的农历腊月二十三，算是"过小年"。一般认为，"跳火节"与伊朗传统的拜火教相关。拜火教的一个特点就是崇拜太阳和火焰，并以火焰表示欢乐和胜利。有的地方还在屋顶摆放各种食品及混合炒制的干果，然后敲响铜盆，以悦耳的响声迎接天神的降临。"跳火节"特别热闹，到了傍晚，城里大街小巷的空地上便堆起一堆堆的干柴。夜幕降临后，人们点燃干柴，聚集到周围。干柴燃着后，在场的人们会情不自禁地欢呼和鼓掌，男女老幼相继跳过火堆，寓意辞旧迎新和消灾祛病。那一年我在学校的宿舍区前与朋友们一起过"跳火节"，在火堆上不断跳来跳去，嘴里重复地说："红色属于我，黄色属于他。"伊朗人认为，红色代表着健康与欢乐，黄色是疾病和苦难的同义词。跳火堆还有祈求祛病消灾、诸事顺遂的含意。

伊朗人在节前也要购物准备年货，节日期间各家商店大多都关门停业。所以人们在节日前夕都会涌向商店和巴扎，采购过节用品和看望亲朋带的礼品。提着大包小袋的人群穿梭在大街小巷中，使全城都显得格外喧嚣热闹，大巴扎附近更是拥挤得水泄不通，熙熙攘攘，很有迎接节日的喜庆气氛。

节日期间，伊朗人要全家人回到年长者家团聚，还要走亲访友及探望病人。伊朗古人认为，先人肉体死亡了，但灵魂还在，而且会在每年的新年期间回到人世间与亲人见面。所以，伊朗人还一直保留着在新年期间祭扫亲人墓地的习俗。

伊朗人的祖先是游牧民族，外出旅游也可以说是过节的习俗。新年期间，德黑兰通往各地的高速公路挤满来往的车辆，伊朗人开车很守交规，遇有堵车会耐心等待；虔诚的穆斯林还会利用节日假期到库姆或马什哈德等宗教城市去朝觐，或者到清真寺去祈求真主赐予平安和诸事顺利。

新年到来后的另一个高潮日子在伊历1月12日（大概在公历4月2日），是伊朗人的"踏青节"。这天刚好进入冬去春来的季节，艳阳高照，所有人都要走出家门，到公园、林地或郊外享受万物复苏给人们带来的闲情雅致。与新年假期一样，这一天通往公园、林地和郊外的公路上满是车流滚滚，几乎所有车顶或后备箱上都摆放着养育了十多天的麦苗或青蒜苗。到了郊外公园、林地或其他地方，扔去麦苗或青蒜苗，以此祭日祈天，求消灾祛病。一家人铺开毯子、支起帐篷、架起便携炉，享用野餐。野餐是伊朗人的又一大喜好，很多家庭在周末也会外出到郊外或林区草坪上野餐。有学者认为，"踏青节"也源于拜火教。过了"踏青节"，即意味着新年假期的结束。

卡尚：绿洲小城

新年的假期我本想与伊朗朋友一起到外地旅游，但学校组织留学生到外地参观游览，我便改随学校组织的活动与同学一起旅游了。

我们一行30多人来自不同国家，肤色各异，但讲着同一语言，学校留学生管理处负责人卡尔巴斯带领我们乘坐一辆大巴车，大家相互介绍着有说有笑地离开了德黑兰。我们一行人中有三分之一是女生，一位苏丹姑娘身高近一米九，牙齿洁白，肤色黝黑。一位来自斯里兰卡的矮个子姑娘，在车上来回穿梭，争相与大家相识。我们一路说笑聊天，穿过戈壁到达了第一站卡尚。

卡尚（KASHAN）是伊斯法罕省北部一座安宁的绿洲小城，距离德黑兰约240公里，据说距今已有近700多年的历史。城里保留着多处波斯建筑风格的古老宅院，彩色的窗花与玫瑰花争艳，令人赏心悦目，它也因保留多所古代和近代波斯园林、庭院及古宅建筑而闻名于世。大家参观游览过伊斯法罕后与卡尚做比较，都感觉到伊市恢宏大气，厚重浓郁；卡尚则像小家碧玉，细腻委婉。但同样都是参观游览的胜地。

我们走进小巷，如同北京的胡同，只是两边的围墙多用土黄色的砖坯围起来，表面看起来并不起眼，但是走进古老的大门，穿过弯曲的门廊后，眼前豁然开朗，一座靓丽的波斯庭院赫然出现在眼前，这正是卡尚最著名的波斯庭院式宅院——布鲁杰迪宅院。它建于19世纪，整个宅院耗时18年才建成，房主是当时一位富有的波斯商人哈吉·赛义德·贾法尔·布鲁杰迪。进院首先看到的是一个装饰着精美阴刻和花饰图案的柱廊，穿过一道狭窄的走廊，才算是进入了古宅的庭院。庭院中间的一个长方形水池占据了庭院约一半的面积，水池北面的主建筑是一座两层小楼。二层顶部中央有一个双层拱顶，有如花瓣似的小天窗簇围在拱顶四周，拱顶两侧各树立着一座风塔。走进房屋，中间是一个中空的大厅，伊斯兰风格的穹顶很宽阔、壮观。透过散布其上的扇形天窗投下的光线，好像一张大网倾泻而下，显得非常幽深。正面墙上雕刻着精美浮雕，四周的墙柱和门廊虽已有些斑驳，但依然可以想象出当年的光彩。庭院的两侧建有两栋平房，用长长的走廊与主建筑连为一体。整座建筑的外墙镂刻着各种美轮美奂的浮雕。

塔巴塔巴伊宅院的占地面积比布鲁杰迪宅院更大，约有4730平方米，建有40个房间，200扇门。古宅的房顶有数座通风砖塔，这种很独特的建筑是用于通风纳凉的。卡尚由于地处沙漠的边缘，夏季炎热，通风塔很好地利用空气学原理将凉风引入房间，经过循环从而达到降温效果。风塔比房屋本身高许多，塔口迎着风向处，能够使风从塔中间流向建筑内部，即便在炎热的夏天，房子里面也会感到清风送爽，它体现出古人的高超智慧。

这两座散落在静谧小巷里富商巨贾的宅院，以庞大的庭院、蓝色水池、喷泉、彩色玻璃窗交相辉映，构成沙漠中波斯庭院建筑的特点，体现出古波斯和伊斯兰建筑的精巧与雅致。

卡尚的费因花园以清泉流淌的波斯式园林风格著称，据说已有 1000 年的历史了。16 世纪萨法维王朝时期，阿巴斯一世国王对它进行重新设计与改造，后来赞德王朝和凯加王朝君王又添加了一些建筑，形成了现在的园林式花园。园内一条蓝色瓷砖铺底的窄水池，将清澈的泉水从一栋小楼的底层输送到对面王宫半地下式的大厅，那是阿巴斯一世修建的，君王们常在里边消暑纳凉。在伊朗，所有的水池中都有喷泉，而且多数是自然喷泉。费因花园里还有一座小型博物馆和一处奥斯曼帝国风格的艾哈迈德苏丹的土耳其浴室遗址。不过，该浴室遗址比伊斯坦布尔的土耳其浴室规模小得多。

在卡尚，沙漠的黄色砖体与蓝色瓷砖装饰可以说是最佳搭配。实际上，伊朗的所有清真寺内和穹顶外部与宣礼塔，以及寺院中的水池基本上都用蓝色瓷砖装饰，看起来就像是一汪碧水，这是典型的波斯建筑风格。当然，也有一些清真寺的大门"伊旺"（门廊）是用浅绿色的瓷砖装饰的。

卡尚盛产玫瑰，素来被誉为"玫瑰之都"，每年都会举办玫瑰花节。相比盛开的玫瑰花，卡尚老宅的彩色窗花虽没有四溢的香气，却为大街小巷平添了几抹绚丽。当地人用土法制作的玫瑰水和玫瑰油既是当地的特产，也是享誉世界的产品。玫瑰水具有独特而浓郁的香味，长期服用可调节内分泌，促进人体生理和心理机能调整。玫瑰油具有显著的美容护肤效果。玫瑰油的芬芳可以促进细胞再生、血液循环和新陈代谢。卡尚也是伊朗香料、纺织、刺绣、陶瓷、丝质地毯的主要产地。

博物馆内一件件精品令参观者赞不绝口，无不为古代波斯人的聪明才智而感叹。但是，外部世界对他了解的人并不多，而距它南部约60公里远的纳坦兹却因2002年底伊朗核计划曝光后，饱受争议，广为人知。纳坦兹只有不到4万人口，坐落在卡尔卡斯山脉脚下，水土肥沃、气候宜人，曾经是贵族富商休闲打猎的地方。

亚兹德：风塔之城

我们离开伊斯法罕前往亚兹德（YAZD），亚兹德这个名称源自亚兹荡和伊扎德，分别意为"神圣"和"富裕"。道路从沙漠中穿过，沙漠仿佛是大自然铺就的一张巨大黄地毯。风吹时，好像有人提起地毯抖动，满天扬起沙尘；一个个沙浪向前涌动，好像有只巨手把沙漠揭去了一层又一层。无风时，广袤的大漠如同死寂的沙海，雄浑静穆，展现出永远的黄色基调，仿佛大自然把汹涌的黄色波涛凝固了起来。面对浩瀚的沙漠，如同面对涌动的大海，

广袤的沙漠

既让人感到心胸开阔，又让人感到危险与恐惧。

亚兹德省地处戈壁深处，沙漠边缘，在亚兹德-阿尔德康平原一带，风暴和沙尘暴天气有时全年多达40—60天。亚兹德市是一座被称为"地球上人类居住最古老的城市"，是伊朗古老拜火教的中心之一，也是亚兹德省的省会。它坐落于一条长长的山谷中，曾经是丝绸之路中转至印度和中亚的重要驿站。这里没有大城市的喧嚣与浪漫，只有安静、朴素又略带乡土气息，吸引着远方的游人流连忘返。有的史学家认为，亚兹德的历史可以追溯到公元前4世纪马其顿帝国亚历山大时期。《亚兹德新史》的作者艾哈迈德·本·侯赛因在书中记载，伊朗的先辈们在雷伊（德黑兰南部的古城）发动反对亚历山大统治起义后，被亚历山大镇压，并被抓起来准备带往伊斯塔赫尔（现在的法尔斯），行至亚兹德附近时，亚历山大把他们囚禁在一口枯井里，那里即成了监狱。亚历山大离开了以后，狱卒们释放了犯人，并在犯人的帮助下着手建设了亚兹德。

亚兹德在2500多年前波斯帝国建国后，直到公元3-6世纪的萨珊王朝时期约3000年的时间里，一直是伊朗国教拜火教的中心，直到7世纪被阿拉伯人征服，伊朗人才皈依伊斯兰教。但拜火教的圣火火种迄今仍然保留在距离亚兹德约70公里外盐漠附近的一座小山半山腰的岩洞里。圣火庙位于市郊，虽然被重新修饰过，但据说那里的圣火至今已燃烧了700多年（一说1500多年）。

圣火庙是拜火教徒最主要的活动中心，教徒们在传统和宗教节日及创教人扎鲁托什特的生日均会在这里举行活动。金庸和梁羽生在武侠小说里都写到光明教，特别是金庸小说《倚天屠龙记》中，张无忌派人迎回的圣火其源头应该就是圣火庙了。公元3世纪中叶波斯人摩尼受基督教和拜火教的影响创立摩尼教，并在唐朝时期经新疆传入国内。拜火教影响比较广泛，在我到过的伊朗城市中，除了亚兹德，还有德黑兰、大不里士、阿尔达比勒和加兹温等地，现在还都有拜火教的圣火坛。

亚兹德与卡尚都是荒漠中的绿洲城市，但卡尚豪华宅院更多。而亚兹德土坯房成群连片更具规模，里边多数有人居住，少数当做客栈或开商店。不时还可以看到巨大的拱形圆顶，那是地下贮水池或是说地下"暗河"，即通常讲的"坎儿井"的保护盖。"坎儿井"通常深入地下6-8米，有的达10米，有台阶可以走下去。由于那里属于沙漠性气候，干燥炎热，水源十分珍贵，当地居民便发明了"坎儿井"。不知道同在丝绸之路上的新疆吐鲁番地区的"坎儿井"，修筑时是不是吸收借鉴了伊朗人的聪明智慧？

亚兹德城内一座座土坯房子相连的通道如迷宫一般，还有在伊朗中部和南部广泛使用的壮观风塔"林"的老城区，形成亚兹德的特色，亚兹德因风塔林立又被称为"风塔之城"。穿梭在深幽的古巷里，仿佛穿越了古老时空，更令人感叹历史的沧桑与时代的变迁。

亚兹德老城区

亚兹德大清真寺

当然，亚兹德的新城区建设得也很漂亮，只是没有老城区的独特韵味那么令人震撼。

亚兹德最著名的清真寺是礼拜五清真寺和阿米尔·恰赫马格清真寺。其中礼拜五清真寺建于15世纪上半叶，距今已有600多年历史，是伊斯兰建筑的杰作之一。亚兹德的地毯也属波斯地毯中的精品杰作。

克尔曼：东南部的大城市

一路上，我和来自阿富汗的留学生艾哈迈德聊天最多。他是阿富汗哈扎拉人，长相英俊，上世纪70年代末苏联军队入侵阿富汗后不久随父母逃难到伊朗的，后凭借自己的努力考入德黑兰大学法学院。他最大的愿望是在阿富汗内战停止后，回国当一名执业律师，为社会基层的百姓服务。

不知不觉中，远离德黑兰近1100公里，我们到了伊朗东南部最大的城市克尔曼（KERMAN）。克尔曼市是克尔曼省省会，位于伊朗中南部鲁德山脉东南与卢特荒漠边缘交界的高地上；始建于公元3世纪，曾长期为伊朗南部、东北部与中亚之间的贸易中心；12世纪后屡遭破坏，如今的克尔曼城是在19世纪老城的西北面重建的。克尔曼与亚兹德一样,是拜火教在伊朗的三个主要中心之一。

克尔曼省平均海拔1755米,气候多变。多数地区被群山环绕,北部地区位于干燥的荒漠中,只有南部地区处于气候适宜的高地上。因距离卢特荒漠较近,克尔曼的春季经常会有沙尘暴,夏季干燥炎热。

克尔曼市西北部的拉夫桑江是伊朗前总统拉夫桑贾尼的家乡,他的弟弟穆罕默德·哈什米·拉夫桑贾尼曾在他的任内任副总统;另一位前副总统侯赛因·马拉什也出生在该地。该地盛产开心果,还有多处古代建筑遗迹,如克尔曼以南约35公里的毛杭(MAHAN)城的内马图拉·瓦里陵墓和王子花园、100公里外的巴姆(BAM)古城堡和约100多公里以外的拉因(RAIN)古城堡;位于克尔曼南郊的考古名城吉罗夫特,是吉罗夫特文化的诞生地。克尔曼一直被伊朗古生物学家认为是化石的天堂。2005年在这里考古发现了新的恐龙足迹,为古生物学家了解当地的历史变迁带来了新的信息。

地毯编织业是克尔曼的主要产业之一,克尔曼的地毯编织是一项古老的传统,当地发现的地毯距今已有500多年历史。那里的地毯举世闻名,特别是欧洲人非常喜欢克尔曼地毯,可能是源自于马可·波罗早年带走的讯息吧。克尔曼城外有大片农田与花园,用水仍然依靠坎儿井。

克尔曼城市面积虽然不很大，但是该城的巴扎很有特色。它由四个小巴扎组成，其间散布着许多古老建筑，是伊朗最古老的巴扎之一。巴扎群在外面看并不起眼，但进去后才发现别有洞天，整座巴扎有点像伊斯法罕的半天下广场，也很壮观。四周散落着一些古老建筑，在阿加德和沙里阿里两个广场间的道路旁还有很多古建筑。甘加利·汗广场周围是一个建筑群，有克尔曼历史上最古老的浴池——甘吉·阿里·汗浴池。现在浴池已经被改建成博物馆，墙上美丽的浮雕、馆内的蜡像向游人们述说着浴池的传统运作方式。

距离克尔曼市以南约 35 公里处的 MAHAN 城（毛杭。有的译为马汉，伊朗有一家航空公司就是用这个名字；不过根据波斯语的发音，译为毛杭更准确些）附近有座伊朗苏菲派诗人内马图拉·瓦里的陵墓，那是一个非常漂亮的建筑，也是一个公园。陵墓由一座清真寺和四座庭院组成，与伊朗其他地方的清真寺不同的是，寺内装饰大量柔和了印度的建筑元素，以浅灰为主色调与泰姬陵相似，据说是一位印度国王为他在 100 多岁去世的内马图拉·瓦里老师设计建造的。进入陵墓大门，首先映入眼帘的是一个长方形水池，水池四周松树高挺。穿过第二道大门，迎面是一座小型花坛。内马图拉·瓦里陵墓或者说是清真寺就坐落在松柏之间，使整个陵墓显得非常幽静。

19世纪凯加王朝王子阿卜杜勒·哈米德·米尔扎在这里也修建了花园,长方形布局的花园与卡尚的费因花园相似,期间点缀着水池和几处喷泉。拾级而上在小山坡上是几座古老的宫殿。花园建在高坡上,站在宫殿前向下看,清水从高处沿水道向下流淌,整座花园显得很有气魄,与花园外的漫漫荒漠形成强烈的对比。

阿巴斯港:国际港城

前往阿巴斯(BANDAR ABAS)港的沿途基本上都是戈壁荒漠,公路孤零零地伸向远方,在阳光的照射下有些刺眼。

阿巴斯港是伊朗最重要的国际港口,距离德黑兰约1500公里,位于霍尔木兹海峡折角外的北岸、距离阿巴斯城西南约10公里,地理位置十分重要。那里原来是一个旧港,两伊战争期间靠近波斯湾西北岸的阿巴斯新港遭受到严重破坏,伊朗政府于是选择远离战场的旧港建设现在的港口。

阿巴斯港城有一条东西横贯的霍梅尼大街,半圆形的环城大道将许多著名的古建筑包括其中,有阿巴斯港的土耳其浴旧浴室、印度塔、还有礼拜五清真寺,彰显着古老而又现代的气息。

这里夏季潮湿炎热,但冬季气候宜人。在海边的公园里散步,

阿巴斯港的清真寺

会感受到潮湿闷热的滋味。阿巴斯港最好的季节是每年公历的1-2月份，穿一件衬衫和一件夹克就行。我们是3月下旬去，阿巴斯港的天气已经开始热起来，而且湿度很大，走一会儿就会出汗。夏季里，当地人基本上是在早晨5点至8点和下午5点至8点上班，白天街道上空空荡荡。后来我有一次在9月份到阿巴斯港出差，使馆的一位女士同行，结果飞机落地后她一出机舱门就热晕过去了。走在路上两脚都能感觉到地面烧烤般灼热，即使是晚上外出也感觉如同在桑拿房里。

我们在市区的街上看到一些妇女除了全身伊斯兰服饰外，还戴着一种黑底绣花的面罩。我奇怪这么热的天为什么她们还要戴面罩，她们的回答一说是怕晒黑了，戴上面罩为遮挡阳光；另一说是葡萄牙人统治这里时候留下的习惯，过去港口附近时有海盗出没，戴上面罩使海盗看不出模样可避免被骚扰。我不知道两种答案哪一种正确，也可能兼而有之吧。

波斯湾渔业资源非常丰富。在近海，两条船用网眼比国际通行标准还大的网拖行四个小时就可以捕到差不多十多吨鱼，主要以黄花鱼和带鱼为主，而且个头很大，每条黄花鱼都在一公斤以上。吃饭的时候，我了解到船员的生活非常艰苦，每次出海至少要三个月的时间，全都生活在颠簸的船上。上岸休息大半天，因为长期在海上晃动，刚上岸后的2-3个小时内由于不适应陆地的坚硬，两腿会发软，基本上都走不了路。好不容易恢复过来，马上就要回船了。鱼虾虽鲜美，但天天吃便淡了，又缺少蔬菜，天下真是难以两全。

下到船舱，里面非常狭窄，床大概只有60公分宽，固定在船壁上，上下双层，十几个人都住在这里。阿曼湾和波斯湾夏季异常潮湿和闷热，在阳光直射下，温度能达到摄氏60多度，穿着鞋站在甲板上都会感到烫脚。条件艰苦但船员们都表示满意，因为他们的船是新船，船舱虽小，但有空调，特别是还有一台电视。这是我第一次与渔船和渔民零距离接触，体会到世上真是各有不为人知的一面，印象深刻。

阿巴斯的椰枣十分有名，椰枣树比比皆是。阿巴斯港鱼虾很多，在海鲜餐厅有当地人做的一道去皮裹面油炸大虾，味道鲜美，价格公道。当然在其他地方的大饭店里也有那道菜，不过价格就很昂贵了。市场里有种当地特产海枣，那红得透亮、黄得金灿灿的各种海枣，真值得游客品尝。

盖什姆岛：波斯湾最大的岛屿

盖什姆（GHESHM，又译格什姆，依波斯语发音称"盖什姆"更接近）岛位于霍尔木兹海峡出口处，面积约 1500 平方公里，是波斯湾中最大的岛屿。马可·波罗曾在他的游记中提到过该岛。它隔狭窄的霍尔木兹海峡与阿拉伯联合酋长国的迪拜相望，相距大概 50 公里。从阿巴斯港出发，我们乘船 22 公里来到盖什姆岛。岛上几乎全是小山丘，光秃秃的树木很少，一些村落散布其间。葡萄牙人占领岛屿期间在东部修建了古城堡、管道系统，架设了火炮等，现在遗迹依稀，倒是当地人修建的"坎儿井"随处可见。这个岛先后还被荷兰、法国、德国和英国占领和统治国过，直到第一次世界大战结束之后才被伊朗收回。原来岛上的古城堡等保存完好，大概 100 年前的一场地震将岛上的建筑毁坏殆尽。

盖什姆市位于岛的东北部，建有一家旅游饭店。岛的南部有一处质地良好的沙滩，风景秀丽。1991 年，伊朗政府为引进外资和技术，在该岛设立了工业与贸易自由区。此后，该岛获得较快发展，特别是交通状况大幅改善。岛上的人大部分仍然靠捕鱼、航海和贸易生活。

我们登岛那天正值阴天，返程时几个同学坐在船顶的小平台上吹着海风，天南地北地闲聊。其中来自阿富汗的留学生艾哈迈德把话题引到战乱使百姓生活困苦上来，大家对他投以同情和安慰，也很佩服他能以难民的身份考上德黑兰大学的刻苦努力。他的内心期盼着国内战乱早日结束，可以回到自己的祖国多做贡献。

我们在渔船上吃午饭，大饼卷着鱼肉罐头和酸黄瓜，吃起来真是别有一番味道。有同学饭后拿起船帮旁的一根水管漱口，结果吐着舌头大叫：这里的海水真咸！返回阿巴斯港，感到脸上和两条胳膊火辣辣的，照照镜子看，发现领口处、脸和胳膊已经是通红的颜色，显然是强烈的紫外线照射和海风吹拂的结果。幸好那天是阴天，如果是太阳直射，恐怕就会脱皮了！美丽的波斯湾，迷人的海岛，给我们留下了难忘的记忆。

做客同学家

新年假期很快结束，我们回到德黑兰又开始了紧张的学习生活。好在伊朗上半年的临时假日多，可以稍微喘口气。

伊朗是以伊斯兰教什叶派中十二伊马姆派为立国之本的国家，前十一个伊马姆都以不同形式殉国，只有第十二个伊马姆马赫迪隐遁了。因此，在前十一个伊马姆的生日和忌日，伊朗政府都会宣布放假。还有其他的一些特殊假日。所以，在上半年经常是除了周四和周五休息外，很多时候每周还能赶上另外一两个临时假日。

有一天，又是临时假日，校区和街上没有几个人。我想到学校南门外革命大街的书店去，结果自然吃了闭门羹。转身没走多远，一位历史系的学生走过来,主动邀请我去他家做客。我们并不很熟,我甚至不知道他的尊姓大名,本想拒绝,又怕伤了对方自尊,便客气地答道:"今天放假,去你家会影响你的家人休息吧。"他说:"我和家人经常说起有位中国学生在读波斯文学,家里人都希望有机会请到家里做客。"我释然,于是同行。

他家住在南城一个小区里,是座四层的楼房。说是小区,实际上没有封闭,只是由20多幢相同楼房组成的一片区域。德黑兰城北的人习惯将城南其他区域称为"贫民区"。小区许多楼前的空地上,都能看见七八岁的男孩子们在踢足球,有攻有防,很是热闹。德黑兰很多地方甚至是不宽的胡同里,放了学的小男孩儿都爱踢足球,难怪有人说足球是伊朗现代的第一运动项目,这话不无道理。

按照当地风俗,进门时脱鞋。这是一套三室的套间,每个房间都有壁橱,开放式厨房和卫生间都很宽敞,约有15平方米;40平方米左右厅里和三个房间都铺着地毯,只是没见到床、餐桌椅等家具。

我们在地毯上盘腿坐下,他母亲穿着黑色CHADOR(一块从头罩到脚踝的大布)烧完茶,牙齿咬着CHADOR的两角,把放着小玻璃茶杯和铁质烧茶壶及方糖罐的托盘放在我们面前,然后坐在靠窗一面墙边与我聊天。她很和善,面对外国男人,话也不多。他的父亲和姐姐不一会儿回家来,加入了聊天的行列。他的父亲在大巴扎开个小店卖干果。姐姐穿着黑色的HEJAB，戴着黑色套头坐在她母亲身旁。她也是一名大学生，即将毕业。

在他家吃午饭时，先在地毯上铺一块塑料布，把饭菜放在上面，大家围坐在地毯上吃饭。饭菜是大麦汤、拌色拉、烤肉、米饭和大饼等，味道很香。他母亲和姐姐做好饭菜后，端来放在塑料布上就离开了。从他家人的装束上和待客方式中，显示出这是一个非常虔诚的穆斯林家庭。我曾到城北富人家做过客，家里的女性身着时装，待客也较开放，坐在一起吃饭，显得更现代些。

那次以后，我又应邀到一些伊朗普通人家里做客，他们的生活方式与待客方式大同小异。通过这种方式，真实感受了伊朗拥有财富不同和各阶层人的家庭生活。

德黑兰的大巴扎

逛德黑兰大巴扎（BAZAR），应该是每个到德黑兰的游客不可缺少的内容。很多伊朗同学对我形容大巴扎如何大，虽然我不喜欢逛商店，但经不起劝说，也勾起我探秘的好奇心。去了一趟德黑兰市中心南边的大巴扎后，我才真正知道大巴扎之大令人咋舌，简直就是个大迷宫。

大巴扎占地面积有几平方公里，拱形的顶棚上隔不远就有一个通气窗，不仅可以通风，而且阳光可以透入。所有巷子的宽度都差不多，大概四米左右，两旁是店铺。里面一条巷子接着一条巷子，而且直线的巷子或正南正北的巷子很少，大多是斜巷、弯巷，显得曲里拐弯，左绕右转让人真分不清东西南北。加上里面总是人来人往，熙熙攘攘，更容易让人失去方向感。我想如果不请人带路又不想去问路的话，多数外地人都会迷失在里面。若以一个人正常的步速要想走遍每一条巷子，估计没有两天的时间是做不到的。

据说，德黑兰的大巴扎是在19世纪凯加王朝法塔赫·阿里国王时期形成的，随着历代扩建，形成了现今的宏大规模，但仍保留着古老的建筑风格。它的北部入口处是一个宽广的绿色空间，被称为绿色广场。广场周围布满了形形色色的商店，过去是一个商品批发中心。

大巴扎分成很多个区域，据统计每天有不下20多万人在那里从事买卖经营活动。每个区域里都有金店巷、地毯店巷、电器店巷、鞋店巷、杂货店巷、香料店巷、工艺品店巷、箱包店巷、服装店巷、文具店巷、干果店巷、铁器店巷、布匹点巷，等等，不一而足。可以说，那里除了没有卖菜和副食品的店外，其他东西一应俱全，大到电视和冰箱，小到笔墨纸张，所有生活中的东西都可以找到，里面甚至还有清真寺和旅馆。大巴扎的设计独特，通道内阳光明媚，通风良好，在炎热的夏天不会感到太热，在寒冷的冬天也不会感到太冷。

德黑兰大巴扎我去过多次，但从来没有走遍过，都是在某一个区域里活动。有一次，我下决心走遍它，哪怕花上两天、三天时间。这次我从北面的一个门进去，沿着巷子走了三个小时，累了就在人家的店里坐下歇会儿，再接着走；饿了找一家小店吃些点心、喝口茶，再继续走。但是，走着走着，我就不知道走到哪儿了，找不到了方向，没办法问了N个人才从西侧的一个大门走出来。看看表我进去已经六个多小时了，累得两腿发软，两手肿胀，头脑发昏。后来，我问当地的同学，可谁都说不知道那里面到底有多大，也没有人告诉我谁走遍过那个大巴扎。最后，我只好放弃。

大巴扎里除了琳琅满目的商品外，还演绎着伊朗社会的人人众生，有肩挑背扛货物或推着小车在狭窄巷道里穿行的搬运工，有穿着得体、举止优雅的闲逛者，有沉浸在精雕细琢世界里的金匠银匠，还有买卖人的高声吆喝和讨价还价的低声细语，以及喝茶聊天客的街谈巷议声……

大巴扎的中央有座宰德陵墓，它始建于16世纪初的萨法维王朝时期，19世纪进行了扩建，包括庭院和走廊。陵墓里有一块石碑，上面刻有赞德王朝鲁特夫·阿里的名字。陵墓附近还葬有几位著名的学者。

伊朗每个城市都有巴扎,其建筑风格独特,很多城市都保留着古老的风貌。那些古市场如今既是当地经济中心,也是旅游景点,游客可以一边购物,一边欣赏伊朗的古建筑,感受伊朗古老灿烂的文明。不过,伊朗的所有巴扎在节假日里都会停业休息。

过斋月

几年前,我曾在伊朗经历过斋月(MAHEH RAMAZAN),那时我们是受邀而来的客人,住在饭店又得到优待,每天都能按时吃午饭。这次我在德黑兰大学学习,自然享受不到那次的优待。

其实,外国人在伊朗过斋月没有什么特殊待遇,也没有什么不能忍受的。首先是斋月期间课程安排比较松,老师也要做相应安排,需要休息和补充。其次是斋月期间白天街上人会少很多,待到夜幕降临后,大家出来吃饭,到处都是人,很热闹。

这次过斋月每天凌晨2点钟学校宿舍区就会播放诵唱《古兰经》的声音,开始的时候,我是熬夜到2点后去餐厅打饭,然后再睡觉,第二天早晨照常起床到学校上课。几天以后,我变得白天无精打采,晚上精神抖擞。后来,我改变了熬夜的做法,晚上大概 10 点钟睡觉，半夜 2 点伴随着诵唱《古兰经》的声音起床打饭，然后再睡觉。第二天到学校上课，感觉好多了。

在斋月期间，因为有一天我全天都有课，于是试着把两天斋，白天不吃不喝。无奈肚子不争气，不吃东西还能忍受，但是不喝水，尤其是炎热的夏季，从校区回到宿舍口渴得不行，我没能坚持不来。

斋月期间，每到中午时分，德黑兰大街小巷都会传出诵读《古兰经》的声音，其他伊斯兰国家在斋月期间也都是如此。

斋月的最后一天，是开斋节（AID FETR），也是所有伊斯兰国家的一个重要节日。在伊朗开斋节放假三天。伊斯兰教有诵读古兰经、礼拜、封斋、纳天课和朝觐五项基本功课。斋月封斋（或称"把斋"）是其中的一门功课。公元 623 年，伊斯兰教创始人穆罕默德规定，每年伊斯兰教历的 9 月，健康的成年穆斯林，无论男女老幼都要斋戒一个月时间，即"斋月"。斋戒者每天日出后禁绝进食和进水，日落后才能进食和进水。斋月的开始与结束均以看到新月为准。斋月的最后一个晚上，如果看到了新月，斋月才算圆满，第二天才能开斋。否则要推迟开斋节的日期，但一般不超过三天。

根据穆斯林的习惯，开斋节的当天早晨，穆斯林要沐浴净身（大净），穿上洁净的服装到清真寺做祷告，以圆满"功课"。晚上家人或亲朋好友要一起聚餐。开斋节的当天，虽然有同学相邀，考虑到这是一家人聚会的重要日子，不便打扰，我选择了留在学校。

德黑兰的公共交通

在德黑兰，公共交通包括各条线路的公共交通车辆、各类出租车。上世纪80年代末，地铁还没有建好。市内公交车主要有两种，一种是三个门的铰接式公交车，另一种是两个门的普通公交车。三个门的公交车都在前门与靠近中门的地方拉一道栏杆，栏杆前面是女士专属区域，后面是男性专属区域。两个门的公交车从前门至后面的中间位置有一道栏杆，女士上车后站在靠近门的一侧，男士站在里侧。说是一道栏杆分开，实际上就是一根类似公交车扶手的钢管固定在车厢里，以示区域的划分。当时德黑兰的公交车绝大多数是购买德国生产的二手车。那种车适应德国的气候，车内没有空调，车窗基本上都是固定的，只有上面一排小窗户可以向外推开，所以夏季乘坐公交车会感觉十分闷热，有市民抱怨政府买德国的二手公交车不符合德黑兰的实际。

各类出租车男女不限可以混乘。德黑兰出租车又分为几类，其中一种是中巴出租车，按照固定的线路开行，价格非常便宜，如从德黑兰大学校园到宿舍区大概有5公里路程，收费只有50里亚尔，当时约合 3 毛 5 分钱人民币。车辆是伊朗厂家组装生产的奔驰牌柴油中巴。

伊朗本国生产的 PEIKAN 牌小轿车，作为出租车又分为两种。一种是固定线路的出租车，乘客性别和人数不限，能坐几个人就坐几个人，只要乘客同意。偶尔会看到副驾驶位置上坐着两个人，后座可以坐四个人。我曾在自由体育中心看到过从一辆这样的出租车下来一个小学足球队，真不知他们是怎么挤进去的，可能是有"叠罗汉"功夫吧。另一种出租车是"闭门"出租车，乘客上车后不再拉别人，可以全城跑。当然，如果乘客同意的话，司机还可以拉顺路的乘客。

德黑兰地铁最早是在上世纪 70 年代由法国人帮助设计施工的，并已基本上挖好了隧洞，后来我曾进入隧洞参观，是圆形的隧洞。伊斯兰革命胜利后，该项目被搁置多年。后来该工程在 90 年代由中国公司接手并完成，成为伊朗第一条和第二条地下交通要道。地铁也分女士车厢和男士车厢，女士车厢在列车的前部。我还有幸参加过自由广场至霍梅尼广场第一条线路的通车仪式，陪同领导参观过该条地铁线路。

长途汽车使用的都是伊朗自己组装生产的奔驰牌大巴车，车内宽敞明亮，坐着感觉还是比较舒适的。1990 年 1 月中国与伊朗贸易从易货贸易改为现汇贸易后，中国为了解决顺差问题，曾采购过60辆这种大巴车。

霍梅尼去世

1989年6月3日下午2点钟,伊朗新闻里广播一则消息说,最高领袖霍梅尼身体状况不好,如果发生什么意外,请全国人民保持冷静。这无疑是在婉转地告诉大家,霍梅尼或许将不久于人世。

第二天凌晨4点钟左右,天空中传来阵阵直升飞机的轰鸣声。我从睡梦中惊醒,迅速打开收音机,想要第一时间收听到新闻广播,但所有电台都在播放诵唱《古兰经》节目。直等到7点钟,新闻广播才发布了霍梅尼去世的消息。

我急忙赶往学校,只见街上空荡荡。到了学校,管理人员告诉我,最高领袖霍梅尼去世,全国放假3天,很多人已经到霍梅尼广场去祈祷了。走出学校,我看见附近的清真寺前的街道上挤满了人。所有男性都穿着黑色长袖衬衫和黑裤子,女性都穿着黑色的CHADOR,每个人都神情肃穆。

当天下午,伊朗专家会议推选出时任总统赛义德·阿里·哈梅内伊为新任最高领袖,同时决定在德黑兰市区以南约40多公里处的德黑兰公墓附近建造霍梅尼陵墓,并决定在10年内把霍梅尼陵墓所在地建设成为一座新城。

次日上午，我到一座清真寺去，看到很多人聚集在那里，所有男性都把大把的钞票和支票塞进捐献箱，很多女性哭泣着摘下手上的金戒指和手腕上的金手环放入捐献箱，大家争先恐后，看得出都是发自内心的意愿。

第三天，霍梅尼出殡。电视实况转播，霍梅尼出殡行走的街道上人山人海，大家争相在头顶传递停放着裹着白布的霍梅尼遗体的抬尸板，场面几近失控。许多辆消防车不断地向人群喷洒凉水降温，但还是不断有人晕倒被救护车送往医院。德黑兰当天中午的气温已近摄氏40度。

数年后，位于德黑兰至库姆高速公路东侧的霍梅尼陵墓落成。那是一座一万平方米的巨大方形建筑，中心的高大穹顶金碧辉煌，夜晚在灯光的照射下更加璀璨。陵墓东、南、西、北四个方向各有一座宣礼塔，共有72座门。四座宣礼塔均高91米，表示霍梅尼91岁去世；72座门是为了纪念伊历1360年4月7日（1981年6月28日）伊斯兰共和党总部爆炸事件中遇难的72名烈士。陵墓内部有124个大理石柱，每个柱间距22米，意指伊历11月22日伊朗伊斯兰革命胜利日；柱高12米，表示什叶派有12个伊玛目。霍梅尼的墓穴安放在陵墓的正中央，周围围着铁栏杆，他的大儿子艾哈迈德·霍梅尼的墓穴安放在旁边。

目前，陵墓已成为一处朝拜和著名旅游景点，每天朝拜和参观的人络绎不绝。位于陵墓南面的霍梅尼新城初具规模，霍梅尼大学和霍梅尼机场等也早已投入使用。

考试

虽然塔法佐里教授的课程没有学完，下个学期还要继续，但是他要进行节考，即考我们学过的课程部分，考试成绩结算1.5个学分，待下学期结束考试再获得剩余1.5个学分，两次合计3个学分。得到这个消息，我们班的同学立即紧张起来，谁都不敢放松准备。

虽然塔法佐里教授课程的节考成绩只算1.5个学分，但在学期考试前，我们的主要精力都用在复习课程内容上，好在大家准备充分，连那位被教授批评过的波兰同学都顺利通过。为了准备塔法佐里教授的考试，我已经没有更多时间复习列桑教授讲授的《蔷薇园》，只能临时抱佛脚地在考试前一天晚上，通宵翻了翻书，瞌睡虫不时来袭，其实真正看进去的大概只有一两页。

第二天，列桑教授考的是口试，一对一单个考。走进教授的办公室，我采取了主动策略，一坐下就说我已订好了机票，考完试就准备回国休假。介绍了些关于中国的大致情况后，我谈了前一天晚上看得比较熟的两页散文诗歌感受。大概15分钟后,教授说,我知道你的主要精力都放在了塔法佐里教授先生的课上了,你也就是准备了这一点点,只能给你及格,不会给更高的分数了。列桑教授太宽厚了,他对我的情况很清楚,说得很对,我很感谢他。

考阿拉伯语那天,我在进入校园时遇到了麻烦。门卫看我穿着一件短袖体恤,死活不让我进校园。因为伊朗学生都穿长袖衬衫,我入夏以来都是穿短袖体恤,从没人管。恰恰到考试的关键时刻,却不让我进校园。我和那个门卫吵了起来,引来不少学生围观,眼看要迟到了,幸亏一位伊朗学生出面劝解,总算进入了校园。我气喘吁吁地跑到考场,就近坐在了第一排的空座位上。我还没有坐稳,监考老师就小声敲着我前面的桌子,要我坐到靠近窗户的一边。这时,我才发现忙中出错,我坐在了女生们坐的一边。

伊朗学校的考试是20分制,18分以上为优秀,18分至14分相当于国内的良好,14分至12分属于及格,12分以下为不及格,需要补考,只有补考及格后才能拿到学分。虽然我那个学期每门课考试都得及格,但在考前复习不充分的情况下有此成绩,我已经很知足了。

探访送葬仪式

新学期的一天下午，我走出校园看到路上有一队身穿黑色衬衫的人，他们前面的一辆小皮卡行驶得很慢。旁边的人告诉我，那是有人去世后在出殡。霍梅尼出殡时，我只是在电视上看到过，很少有过近距离感受。于是我决定跟着那队出殡的人走，探究伊朗人出殡的习俗。我边随出殡的人群走，边谨慎地问些话题，表达同情，真心安慰。慢慢地，他们看我并不是为看热闹，也就表现出宽厚，家属话多了些，不久还请我上了那辆小皮卡。我坐在边上，面前摆放着抬尸板，上面就是盖着白布的遗体。我不便多问逝者是男是女，是老是少，免得让人家更伤心，只问些出殡的习俗。他们告诉我，伊朗人也讲究头七等七日忌，在七个七日里各有不同的祭奠仪式。我记得他们介绍，若有人去世了，家里人会在家门口摆上一个灯箱，上面贴有逝者的照片，并环绕装饰着黑布和素花。

我跟着一行人到了清真寺，他们抬着逝者进去，然后顺时针围着寺中心的一个陵墓转了三圈，又请一位神职人员诵读了《古兰经》后，做了一些仪式，最终抬出来放在车上，继续向墓地行进。

来到墓地，他们先将逝者尸体交给洗尸房的人，静静站在房外等候。我询问里边的具体情况,他们没有太多解释,只是说,人都是赤条条、干干净净地来到人世间,去的时候也要赤条条、干干净净地去。穆斯林去世后,要清除身体上的所有毛发,并彻底净洁遗体。

逝者从洗尸房被抬出来时,全身缠满了白布,被放在抬尸板上,并送到旁边的清真寺里再次为逝者诵经祈祷。最后,在墓地管理员的引领下,把尸体抬到墓地下葬。预先选择好的墓穴长约2米、宽约80公分、深约1米,墓穴里还有一个副穴。遗体被面向麦加的方向侧身放入副穴,还放进了一些麝香等香料,然后填土、盖上石板。伊朗穆斯林的墓碑没有竖立着的,都以平面铺盖在墓穴之上,墓碑的颜色是青色或黑色的。

整个送葬仪式充满了肃穆的气氛,真诚地表达出生人对逝者深情的哀悼和怀念之情。

德黑兰的聚礼拜

礼拜(或称"祈祷""祷告")是穆斯林的五项基本功课之一,波斯语称为NAMAZ,是穆斯林日常生活中必须做的事情。聚礼拜是穆斯林每周五聚集到清真寺进行集体礼拜,波斯语称为

NAMAZ JOMEH，国内穆斯林称为"主麻日"。日常做礼拜的目的主要是颂扬真主，感谢真主，听真主教诲，遵真主安排，反思自己行为，祈祷真主护佑自己、家庭及亲戚朋友。穆斯林做礼拜时，要把自己的所思、所想、所为默念给真主，并聆听真主的教诲。做礼拜实际上也是自己的心灵与真主对话的过程，是一次心灵净化的过程，是每一个穆斯林对真主顺从、听命的一种表示。伊斯兰教逊尼派穆斯林每天做五次礼拜，分别是晨礼、晌礼、晡礼、昏礼和宵礼。伊斯兰教什叶派每天做三次礼拜，即把晌礼和晡礼合并为晌礼；昏礼和宵礼合并为宵礼。但所有穆斯林无论是什叶派还是逊尼派，都要面朝麦加的方向礼拜。

伊斯兰教对礼拜有"五不拜"的要求，这"五不"即指地方不干净、时间不正确、朝向不端正、身体不洁净、衣衫不整洁不可礼拜。礼拜前必须先做包括沐浴、净衣、洁处等净礼。沐浴又分为大净和小净，是按顺序和次数，用清水淋洗全身或部分肢体。我在清真寺经常看到穆斯林做礼拜前卷起袖子和裤腿，脱下鞋袜，在寺院中的水池里清洗两肘以下及双膝以下部位，那是中午祈祷前必须做的准备工作。做礼拜有六项基本动作，即抬手、端立、诵经、鞠躬、叩头和跪坐。

聚礼拜时的一位领拜人，必须是具有霍贾特伊斯兰以上学衔的高级神职人员。他领着所有人诵唱《古兰经》的有关段句，做六项规定动作,并阐释《古兰经》的有关要义,然后邀请一到两位德高望重的人物发表讲演。他们可以是专职神职人员,也可以不是,如领袖、总统、议长或部长等。

讲演人可以结合伊斯兰教教义,广泛谈论政治、经济、社会、文化、宗教、环境、卫生和人口等问题,阐释各种思想和观念,可以滔滔不绝地连续讲两三个小时。如果是领袖发表讲演,其观点则能成为政府的某种政策。如上世纪90年代初,最高领袖哈梅内伊在一次聚礼拜上说:"我们的人口增长太快,比革命胜利初期已经快翻番了,我们的资源将不足以支撑更多的人口。所以,每个家庭要三个孩子是最理想的,四个孩子就显得多了。"此后,伊朗政府便着手调节家庭人口增长计划,只给每个家庭提供三个孩子的补贴。

德黑兰聚礼拜是一件非常隆重的事情,一般都在德黑兰大学校园里举行,遇有重大节日时在自由广场举行,有时也在霍梅尼陵墓举行,每次都是人山人海。在德黑兰大学举行聚礼拜时,一般都有10万人参加,在自由广场举行时,人数可达几十万甚至上百万。

我曾在德黑兰大学感受过一次聚礼拜。那天早上不到8点钟,我与一个伊朗同学在德黑兰大学西南角的革命广场汇合。当时,沿革命大街向东、从革命广场向北到郁金香公园、再向东的整个区域都已经戒严,只允许专门接送参加聚礼拜的车辆和步行人通行。革命大街上与往常熙熙攘攘的情景相比显得空空荡荡。但是，接近德黑兰大学校门的区域已经挤满了人，附近的街道上也都坐满了人。学校南大门处有一排安检设备，男女分开，接受严格的安检。我看到人很多，还要安检，没有进入学校，与同学打个招呼就离了。星期五聚礼拜的时间很长，一般都要从上午持续到下午2点钟左右。

"阿舒拉"节

"阿舒拉"（ASHURA）节是伊斯兰教什叶派穆斯林为哀悼穆罕默德的外孙、什叶派第三个伊马姆侯赛因遇难而定的重要纪念日。公元680年，侯赛因不服当时的继任哈里发，与家人一起离开麦加。在行抵伊拉克南部的卡尔巴拉时，被倭马亚王朝骑兵追击，侯赛因一行全部战死。该日正是伊斯兰教历1月10日(阿舒拉日)，什叶派认为侯赛因是殉教圣士，这一天遂被定为什叶派的蒙难日和哀悼日。卡尔巴拉也因此成为什叶派的朝觐圣地。每年的阿舒拉日，什叶派穆斯林都要举行隆重的悼念活动。阿舒拉日也发展为什叶派穆斯林最重要的纪念日。由于伊斯兰教阴历比公历每年约少10天左右，所以"阿舒拉"节在公历里并不是固定在某日。

每年的阿舒拉日，伊朗所有机关单位、广场、交通路口和街道都用黑布装饰，悬挂黑旗，并悬挂有关侯赛因殉难场景的巨幅绘画和标语，庄严肃穆。当天，政府机关、宗教机构、慈善机构、清真寺以及有能力的个人都会在街道上搭建临时布施食品摊，向所有路过的行人分发食物。

最令人震撼的是游行队伍。在市区，到处都可见穿着黑衣黑裤，头戴黑色写满红色哀悼语的头箍走街串巷的游行队伍。所有队伍均由男性组成，有人敲重音鼓，有人对着车载高音喇叭高唱悲壮的悼歌，有人随着击鼓的节奏声用铁链猛砸自己的后背，还有人用长剑敲打自己的后背，甚至有的衣服被打破，渗出鲜血。有时随着击鼓节奏加快，十几个人会围成一圈用铁链猛烈击打自己的后背，鲜血与汗水交织令人触目惊心。队伍后面有人抬着大黑棺和小绿棺，以及周围手持黑旗护卫的人。其中很多队伍中还有一些小学生，他们身穿黑衣黑裤，头戴黑色头箍，打着黑旗随行。

那一年的阿舒拉日，我在街上看完游行队伍后返回宿舍区，当路过一处布施摊时，被摊主拦下来，他分给我羊肉末烤肉串。我吃完之后继续往回走，经过另一处布施摊时，再次被拦住，我说在前面已经吃过了，他们随即拿出小甜点，一定要我品尝，并请我喝茶。我无法拒绝，接受他的好意并道谢。一路上看见许多布施摊儿，还有小皮卡车往摊位卸食品和饮料。

晚上，很多人在自己家门前或店门口点起灯箱，挂上烈士照片。沿街走去，远远看着另有一番感受。

活泼大方的伊朗姑娘

到过伊朗的人都说伊朗姑娘漂亮。其实，伊朗姑娘不仅漂亮，而且活泼大方。以中国人的审美观看，高鼻梁、深眼窝、大眼睛、皮肤白皙的长相都属于美女范畴。但很多伊朗姑娘与欧洲男士对中国女性的审美观相似，以矮鼻梁、樱桃小嘴和丹凤眼为美，非常羡慕东北亚地区姑娘长得秀丽。

德黑兰南部和北部的姑娘还是有区别的。城南的姑娘比较含蓄、内敛，穿着比较保守传统；城北的姑娘更加热情奔放，活泼而不失俏皮，穿着时尚。城北的富家女喜欢开吉普车，特别是当时有一种美国产的"穿山甲"大吉普。那种车高大，视线好，马力足，爬坡性能强。我在德黑兰步行或开车时，经常会遇到开着大吉普车的漂亮姑娘主动打招呼。

国内很多人到伊朗出差或旅游，看到漂亮姑娘都希望能够与她们合影留念，她们也都非常高兴地予以配合，还会摆出各种姿势或俏皮样，显示出活泼大方的一面。我曾问过一些伊朗姑娘，外国陌生男子提出希望与你照相留影，你们为什么不拒绝反而还很高兴呢？她们都说，因为他们认为我们漂亮才愿意与我们合影，难道你愿意同你认为丑的姑娘照相吗？所有人都愿意与美为伴，不是吗！这是对我们漂亮的肯定，为什么会不高兴呢？

对于伊朗姑娘天天穿着HEJAB，我也曾问那样感觉不难受吗？尤其夏季那么热！她们的回答几乎都一样，已经习惯了，出门不穿HEJAB，就感觉没穿衣服一样。她们回答的时候没有丝毫做作，十分坦然，也不因此而排斥我。

伊朗漫记三

工 作

库姆：宗教权威之城

一个学期的期末刚刚考完试，我突然接到国内指示，要我尽快到使馆报到任职。我匆匆赶到塔法佐里教授的办公室对他说，国内指示我立即到使馆报到任职。作为国家公务人员，我必须服从。教授十分失望地对我说，我不能阻止你们国家对你工作的安排，但对你此时离开学校感到十分惋惜和遗憾。教授先生最后说，你虽然离开了学校，但是你的学籍会保留的，你有时间随时可以回来上课。哪怕一个学期就选修一门课，有几年的时间你还是可以学完,拿到学位的。我感谢教授对我的厚爱。与教授先生告别后，我又分别与其他几位教授和各位同学告别。

第二天，使馆的车就把我接走了，我的身份由留学生转变为外交人员，因公普通护照换成了外交护照，学生证也换成了外交官证。

中国春节前的一个星期，驻伊朗大使和我们一行十多个人乘坐四辆车组成的小型车队，出发前往阿巴斯去慰问在波斯湾捕鱼的中国船队。车队开上德黑兰至伊斯法罕的高速公路后不久，可以看到公路东侧正在施工的霍梅尼陵墓工地。一小时后，我们到达了途径的宗教圣城库姆（GHOM）。

库姆是伊朗中部城市，位于德黑兰以南约 150 公里处，库姆河畔，紧靠卡维尔沙漠。库姆的先民为了生存，在库姆河上游建筑了堤坝，拦河蓄水，形成了库姆绿洲。所以，当地盛产瓜类、石榴、无花果、扁桃、阿月浑子（开心果）、谷物和棉花等。另外，库姆的纺织、制鞋、玻璃、陶器业等在伊朗也以质量好而著称。

库姆是一座 8 世纪以后才发展起来的城市，因什叶派十二伊马姆派第八个伊马姆阿里·礼萨的妹妹法蒂玛·马勒苏玛陵墓和 16 世纪萨法维王朝宣布该地为什叶派十二伊马姆教派中心，以及随后修建的神学院而闻名于世，成为当代伊斯兰教什叶派十二伊马姆教派的圣城和宗教中心，也可以说是伊朗宗教权威中心。各类神职人员川流不息，朝觐的人流不断。

据说，公元 816 年，阿里·礼萨的妹妹法蒂玛·马勒苏玛途径经库姆前往东北部的霍拉桑探望其兄时，在该地病故（也有说是因遭囚禁而病故），并埋葬于该地。后人在库姆河南岸为她修建了陵墓。1502 年，萨法维王朝宣布十二伊马姆叶派为国教，宗教中心就设在库姆。此后，库姆得到全面发展和重新整修。马勒苏玛陵墓也用花砖和金箔等重新装饰一新，并在陵墓北侧建起清真寺和广场，库姆作为宗教圣地的声誉日隆。

库姆经学院是伊朗最重要的经学院之一，在伊斯兰世界也闻名遐迩，霍梅尼、哈梅内伊和拉夫桑贾尼等多位伊朗领导人，或毕业于该经学院，或在那里学习过。在该地，身着神职人员服装的人与圣城耶路撒冷身着黑色长服、头戴黑色宽檐帽、留长胡须的人一样，远远多于其他城市。

马勒苏玛陵墓的西侧，有一座始建于1935年的库姆博物馆，内藏有《古兰经》手抄珍本等文物，还有许多极具文物价值的古代器皿、纺织品和锦缎，以及萨法维王朝时期历代国王捐赠的各种精美地毯。

设拉子：玫瑰与夜莺之城

法尔斯省会设拉子（SHIRAZ）市位于扎格罗斯山脉南部，距德黑兰900余公里，它是伊朗最古老的城市之一，迄今已有2000多年的历史，公元前6世纪是波斯帝国的中心地区，在10世纪阿拉伯人统治时期是波斯王朝的都城，18世纪为赞德王朝的都城。法尔斯省是波斯民族的发祥地，而设拉子则以波斯波利斯遗迹和"玫瑰与夜莺之城"及"诗人的故乡"闻名于世，1979年被联合国教科文组织列入世界人类文化遗产目录，因此它也是伊朗古代文化中心和现代的旅游胜地。有人称，要想了解古代的伊朗，就要从设拉子开始。

设拉子市中心的 HOMA 饭店,是一家属于伊朗航空公司的饭店,在德黑兰、马什哈德等大城市都有它的连锁店。设拉子除了波斯波利斯遗迹外,还有古城堡、独具特色的清真寺。设拉子出了两位世界闻名的诗人,一位叫萨迪,另一位叫哈菲兹。他们的陵墓静静地坐落于城区的东北部,今天已经作为公园开放。

波斯波利斯遗迹

波斯波利斯遗迹位于设拉子市东北拉赫马特山西麓,整个遗迹南北长 450 米,东西宽 300 米,面积 135000 平方米,坐落在高大石头台基上,居高临下,俯视辽阔的法尔斯平原。遗迹的另外三面据说原来还有城墙,现在已荡然无存,只剩下城内建于高大石头台基上的宫殿遗址,主要建筑物包括六个宫殿,以及宝库、金库、椒房和帝后陵墓等建筑。站在一根根残留的高大立柱林间,仿佛进入了一个露天博物馆,令人不难遥想出当年的宏伟和辉煌。

该遗迹是波斯帝国阿契美尼德王朝所建的一座夏宫,"波斯波利斯"是希腊语称谓,意为波斯都城(希腊语的"波利斯"与英语的 PALACE 相同,也可理解为"波斯宫殿"),伊朗人称它为"塔赫特贾姆希德"(TAHET-EH JAMSHID),即贾姆希德的宝座。

贾姆希德是伊朗传说中一位古代国王的名字，是他首先在该地建造了宫殿。公元前518年，波斯帝国的中兴之王大流士一世为了显示王中之王的权威和万国一统的气魄，下令在原来的旧址上建造了该宫殿。但大流士时期仅完成了举行朝贺的阿帕达纳宫和起居的塔恰拉宫，他的儿子薛西斯一世完成了其余的主要部分。整座宫殿的建造历时120多年，在公元前330年亚历山大攻占该宫殿时，尚未最后完工。当时，大流士及其子孙每年新年都在该地举行盛大的典礼，并接受被征服各国使臣的朝贺与纳贡。

整座宫殿建筑全部采用暗灰色大石块建成，外表用大理石装饰。宫殿西侧墙北端有两处庞大的石头阶梯，东端是薛西斯一世国王所建的四方之门，又称"万国门"。"万国门"两侧及后门两侧的石柱上各有一个巨大的人首飞牛雕像，不过现在损坏得很厉害。伊朗航空公司的标志就是飞牛图案。

中央宫在宫的中部西侧，是大流士一世接见外国使臣朝贺的宫殿，边长83米，内有36根20米高的石柱；另外东、西、北三面还有三个石柱门廊，同样各有12根20米高的石柱。整座中央宫共有72根20米高的大石柱，柱顶部有牛头装饰。宫墙由5米厚的土坯建造，宫门虽是木门，但据说当时外面包裹着金箔，并雕刻有飞牛图案。宫内的柱基下曾发现了一个石龛，石龛中有金、银板各一块，上面用古波斯、伊兰和阿卡德三种楔形文字刻着："大流士,大王,诸王之王,诸国之王,阿契美尼德族维什塔什卜之子——大流士王说,我拥有的这个国家从萨克斯坦(今阿富汗境内)的索格特到库沙(今埃塞俄比亚境内的哈巴什),从印度到萨尔德(今叙利亚和贝鲁特),是最伟大的神——阿胡拉马兹达(拜火教的神)赐予我的,我和我的王族受阿胡拉马兹达的庇护。"

大流士的寝宫——塔恰拉宫位于"中央宫"的东侧,门侧有大流士端坐宝座、薛西斯站立在后,两人均做向阿胡拉马兹达举手祈祷状的浮雕,据说大门曾用金箔装饰。宫的北门有大流士一世与怪兽搏斗浮雕,怪兽的样子是狮子的头、躯干和脚,鸟的脖子、翅膀和后腿,蝎子的尾巴。波斯波利斯有多处这种浮雕。

石基上最壮观的要属位于宫殿中部东侧的觐见宫,即著名的"百柱宫"残迹了。传说是由大流士的儿子薛西斯用100根石柱和1000根大梁建造的,柱头和柱基都有精美的雕饰,是薛西斯用于接见和举行典礼及展示王室的珍宝的宫殿,整座觐见宫的面积近5000多平方米,蔚为壮观。

整座石基向北的部分由于长期暴露于土表外,经历了2000多年的风霜雨雪已经严重风化剥蚀;向东的部分由于长期埋于土中,直到20世纪30年代才被发掘出土,所以保存完好,上面的石刻浮雕生动逼真,堪称艺术精品。台阶的右侧有由波斯将领与伊兰士兵组成的卫队浮雕。据说当时的卫队人数不少于10000人。

台阶的左侧分上、中、下三排雕刻着来自23个国家的使节手捧贡品，由波斯军官引路朝觐大流士王的浮雕。上排是米提亚人、伊兰人、帕提亚人、ARACHOSIA（今阿富汗）人、埃及人、扎兰人和萨卡尔提亚（今锡斯坦以西）人；中排是亚美尼亚人、巴比伦人、西里西亚人、斯塞西亚人、坎大哈（今阿富汗南部）人和索格特人；下排是亚述人、萨尔德希腊人、巴赫蒂亚尔（今阿富汗境内）人和印度人。台阶斜坡旁还有狮子斗牛，以及古希腊以东的索库德人、叙利亚和美索不达米亚之间的阿拉伯人、索马里的普提人以及埃塞俄比亚的哈巴什人和利比亚人朝觐的浮雕。

　　石基南侧墙上刻有"伟大的阿胡拉，最伟大的神，他命大流士为王，把国家交给了他——承阿胡拉的恩典，大流士成为国王""大流士王说，这是波斯的土地，阿胡拉赐予我。这是一块吉祥的土地，有好马，有好男人，承阿胡拉的恩典和个人品格，大流士王不怕任何敌人""大流士王说，我祈求诸神的保佑，保护这个国家及这片土地不受仇恨、敌人、谎言和干旱之害，没有坏年成，没有仇恨、没有敌人，没有谎言侵扰它，我祈求最伟大的神——阿胡拉和诸神保佑它""我，大流士，伟大的王，诸王之王，诸国之王，阿契美尼德族维什塔什卜之子——大流士说，承阿胡拉的恩典，我依靠波斯军队征服的这些国家敬畏我，给我送来王冠的有：胡齐斯坦、米提亚、巴比伦、阿拉伯、亚述、埃及、亚美尼亚、卡帕杜基亚、萨尔德、海上和陆上的希腊、大海彼岸的土地、萨卡提、帕尔特、扎尔卡（塞斯坦）、赫拉特、巴赫蒂亚尔、索格特、花剌子模、鲁赫吉、岗达尔、萨卡人的国家、马那人的国家……"等几段铭文。

公元前330年，马其顿国王亚历山大一世攻占并征服波斯帝国后，他和他的将军们走进金碧辉煌的波斯波利斯时被震撼了。最后，亚历山大由于嫉妒、羡慕、仇恨等原因，下令动用10000多头骡子和5000多匹骆驼，把宫中收藏的价值12亿金法郎的珍宝财富运回马其顿，然后在拉不走的东西上面放了一把火，使那座花费了120多年时间修建的王城瞬间灰飞烟灭，断壁残垣就这样保留至今。1971年伊朗国王巴列维曾在那里举行仪式，纪念波斯帝国建国2500周年。

据介绍，整座宫殿建筑群虽然是在不同时期由不同君王建造而成的，但从建筑风格看，仍不失浑然一体之感。它不仅体现在各个宫殿彼此相互关联，而且从水道的设计和安排上也可略见一斑。台基下面的水道总长约1.5公里，宽可以并行两个人通过，而水道与先后兴建的建筑墙面是对称的。但遗憾的是台基下面的水道不对游客开放。

上世纪30年代发掘该遗址时，还出土了浮雕、圆雕、石碑、金饰物、印章和泥板文书等文物。其中有一个用黑色石头雕刻而成的石狗，通身光洁，十分逼真；还有一尊蓝色石头人头雕像，被认为是大流士孙子哈沙亚尔沙的头像,也是一件艺术精品。上述石雕现均存于德黑兰博物馆。波斯波利斯遗迹体现了古代波斯人在石头建筑和石刻浮雕方面的艺术特色。

参观波斯波利斯遗迹令人感慨,它既壮观,又凄凉。遗迹恢弘壮观,想象中的大殿都已灰飞烟灭,只留下了石柱、石基和石柱头等残迹。当时,我似乎穿越时空,看到了圆明园,波斯波利斯矗立在高基之上的粗大石柱和残迹与玲珑秀丽的圆明园的残垣断壁何其相似。古代的亚历山大抢走了波斯价值巨大的珍奇异宝,焚毁这座宫殿;近代八国联军掠走了圆明园里价值连城的无数珍奇宝物。

距离遗迹南侧不远处的一座断壁山崖上,有四个在岩壁上凿出的帝王陵墓,从右到左分别是薛西斯一世、大流士一世、阿塔薛西斯一世和大流士二世。每个陵寝上方都雕有拜火教的神,或称波斯智慧之神——阿胡拉马兹达的雕像,代表着君权神授。陵寝整体保存完好,只有属于大流士一世墓室外观的石板破损,据说是被亚历山大毁坏的。

陵墓下方岩壁上雕刻有七幅浮雕,是萨珊时期雕刻的。其中最著名的一幅,是萨珊国王沙普尔一世接受跪在地上的罗马君主瓦勒良投降的浮雕。陵墓正前方还有一座立方体的石质建筑,是一座拜火教圣火庙的遗址。

萨迪和哈菲兹：伊朗文化的骄傲

设拉子作为伊朗的历史古城，曾出了两位世界闻名的诗人：萨迪和哈菲兹。

萨迪（Sa'di, Moshlefoddin Mosaleh）全名为谢赫·穆斯利赫丁·阿卜杜拉·萨迪·设拉子，1208年出生于一下层传教士家庭，14岁丧父，成为孤儿。前半生几乎都在颠沛流离中度过，在外漂泊近30年后返回故乡时已是两鬓苍白。他的著名作品《果园》1257年问世，由200个故事组成，描写的多是帝王、圣哲、教徒、云游者的生活；而另一部不朽巨作《蔷薇园》，以其哲理性的语言、真实的故事，崇高的精神境界，几百年来深刻影响着世界各国人民。他于1291年去世，现今保存下来的他创作的抒情诗约600多首，多以爱情为题材，语言生动优美。其作品风格一直是波斯文学的典范，更被译成几十种外国文字。他的许多名句至今仍为后人经常引用，如"富人如果把金钱放在你的手中，你不要对这点恩惠太过看重；因为圣人曾经教诲我们：勤劳远比黄金可贵""有知识的人不实践，如同一只蜜蜂不酿密"。

萨迪墓位于设拉子市东北部，现已开辟成为公园。陵墓的入口处，大门上镌刻着他的著名诗句："设拉子萨迪的土地，散发着爱的芳馨。即便他离世千载,你仍将这大地亲吻。"萨迪墓设计得简洁明快,是一座具有伊朗特色的建筑。柱廊里的石柱用淡粉红色大理装饰,是波斯建筑中的传统形式。通向陵墓的台阶上方盖有蓝绿色的圆形拱顶。陵墓左侧有两排短柱廊通向一座用釉砖围起来的墙篱,里面的地层下有一个小池塘,塘水清澈,人们时常向塘中投掷硬币以许愿求平安,也有人围坐在池塘边饮茶休闲。

哈菲兹(Hafez, Shamsoddin Mohammad)全名为沙姆斯丁·穆罕默德·哈菲兹,生于1320年,父亲是伊斯法罕的商人,后全家移居设拉子。他幼年丧父后生活困苦,少年时热爱诗歌并开始创作,20岁时就才华出众。哈菲兹在波斯文里意为"熟背《古兰经》者",由于他能背诵《古兰经》全文和14个传说故事而得名。他的作品主要有抒情诗、颂诗、短诗、鲁拜诗(四行诗),其诗集为《颂诗集》,许多伊朗家庭中都常备有他的诗集。最能代表其文学成就的是近500首"嘎扎勒",是一种波斯古典诗歌中的抒情诗体,常用7至12个对句组成,只用一个韵脚,最后的对句中既包含诗人的名字,又点出主题。他的神秘主义抒情诗富有很强的哲理性,每当人们在生活中遇到重大事件,或者在伊历新年和冬至夜聚会时,就会用他的诗文来占卦、预测未来。他的诗歌以手抄本和民间艺人吟唱的方式广为流传,还被译成多种外国文字。恩格斯和歌德都对他给予了高度的评价和赞赏。哈菲兹一生经历许多磨难，生活在社会大动荡的时期，妻子也先于他去世，大约在 1389 年，他因贫困和愤懑离开了人世。在他逝世后 20 年，人们在设拉子郊外的莫萨花园建造了一座陵墓以纪念他。

今天的哈菲兹墓是由法国考古学家和建筑师安德烈·戈达尔设计的，是一座略带现代简约风格的建筑，坐落于一座漂亮的花园里，建于 1936 年—1938 年。陵墓上有两列柱廊相交，墓顶上有一个彩色釉砖砌成的圆形穹顶，形似苦行僧的帽子。穹顶内用精美的彩陶镶嵌装饰，白色墓石碑上镌刻有哈菲兹的两首诗。

"古兰经城门"与庭园之城

在设拉子的标志性建筑中，"古兰经城门"是不可缺少的。它是一座装饰性城门，其历史可以追溯到 1000 多年前，因卡里姆·汗国王在城门上的小房间里放了一本《古兰经》，以保佑南来北往的人们平安而得名。现在的"古兰经城门"经过了重新翻修，看起来不像是一座古迹。整座城门高大宽阔，包括三个门洞。中间的主门洞约有 20 米宽，两侧各有一个门洞相配，加上城门顶的房间，通体装饰精美。尤其在夜晚灯光的照耀下，更突显出典型的伊朗建筑风格。今天的人们为保护历史遗迹，在它的旁边另辟了汽车通道。周围的草坪上常有不少伊朗人家在野餐，景色十分和谐美观。

由于设拉子地处山谷,靠近马哈尔罗湖,高度平均海拔1600米,终年气候温和适中,众多美不胜收的庭园便构成了设拉子的又一特色。天堂花园是设拉子最著名的花园,已经有300多年的历史,并作为"波斯园林"的代表被列入联合国世界文化遗产目录。花园始建于18世纪赞德王朝,后来凯加王朝王公贵族也曾在那里居住。花园中植物错落有致,五彩缤纷,尤以高大的柏树著称。花园正中央有一个水池与喷泉以及长长的蓝色瓷砖修葺的水道,旁边还有一座"天堂宫殿"。那是一座规模不大的凯加王朝时期的建筑,不对游客开放。

在园中林荫道东部的尽头有一幢高大的建筑物——博物馆。而在博物馆的南边,便是豪华精致的纳庭园。该园1965年交给设拉子大学的亚洲研究所管理,博物馆是其中的一座大厅。通往庭园的门道均饰有光彩夺目的釉砖,两旁有小型的石砌平台。它最明显的特点是在建筑物的高处有一座大的新月形的釉砖装饰,场景为一头猎豹在撕咬麋鹿。

莫克清真寺,又被称为粉红清真寺,位于老城区一条不起眼的小巷里,紧邻卡里姆·汗古城堡,因外墙内部拱顶以粉红色彩釉装饰而得名。它占地面积不是很大,却拥有"伊朗最美清真寺"的美誉。第一眼看到它时,感到外观建筑风格与埃及、土耳其的清真寺相似,外面呈圆形城堡状。清真寺的大门上面镶有精美的铜质花纹，门口的拱顶上是小半球体蜂窝状结构，上面及外墙均镶满了精美的彩釉瓷砖，工艺非常精湛。进入清真寺后，首先映入眼帘的是一个长方形庭院，院中央有一方水池，水池旁摆满了鲜艳的盆花。水池正前方是一个蜂窝状拱顶，旁边是两座宣礼塔。水池的两侧对称，右侧是祈祷大厅，左侧是展示厅。大厅长约50米，宽约10米，由10多根柱子支撑，每根柱子上和弧形穹顶上都雕刻有复杂精美的图案。最令人赞叹的是清晨阳光照射的神奇色彩效果，光线透过彩色玻璃投射进大厅，洒在同样色彩缤纷且图案各异的地毯上，形成完美的图案和光影的组合。可惜不是每个人每次到这里，都有缘欣赏到那种梦幻般的美景。

夕阳西下，站在小巷出口，犹如紫阁峰西清渭东，野烟深处夕阳中。美丽无限的设拉子，令人陶醉在古老文化的气息中，留下许多由衷的赞叹。

德黑兰地铁与城郊铁路

德黑兰的地铁系统是由中国公司承建的，地铁车站的装饰独具伊朗特色。

在德黑兰市修建地铁，最初是由伊朗工程师库鲁斯于1958年提出的设想，但并未付诸实施。到上世纪70年代，德黑兰市因人口激增，地面交通日渐拥挤，修建地铁以改善交通问题被重新提上了议事日程。1975年法国"苏法尔图"公司与伊朗签订了承建德黑兰地铁项目的协议，计划修建四条线路，并开始动工打通了一些隧洞。但因两伊战争爆发，工程于1982年停下来。

1995年3月，中信公司作为中方总承包商与德黑兰地铁与城郊铁路公司签约承建德黑兰地铁项目。项目土建工程由伊方负责，中方的中信、北方、中技公司及北京城建集团等分别承担德黑兰地铁和德黑兰至卡拉季城际电气化铁路的设计、供货、安装和调试等工程。1996年11月合同正式生效。该项目为交钥匙工程，1999年地铁2号线一期建成通车，成为两国经贸合作的典范。

德黑兰地铁共有五条线路，总设计长度近150公里，地下车站近110座。中信公司负责实施的德黑兰市内地铁南北和东西两条线路是最核心的线路，分别贯穿城区，构成一个巨大的十字，支撑起德黑兰的地下交通体系。两条线路总长约64公里。1号线从德黑兰北部的万纳克广场到南部的烈士陵园，全长34公里，其中15公里在地下，19公里在地面；共设27个站，其中15个站在地下，12个站在地面。2号线从德黑兰东部的迪尔达什特到西部的萨迪基耶2号广场，全长20公里，其中19公里在地下，共设18个站，其中一个站与1号线共用。1999年，2号线从市中心的伊马姆霍梅尼广场到萨迪基耶 2 号广场段开通，长 10 公里，有 8 个站。德黑兰地铁项目是当时中国对外出口的最大一宗技术和成套设备项目，是伊朗乃至波斯湾和中东地区第一条地铁线路。地铁开通后，给德黑兰市民上下班提供了很大方便。地铁车厢也都是中国生产的，当时与北京地铁车厢型号相同。德黑兰地铁原来设计的五条线路均现在已建成通车，而且还在进行着新的项目。

德黑兰地铁的所有车站，无论是地面站台，还是地下站台，都是由伊朗工程师设计的。站台的设计独具一格，宽敞明亮，装饰美观，将伊朗古代建筑和现代建筑风格融为一体，特别是那些绚丽的图画、五光十色的灯光、华丽柔和的大理石，给人一种富丽堂皇、耳目一新的感觉。

中国北方公司总承包并与中技公司合作完成的项目德黑兰—卡拉季—梅赫尔·沙赫尔（MEHR SHAHR）电气化城际铁路工程全长 43 公里，1998 年 9 月 15 日正式开工，1999 年 2 月 1 日德黑兰至卡拉季段 30 余公里路段竣工并试运行，1999 年 3 月 7 日正式通车。那条城际铁路极大地方便了在德黑兰工作、家住卡拉季一族的出行便利。后来地铁 2 号线一期工程通车后，在自由广场实现对接，更是进一步方便了人们的出行便利。中国在伊朗的形象由此树立。

达马万德的新发现

里海边因为夏季潮湿闷热,虽有许多海边别墅,但并非度假的理想之所。而德黑兰北部的达马万德地区,夏季气候凉爽宜人,很适合避暑,可谓是周末度假地的最佳选择。

达马万德峰(DAMAVAND)为伊朗最高峰,海拔5671米,位于德黑兰、塞姆南和马赞达兰三省市交界处,气候适宜、风景秀丽,是伊朗的重要旅游胜地之一。据历史记载,达马万德是一个死火山。"达马万德"一词在波斯语中是由"达马"和"万德"两个词组成的,"达马"有火、天然气的意思,"万德"有地方的意思,达马万德即火山口的意思。

德黑兰历史和考古学家研究表明,早在14000多年前达马万德附近克兰地区的山洞里就有人类居住,达马万德是世界上人类文明的发祥地之一。达马万德地区在《圣经》和拜火教经书《阿维斯塔》等典籍中曾以不同的名字出现过。历史记载,第一批雅利安人从东方迁移到伊朗大地的时候,最早就定居于达马万德地区。那里遗留下来的许多城堡、遗迹、古客栈和山洞,可以证明古代波斯人曾在该地区从事过各种活动。但古代典籍中大多把达马万德比喻为恐怖、惊险和宏伟的象征。

据《萨珊王朝时期的伊朗》一书记载，达马万德气候宜人、水源丰富，有高峰挡住寒风袭击，非常适宜农作物种植和畜牧业发展。萨珊王朝时期，有一个贵族看中了达马万德的秀丽景色后定居于该地。此外，达马万德城在历史上曾是商队的必经之地。商贾的往来也促进了该地区的经济和贸易发展。

现在的达马万德是德黑兰省下辖的一个县，面积约2800平方公里，由达马万德、鲁德汗、吉兰和阿布萨尔德等四个小城市组成。两条公路从中穿过，把德黑兰与马赞达兰省联结在一起。达玛万德市坐落在一个峡谷里，中间有一条河流，小城沿河流而建，风景格外秀丽。随着德黑兰的发展，达马万德很快发展成为一个旅游避暑胜地，并兴建了许多别墅和庄园。每到炎热夏季的周末，德黑兰市民都会携家带口或与亲戚朋友到那里旅游和避暑，享受大自然的秀丽风光。

伊朗古代历史上流传着许多关于达马万德峰的神话故事。许多诗人，如波斯著名诗人菲尔多斯就曾经作诗赞美达马万德峰的雄伟。还有一些世界著名旅游家在游记中也曾谈及达马万德山峰。如今的达马万德市保仍留有许多历史文物和古迹，其中最著名的古迹是位于市中心的达马万德清真寺。有的历史学家认为该寺建于1433年，也有一些历史学家认为，该寺建筑年代应该是在1121年的赛尔柱王朝时期。据史料记载，达马万德清真寺在

1549年进行过一次维修，后来在一次地震中倒塌，16世纪萨法维王朝后期进行了重建。清真寺的屋顶为木质结构，旁有两座石碑，一座刻有阿巴斯国王颁布的减免达玛万德人税收的谕令，另一座石碑上记载着1868年达马万德地区流行瘟疫造成的死亡情况，瘟疫夺走了1000多人的生命。据当地人说，达马万德清真寺在伊斯兰教传入伊朗之前是拜火教的圣火庙，公元10世纪时才被改为清真寺。

达马万德的另一座古建筑是位于一座小山丘上建于赛尔柱王朝时期的谢布里塔。该塔是为了纪念10世纪著名苏菲学者谢布里建造的，谢布里不仅是一位虔诚的苏菲主义者，而且是被当时的阿巴斯国王任命的达马万德总督。谢布里晚年辞去官职，到当时的首都巴格达潜心修炼，直到去世，并葬于巴格达。

达马万德地区最引人入胜的是塔尔湖，位于达马万德以东20公里处，湖的南北两侧为高山，南侧山峰海拔3835米，北面山峰海拔4080米。湖长约3公里，宽约1公里，湖水最深处达300多米。湖水多源于峰顶积雪融化和源泉流淌出来的水。湖水清澈凉爽，素有"天然矿泉水"的美称。那里冬季气候寒冷，水面会结起厚厚的冰层，犹如一面大镜子，把山上皑皑白雪与蓝天白云映照在冰面上。

达马万德峰距德黑兰75公里，是厄尔布尔士山脉最高峰，海拔 5671 米。厄尔布尔士山脉位于伊朗北部，从伊朗西北部的白河峡谷沿里海一直延伸到东北的古尔冈峡谷，呈弧形状，把马赞达兰省和中央高原围绕在里面。山峰北部因受里海影响，气候潮湿，适合于植物生长。因此，北部植物种类繁多。从地理角度看，厄尔布尔士山脉分为三个部分：北部山脉、中部山脉和南部山脉。中部山脉由昆都瓦、拉尔和菲鲁兹等群山组成。中部和北部被努尔河与赫拉兹河隔开。厄尔布尔士山脉的高峰群就位于该地区，大多数山峰海拔都在 4000 米以上，其中达马万德峰为最高峰。

达马万德峰宏伟壮观，风景秀丽，吸引着无数游客和登山运动员。150 多年前，德国著名医学家、外交家贝鲁格什曾从欧洲到埃及、土耳其，然后进入伊朗。他在游记中描述了他和他的随从攀登达马万德峰的详细经过，对该地区美丽的自然风光赞叹不已。他写道："我必须承认，伊朗的山区比德国和欧洲任何一个山区都要美丽得多。"

攀登达马万德峰有东、西、南、北四条线路。达马万德山南面夏季干燥，北面和东北面不受太阳直射，一年四季大雪覆盖，有数个天然冰库。每到春夏两季，达马万德山 2000 米至 3500 米的山腰都会开满丽春花，使达马万德峰显得格外秀丽。冬季山上大雪覆盖，满山银装素裹，是滑雪爱好者的天然场所。

达马万德峰是世界上最高的圆锥形山峰。日本的富士山海拔

3770米，亚美尼亚的阿拉加茨峰海拔4100米，虽然这两座山峰都呈圆锥形，但高度都不及达马万德峰。据说达马万德峰火山口有许多硫磺，在海拔4000米以上就能发现硫磺。达马万德峰上还有一个宽100米、深30米的水池。峰顶在盛夏中午的气温大约在零下摄氏4度左右。

达马万德峰上有三处溶洞，分别是克布特里溶洞、阿斯克溶洞和古尔扎德溶洞。其中位于西部的古尔扎德溶洞是伊朗最漂亮的溶洞。溶洞内布满钟乳石和石笋，如同吊灯一样吊在洞顶，且形态不一，十分漂亮。溶洞表层覆盖着一层碳酸钙，灯光照射在上面，会闪闪发光。

达马万德山北部有两个温泉，一个在海拔2380米处，另一个在海拔2450米处。温泉水里含有多种矿物，对皮肤病、关节炎有很好的疗效，每年都有许多患者到那里洗温泉浴。

达马万德地区多河流，土地肥沃，水源丰富。那里夏天可以避暑，冬天可以滑雪。5月份的时候，市内已骄阳似火，那里依然冰封雪冻，到处白茫茫一片。德黑兰北部山麓有一个叫"吐乔尔"的索道，从那里的第一站上到第七站就到了滑雪场。据说再往上，到第九站才是真正的滑雪爱好者的场所。

"超级"乘客

在使馆任期届满回国后不久,我又被派陪一个代表团访问伊朗。临行前,我被告知,在陪同代表团任务结束后继续留在使馆工作。

上世纪90年代初,我因工作之故,有机会随代表团访问伊朗,多时会一年内先后五次往访。当时在国内刚出现的"国际倒爷"中,许多都是来自伊朗。往返北京与德黑兰间的航班,常常是一票难求,很多伊朗人都是携家带口地到中国旅游购物。而俄罗斯和东欧到中国做生意的商人,其实是在苏联解体后才渐渐多起来的。

此次,我随代表团乘坐伊朗航空公司航班往访伊朗,飞机预定晚上7点钟从北京起飞。登机后,我们三人先送领导到头等舱安顿好,才到经济舱找自己的座位,可站在过道里放眼望去已经是爆满了。没办法只好请乘务员帮我们找座位,伊朗航空公司的机场值班经理和乘务长从座位里找出三个人送下了飞机。我帮助其他两个人坐下后,自己的座位却又被别人占了。我再与他们交涉,请其中一个人离开。他们怎么也不肯。我还在为此争执时,机舱门却已经关闭,飞机开始滑行。眼看再找乘务长拉人下飞机已无可能，我只好找到乘务长说明我的座位被人占据。按照飞行规定，飞机起飞和降落阶段是绝对不允许有机上人员站立的。可能抢座的情况以往出现太多，乘务长见状二话不说，就拉着我走到机尾部，直接安排我在乘务员起飞和降落时坐的折叠椅上坐下，令我大为意外。

一路上，我一直享受着几乎所有女乘务员轮流地关照。飞机起飞后还在爬升阶段，就有乘务员拿出巴拿马香蕉、伊朗开心果、鱼子酱和小点心等让我品尝，还送上了茶水和饮料。这些食品是经济舱甚至头等舱都难常享受得到的。当时，伊朗航班的头等舱每次也只配送一小瓶几克重的鱼子酱，我则先得了很多。待到飞行平稳后，乘务员开始第一次为乘客服务，于是她们又开始变着花样地往我手里塞东西，同我聊天。整个飞行7个多小时的航程里，我一直在同航班上的乘务员聊天。她们穿着深蓝色的HEJAB，头戴同色的套头，但非常开朗大方，又似乎对中国的一切事情都感兴趣。她们不断地询问北京、上海和广州等大城市的情况，以及社会、文化、民俗和中国人的婚姻情况等。她们都说喜欢中国，但又不真正了解中国。

说说笑笑之间，时间就过去了。国际上通行着机票超售的做法，可像我这样因此而成为"超级"乘客的不知有几多。飞机开始下降，乘务员关闭了机舱里的灯，当地时间夜晚11点半我们抵达麦赫拉巴德机场，飞行很顺利。德黑兰，我又来了。但是，我不知道这一次要在德黑兰滞留多长时间。

基什岛：波斯湾中的明珠

我陪代表团完成在德黑兰的公务后，第三天清早不到 6 点钟就赶到麦赫拉巴德机场。我们事前被告知将要乘坐一架"小飞机"到阿巴斯港去。停机坪上，我看到有一架几个座位的小飞机停在那里，于是领头往那边走去。没走几步我一回头，发现代表团团长正在和陪同的一位伊朗副部长并肩走向另一架飞机，那是一架波音 707 型的大飞机。这哪是"小飞机"呀，明明是一架打飞机。

我登上飞机后，发现那是一架专机，里面装饰得非常现代化，也很舒适，客机的中部是一个小型会议室。副部长介绍说，这架专机是巴列维的一架备用机，现在属于内阁。内阁成员到外地去，可以调用，这架专机不同于国内领导人乘坐的专机。我们国内的专机都是在领导人出访前由普通客机临时改装的，而这架专机则是巴列维从美国波音公司直接订购的，所以它的内饰与国内的专机完全不同，装饰得很豪华。

在伊朗，内阁部长属于非常重要的人物，在行政机构中仅次于总统和第一副总统。内阁成员的任命必须要经过议会审议通过，而副总统则可以由总统本人直接任命，在此意义上说，内阁成员的地位高于其他的副总统。1989年8月拉夫桑贾尼就任总统前，伊朗实行总理内阁制，总理负责内阁事务。拉夫桑贾尼就任总统后，改总理内阁制为总统内阁制，由总统直接组阁，并负责内阁事务。但总统提名的内阁成员必须由议会投信任票通过，内阁部长的地位因此凸显出来。而几位副总统则兼任计划和预算组织主席、体育组织主席、环境保护组织主席等职务。如在20世纪90年代后期，文化与伊斯兰指导部部长穆哈杰朗尼被议会弹劾后，总统直接任命他为副总统兼计划与预算组织主席。

飞机先降落在阿巴斯港城，气温虽然比4月-10月份的潮湿酷热相比已经好了许多，但还是能够体验到潮湿闷热的滋味。我们参观了一处正在施工的住宅区工地，那是一处由伊朗伊斯兰革命烈士与伤残军人及穷人基金会投资，为低收入阶层建设的住宅区项目。从房屋框架看，都是四层高的楼，户内的格局是三室一厅、一厨一卫、面积大概在120平方米左右的公寓房。楼的外墙用的是伊朗传统的土黄色砖，楼与楼之间规划有绿地、水池。这使我想起在德黑兰参观同样为中低收入群体建造的住宅区时，伊朗陪同的部长介绍说，当时伊朗城市人均住房面积为50平方米，到2000年计划增至100平方米，而中国当时城市人均住房面积才7

平方米，对方听后都有些不敢相信。

参观完阿巴斯港的项目和两处古迹后，我们没有停留，乘专机飞往基什岛（KISH）。当时我有些刚起飞便降落的感觉。基什岛东西长约15公里，南北宽约7公里，呈椭圆形，全岛面积约90平方公里，全岛平均海拔32米，最高处海拔只有45米，是一个由珊瑚礁堆积而成的岛屿，地处碧波荡漾的波斯湾，距迪拜200公里，距阿巴斯港约300公里，扼守着进出波斯湾的交通要道，地理位置十分重要。

岛上气候闷热潮湿，年平均气温27摄氏度，12月和1月份最凉爽，最低可达零上3度；但相对湿度较大，春秋两季降水多伴随雷电冰雹，冬季降水量占全年降水量的82%，且多遇连绵细雨。岛上植物分为当地植物（如滨枣树、榕树、柽树）和非当地植物（如椰枣、香蕉、酸柠檬和椰树）等，另外还有纸花草等植被。岛上栖息有多种哺乳动物和爬行动物以及各种鸟类，周围海中还有许多软体动物。

公元前3000年，伊兰王国就控制了波斯湾沿岸各个岛屿和港口以及广阔的山川平原。公元前708年—前505年的米提亚王国把基什岛和波斯湾各岛归属于该王国的西南各省。后来，阿契美尼德王朝的大流士国王把全国划分为23个总督省，该岛隶属于法尔斯省。奥斯曼帝国哈里发时期，阿拉伯人占领了波斯湾各岛屿、港口和法尔斯省。11–12世纪塞尔柱帝国统治伊朗期间,塞尔柱突厥人把该岛发展成为波斯湾的商业和贸易中心。该岛以盛产珍珠闻名于世。1507年葡萄牙人阿勒布·科尔克同霍尔穆兹甘及基什岛酋长赛义夫·丁签订了对葡萄牙商品免征关税的条约,并开始大量对外交易珍珠。据说,马可波罗在中国时曾被皇宫中嫔妃们的精美首饰所倾倒,后来他被告知那些精美的珍珠均产自于波斯的基什岛。

20世纪初,该岛建造了第一座灯塔。第一次世界大战后,由于欧洲经济不景气,波斯湾各港口和岛屿也随之呈现萧条状态,珍珠交易终止,大量外汇流失,该岛作为贸易和船运中心的地位也开始衰败。

1970年,伊朗邀请美国专家联合考察该岛,双方一致同意将该岛开发为国际贸易和旅游中心,并提出了初步规划。1972年,巴列维批准成立基什岛开发组织,从事该岛的开发建设。但后来该岛却成了巴列维王朝达官显贵们的"后花园",他们利用政府的预算修建了专用的国际机场、宫殿、豪华饭店和奢侈的娱乐场所,但并不对外开放。

1979年伊斯兰革命胜利后,当时的伊斯兰革命委员会于1980年初批准了该岛减免关税的法律草案,但未被实施。1982年,伊朗内阁批准基什岛开发组织经营娱乐、水产养殖、手工艺品和捕捞业等。1989年，拉夫桑贾尼当选总统后将该岛开辟为工业 - 贸易自由区，但直到1993年议会才以法律形式予以确认。

此后该岛快速发展，扩充了公路网，形成了环岛公路，修建了海上旅游码头，扩建了机场，大批量植树造林绿化环境；还修建了一批旅馆、饭店、医院、学校、游乐中心、水下世界和文化中心等设施。目前,那里已经成为工贸 - 自由区及旅游休闲的佳地。

当时，有伊朗朋友对我说：1997年香港回归中国大陆后，迪拜将取代香港的国际金融和航运中心的地位；基什岛建成后，将取代迪拜，成为亚洲乃至世界的金融与航运中心。我们在岛上参观了一个正处于建设中的巴扎工程。那个工程当时已初具规模，中心是一座圆形的建筑，巷道向四面八方延伸出去。

岛的南侧有一处纯净的白沙滩，海水湛蓝，清澈透底。站在沙滩上，向远处望去，海水和蓝天融为一体，让人分不清哪儿是海水和蓝天的分界。清爽潮湿带着淡淡海腥味的海风，吹拂着头发和面颊，游客的身影被夕阳拉得长长的，使人流连忘返。岛的西侧距离岸边不远处有一条坐滩的沉船，它锈蚀的黑色船体似乎与夕阳下金色的海水融为一体。每天傍晚都会有许多人聚集到该地欣赏日落的美景。

基什岛作为伊朗的旅游胜地，发展得很快,特别是那里的巴扎，现在仿佛成了一座小城。岛的北部和西北部饭店也已连成片，荫蔽在绿色树林中，晚上在灯光的照射下显得优雅璀璨。岛上的出租车也都换成了全新的丰田轿车，黄色车身，车牌与伊朗内地的亦不相同，有英语和波斯语两种文字。路边的指示牌也都是英语的，街道上的各种雕塑比比皆是，确实十分漂亮，仿佛置身于夜晚的迪拜。晚上踏着白色沙滩，租一条玻璃钢透明底灯船，探望水底的各色热带鱼、珊瑚和水藻，五光十色，美不胜收。

阿尔达比勒：萨法维王朝的发祥地

送走代表团后，我再次定格在伊朗。不久后，我陪同中国铁路机车专家组前往西北部城市阿尔达比勒（ARDBIL）。

隆冬腊月，火车离开德黑兰向西北行驶，车窗上开始结起冰花，鹅毛般的大雪纷纷扬扬，铺天盖地。田野被铺成白茫茫一片，列车穿行在白色的世界里，非常壮观。

伊朗铁路的路基似乎不是很平整，列车行驶起来总有晃荡的感觉，与在国内乘坐火车的感觉不一样。伊朗火车的一等车厢可乘坐四人，上下两层铺位，比国内的软卧车厢宽敞许多，两个人面对面坐着相互都不会撞腿。

黄昏时分我们抵达阿尔比勒市，铁路机车大修厂的人到车站迎接我们。当地的气候，相比德黑兰冷了许多，北风呼啸还夹杂着雪粒打在脸上有些生疼。

第二天上午，我们到达大修厂，偌大的厂房里显得有些空旷，我陪同的专家们工作十分认真，不因冷风刺骨而丝毫有所精神懈怠，拿出卡尺等工具不住地测量转向架和轮毂，并与伊方人员交流，我努力地为他们做着翻译。

阿尔达比勒市位于加拉河上游谷地，萨瓦兰山东麓，当时还隶属于伊朗东阿塞拜疆省，与阿塞拜疆共和国接壤。1993年以后单独划省，前总统艾哈迈迪·内贾德曾任该省首任省长。他在任内大力推进基础设施建设，使该省交通和教育等事业快速发展，并在四年后荣获"伊朗模范省长"称号。

阿尔达比勒是波斯萨法维王朝的发祥地，16世纪初王朝的奠基人伊斯玛仪由此崛起，很快控制了波斯大地，并把都城迁往中部的伊斯法罕。

阿尔达比勒最著名的建筑是一个属于伊斯兰教苏菲派的哈内加建筑群，包括清真寺、经学院、图书馆、陵墓、地下蓄水池和医院等。这里的所有建筑均采用古代波斯的传统建筑理念，但又突出苏菲派的特点，并糅合了中世纪伊斯兰建筑的元素，是一处非常值得看的古建筑群。当地人介绍，通往谢赫·萨菲丁·阿尔达比利陵墓大殿的道路分共为七段和八道门，分别代表苏菲主义的七个发展阶段和守贫、苦行、禁欲、忏悔、断念、冥想、隐静，最终与真主合一的八个理念。

谢赫·萨菲丁·阿尔达比利是伊朗历史上重要的苏菲教派领袖，16世纪初伊斯玛仪建立萨法维王朝后，苏菲教派对伊朗、西亚各国以及伊斯兰教历史都产生了重要影响。迄今，苏菲教派的思想、建筑和园林设计理念在中东地区各国仍有广泛影响。在伊拉克、叙利亚和以色列等国都有苏菲派的建筑和园林。其中以色列海法市就有一座依山而建的苏菲派园林，非常漂亮。

谢赫·萨菲丁·阿尔达比利的陵墓，据说最初是由他的弟子修建的单体建筑，萨法维王朝建立后，历代君王不断整修并扩大，形成了今日的规模。其中最具有观赏价值和历史价值的建筑是谢赫·萨菲丁·阿尔达比利的安拉墓塔，因外墙上用釉砖装饰循环往复的阿拉伯语"安拉"字样而得名，是陵墓的标志性建筑。该建筑群保存得相当完好，至今人们还可以看到精美的建筑外观和内部装饰。该建筑群2010年被列入联合国世界文化遗产目录。

陵墓内除了谢赫·萨菲丁·阿尔达比利的墓穴外，还有伊斯玛仪和一些萨法维王朝家族成员的墓穴。同时，陵墓里还有一个瓷器展室。据说，阿巴斯国王非常喜爱中国瓷器，1611年他在阿尔达比利陵墓祭扫后，在陵墓的一个角落开辟了中国陶瓷收藏室，把珍藏的1162件中国瓷器摆放在那里。后由于萨法维王朝覆灭，伊朗饱经战乱，特别是19世纪初波俄两次战争期间，当地两度被沙俄军队均占领，很多瓷器被劫掠到了俄国，剩余的精品瓷器多数被伊朗人转移到德黑兰和大不里士保存。现在在那里看到的多数藏品是后来明清时期的瓷器。

马什哈德：宗教圣城

因工作关系，我应邀奔赴伊朗东北部的马什哈德（MASHHAD）。那里是伊斯兰教什叶派的圣地，公元782年伊斯兰什叶派第八个伊玛姆阿里·礼萨死后葬于该地。15—18世纪，铁木尔统治时期和萨法维王朝时期作为穆斯林的朝觐地慢慢地兴盛起来，1727年—1739年的纳迪尔王朝曾定都于该地。马什哈德历史上曾是伊朗北部与中亚、阿富汗之间的商队贸易中心，也是伊朗现任最高领袖阿里哈梅内伊的家乡。1333年大旅行家伊本·巴图泰曾到该地旅行，他在书中这样描述："那里是一个大城市，有充足的水果树以及河流与磨坊，贵族的陵墓上建有优雅的古尔哈德清真寺顶，城墙也是用彩色的瓦片装饰过的。"

马什哈德南部老城区安放着礼萨陵墓，那是此地游览者的必去之所。阿里·礼萨是伊斯兰教什叶派中十二伊玛姆教派的第八个伊马姆，当时在什叶派中享有很高威望，是什叶派的实际领袖。9世纪初，阿拉伯帝国统治伊朗时期，阿拔斯王朝的马蒙在任哈里发之前，为赢得什叶派的支持，邀请阿里·礼萨从麦地那迁居图斯，并宣布他为王位继承人。后因慑于阿里·礼萨的声望，用毒葡萄将他毒死，并葬于图斯古城以西约20多公里处的一个小村庄，即现在的马什哈德。

在伊朗，民间有富人去麦加朝觐、穷人到马什哈德朝觐的说法。据说每年有超过2000万伊朗、黎巴嫩、叙利亚、伊拉克、巴基斯坦和阿富汗等国的什叶派穆斯林到马什哈德朝觐。到麦加朝觐过的穆斯林可在姓名前加上"哈吉"（HAJI）称谓，以表明曾经到麦加朝觐过；到过马什哈德朝觐过的穆斯林可以在姓名前加上"马什迪"（MASHDI）。

阿里·礼萨陵墓实际上如同一个社区，面积非常大，除了陵墓及两座清真寺外，还包括经学院、图书馆、医院和旅馆等建筑。礼萨陵墓所在的街区到处是人群，从北面正门进入陵墓大院后，左手边是礼萨陵墓和金顶清真寺。那里非常拥挤，都是朝觐的虔诚穆斯林。本来非穆斯林不允许进入陵墓的院子，由于我在德黑兰大学学习过阿拉伯语，在伊朗居住的时间长，一些宗教用语也能够讲几句，于是便用波斯语和阿拉伯语同陵墓门口的看门人对话。当我背诵完《古兰经》的开卷语后，他很犹豫地让我们站在大门口短暂地看了一看。

礼萨陵墓位于金顶清真寺院内正中央一个较矮的圆形建筑里，四周有3米高的金属条栅栏。清真寺的穹顶高约45米，里外全部用纯金镶包，在灯光和阳光的照射下显得金碧辉煌，非常壮观。

走进陵墓的大院，正对着的是最具参观价值的蓝色穹顶的古哈尔沙德清真寺，是15世纪初帖木儿王朝王后古哈尔沙德下令修建的。清真寺与礼萨陵墓外围建筑连成一体，它的蓝色穹顶高达50米，内部也由蓝色马赛克装饰得美轮美奂；两座宣礼塔高40米；清真寺的入口处边缘，还能看到帖木儿王子米尔扎撰写的题词，它与礼萨陵墓形成一个对角，是整个区域内最重要的两座建筑。无论是在阳光或夜晚灯光的照射下，两座清真寺金色与蓝色穹顶交相辉映，远远看去，形成一道错落迷人的风景线。

在马什哈德，所有道路都可以通往礼萨陵墓，很多特点鲜明的建筑也都集中在那个区域内，礼萨陵墓西北方的纳迪尔墓及临近的纳迪尔博物馆当属其中。纳迪尔是阿夫沙尔王朝的开国君王，但也可以说是亡国君王。这座建筑建于1959年，入口处有一组纳迪尔头戴缠头、骑马持斧率领士兵征战的铜雕像，尽显威武。

17世纪末，萨法维王朝日趋衰落。1722年，阿富汗的吉尔扎伊部落在马赫穆德的领导下，攻占萨法维王朝都城伊斯法罕，并自立为伊朗国王。1736年，伊朗霍拉桑地区的部落首领纳迪尔率军把阿富汗人逐出伊朗,建立以马什哈德为中心的阿夫沙尔王朝,其版图东至阿富汗和印度北部,西至巴格达,北接里海,南濒波斯湾。但他作为优秀的军事统帅,懂得征战,却不懂得人心者得天下。他对待下属、臣民异常残暴,最终于1747年遭人暗杀。纳迪尔国王死后,其子孙为争夺王位爆发内战,王朝实际控制区域仅限于霍拉桑及以东地区。当时,阿富汗人阿布达里部落首领艾哈迈德·汗以纳迪尔被刺杀为契机,于当年3月率部大败波斯军队。不久后,阿布达里和吉尔扎伊部落首领在坎大哈城郊宣布摆脱阿夫沙尔王朝统治为独立的主权国家,伊斯兰长老宣布艾哈迈德·汗为阿富汗阿米尔,并以波斯纪年为阿富汗建国元年。1796年阿夫沙尔王朝被凯加王朝所灭。

马什哈德新城区建设得很漂亮,街道宽敞,市容整齐,商业街繁华,住宅区鳞次栉比,充满现代气息。与新城区相比,马什哈德老城区就显得更传统些,而且宗教气氛很浓厚,似乎比库姆还要浓厚。清真寺附近悬挂着黑色旗帜,到处可见伊马姆礼萨街道、伊马姆礼萨巴扎、伊马姆礼萨广场、伊马姆礼萨医院等标志。尽管有些老城区宗教气氛浓厚,但第一次到马什哈德的人去感受一下礼萨陵墓金顶与清真寺蓝色穹顶交相辉映的震撼才算是不虚此行。

大诗人菲尔多斯以其诗篇《列王记》闻名于世,他的陵墓就坐落于马什哈德东北20多公里的图斯小镇。《列王记》堪比《荷马史诗》，是他为人类文学史留下的浓重一笔。但是，菲尔多斯因这部著作中包含了大量反对异族侵略的内容，惨遭迫害，最后只能偷偷潜回家乡，甚至去世后也只能被家人悄悄地埋在自家花园里。直到1934年人们在纪念他诞辰1000周年时，伊朗政府才修建了菲尔多斯陵墓。1968年，巴列维王国政府以陵墓的建筑形式太过简单为由，重建和扩大了陵墓，并将其开辟为公园，还增设了茶馆、图书馆和博物馆等设施。

菲尔多斯墓园正中央是一座高大的白色纪念碑，两旁种满了松柏。纪念碑的正面刻写着菲尔多斯的诗歌名篇，前面是一座方形的喷泉水池。纪念碑倒影投在水面上，使天、水、碑融为一体，虚实相伴，显示着伊朗建筑独特的宏伟大气风格。他的陵墓设在纪念碑下的两层纪念馆里，墓穴位于中央四根石柱围绕着的大理石棺下，石棺上刻有菲尔多斯的著名诗句。陵墓前正方形水池边，有一尊用白色大理石雕塑的菲尔多斯坐像。

赞江：右丝绸之路上曾经的驿站

赞江（ZANJAN）市是赞江省的省会，位于德黑兰以西约240公里处，东邻加兹温和吉朗省，南靠哈马丹省，西接西阿塞拜疆省和库尔德斯坦省，北连东阿塞拜疆省和后来的阿尔达比勒省。省内北部是山区，南部为平原。赞江在古代时曾是连接伊朗东北部的马什哈德与中亚地区的商道，14世纪里曾是蒙古伊尔汗国统治伊朗时期的国都。

我到赞江出差，特意选择了一个人少车稀的周五早晨开车从德黑兰出发，既可以欣赏沿途风光，又可防止出城时堵车。行驶在德黑兰向西的高速公路上不时有德黑兰至卡拉季的城轨双层客车驶过，那是中国北方公司和中技公司合作完成的项目，已成为中伊合作的范例工程。我顺路到卡拉季看望了临时出差到伊朗，我夫人的同事周普国先生后，继续赶往赞江。事不凑巧，我刚转上通往赞江的公路后不久就被追尾了，追尾的是一辆伊朗人开的白色现代牌小轿车。不知道他有什么急事，一路上总想超车，越跟越近，结果在我踩刹车时，他的车头碰上了我的车尾。我们都下车查看，我的吉普车只有后保险杠上的小踏板翘起一点，用手一压就恢复了原样。而他的车前脸却扎在我的车尾下面，前灯全碎了，机器盖隆起，变形挺严重。

看到他车的前风挡玻璃上有一点血迹，我急忙问有没有人受伤。他说坐在副驾座上的人头撞到了风挡玻璃上，破了点皮，问题不大。他见我拿出保险单，直接说是他的责任，因为有事着急赶路，撞了我的车，太不好意思了。他递给我一张名片，说办完事会把保险单送还给我。我们报警后在等待警察来的当口,聊起天来,丝毫没有因为撞车而发生口角,倒如老朋友在异地相见似的。不一会儿,警察来了,见状直接断定是后车的责任,问我有什么要求,需不需要让对方赔偿或为我修车。我说,我的车没有问题不需要索赔了。警察礼貌地对我挥挥手,表示我可以走了。原以为要耽搁个把小时,没想到事故前后总共不过十几分钟处理完毕,我们既没吵架也没纠缠,警察来得也快,几分钟后大家就离开了,我按原计划抵达赞江。

丝绸之路古道曾从赞江市东南约40公里处经过,那里当时曾是一片郁郁葱葱,现在却是光秃秃一片。在那里我们参观了一座蒙古统治者乌勒杰图的陵墓——苏勒坦尼耶。陵墓呈八角形,建于1302年–1312年,最著名的是它的穹顶建筑,号称是世界上最古老的双层穹顶,高约50米,建筑周长约25米,由蓝绿色瓷砖装饰,周边第三层的8个角上迄今还保留着8个小塔。据说该建筑的穹顶是世界上最高的砖结构穹顶,穹顶的弧度、直径和高度在伊朗是独一无二的,仅次于意大利佛罗伦萨圣母百花大教堂和土耳其伊斯坦布尔阿亚索菲亚大教堂的穹顶,为世界第三高穹顶。它不仅是波斯建筑成就的典范,也是伊斯兰建筑发展史上的一个重要里程碑,在伊斯兰世界享有重要地位。苏勒坦尼耶的伊斯兰建筑构造还被广泛应用于印度泰姬陵等建筑中,有学者称其为"泰姬陵的先驱"。2005年联合国教科文组织将苏勒坦尼耶列入世界文化遗产目录。几年前赞江省曾发生过里氏7.3级地震，陵墓和一些古迹有点损坏。

赞江市还有着4-7世纪间萨珊时期陆续兴建的拜火教建筑——阿杜勒·古斯赫纳斯圣火坛和阿娜希塔神殿，以及萨珊王朝最后一位国王侯斯鲁·帕尔维兹宫殿等遗迹。圣火坛正处于火山地带，为保证圣火常年不熄，聪明的萨珊人用管道将地下的可燃气体引入点燃，至今还留有许多泥土制成的管道。阿纳希塔神殿位于拜火教圣坛的一侧，中央有一汪深邃的湖水，用来供奉女神。这些建筑的地理位置汇聚了拜火教教义里的水、火、土、风四大元素。

赞江的赛义德清真寺非常值得一看，尤其是在夜幕下，远远望去，镶满小镜片的"伊旺"（门脸）被灯光照射得银光闪烁，异彩纷呈，格外壮观。

赞江当地工匠制作的刀具，应是游人带回去馈赠亲朋的理想礼物。大巴扎刀具巷里摆满了各种各样、长短不一、形状各异的刀具，既实用，又美观，价格还公道。但现在世界很多地方对携带刀具都有限制，只好在当地尽情地饱饱眼福了。

阿拉克：重工业之城

阿拉克（ARAK）市位于德黑兰西南250公里处，因2003年后伊朗核问题特别是重水反应堆设在那里而闻名；是伊朗的主要重工业城市之一，有机器制造、铝制品加工、机车车厢组装、农机、运输、机械装配和铸造等工业。但那些企业绝大多数是巴列维时期建设的，设备老旧，原材料和零部件匮乏，多数厂家开工率仅有30%-40%，效益不彰。

伊方曾多次提出，希望中国有关公司在设备更新和技术培训等方面提供帮助。

在这种情况下，中国一些公司开始进入伊朗工业制造业领域，不少工程技术人员到阿拉克工作。在新春来临之际，作为使馆主管经济技术合作及商务贸易关系的经参处与商务处领导自然要前往慰问，我随行参与其中。

当时正值伊朗冬季，我们往返的路上均遇大雪，千里冰封，万里雪飘，一派北国风光。我们来去匆匆，又正值冬季和下雪，并没有在那里参观什么地方，只是与有关公司人员一起吃了顿饭并联欢，住了一晚就返回德黑兰了。我对该市没有什么深刻印象，既没有看到其他大城市多有的高楼大厦,也没有感受到城市街道应有的喧闹,感觉与伊朗其他小城市没有什么区别。虽然在我的印象中,阿拉克城市面积不大,但阿拉克应该是一座大城市,因为它是一座重工业城市。我有这种感觉,也许是我只到过那座城市的一部分或是一个角落,抑或是由于下大雪街人不多的原因吧。印象最深的就是那里的大雪与寒冷。如果当时知道伊朗在那里建设了重水反应堆,怎么也要多停留一下,到附近凑一凑热闹。然而,没有然而了。

哈马丹:西部避暑名城

3月21日,是伊朗的新年,也是一年中最隆重、最热闹的节日,全国放假10天。借着假期,我们一行到哈马丹过新年。

从德黑兰经加兹温前往哈马丹(HAMADAN),沿途景色宜人,春风吹过青青的麦田扑面而来,令人心旷神怡。只是过了加兹温后车子有些颠簸,路上来往的车辆不停驶过,感觉交通繁忙许多。

现代的哈马丹城是根据德国设计师卡尔·佛雷茨设计建造的一座现代化城市。整座城市以霍梅尼中央广场为圆心,六条放射性大道加上两圈环路,方便人们快捷地到达城市的各个角落。在霍梅尼广场的街心花园里，有一座 2700 年前阿契美尼德王朝时期的雕塑的守城石狮，按照波斯语的解释，其实应是狮面狗身（SAGH SHIR）像。

哈马丹市是哈马丹的省会，位于德黑兰西部偏南的 400 多公里处。哈马丹省北与赞江省和加兹温省为邻，东与中央省接壤，南与卢列斯坦省交界，西与库尔德斯坦省和克尔曼沙阿省相连，曾经是古代波斯交通要道的中心，贯通东西方的商道"丝绸之路"就从那里穿过。在波斯语中，哈马丹有"汇集地"的意思，如今哈马丹市已成为伊朗西北部的一个枢纽城市。公元前 600 年左右，这里曾经是米提亚王国的都城，也是大流士一世称王后的第一个都城；在安息王朝及萨珊王朝时期，被历代君王选作夏季的避暑胜地。

哈马丹市内街道干净整洁，空气清新。每到夜晚，灯光闪烁，非常迷人。老城区的哈格马塔纳城堡，现在只剩建在山坡上的米提亚王国的古城遗址。虽然遗迹上都有广场、院落和通道等标记和介绍，实际上能看到的只是几条挖出来的壕沟。站在小山丘上眺望古城堡北面的"4 月 7 日"（注：指 1981 年 6 月 28 日，位于德黑兰的伊朗伊斯兰共和党总部发生爆炸，造成包括该党总书记贝赫什提、10 名部长及数十名议员的 72 人死亡事件；当日为伊历 4 月 7 日。）广场和古老壁垒，隐约还能看到阿契美尼德王朝和

伊朗漫记三：工作

米提亚时期的城郭风貌。无论如何，哈马丹曾经是阿契美尼德王朝和米提亚王国的第一个都城。考古学家根据在哈格马塔纳遗址出土的陶瓷器皿和金银书版推断，哈格马塔纳城堡曾经是阿契美尼德王朝君王们的金库。另外，考古学家根据在四周小山丘上发现的一些遗迹，还推断哈格马塔纳城堡也曾经是萨珊王朝时期一个重要的军事中心。

古代波斯大医学家、哲学家和文学家阿维森纳（伊本·西纳）的陵墓和纪念馆位于哈马丹城南的老城区。阿维森纳被誉为天才的"多学科"科学家，据说他能背诵全部《古兰经》，他的各种著作多达450余部。他的陵墓是一座由12根高大的支柱撑起一个小尖形圆顶的建筑，远远望去就像一个待命起飞的火箭。陵墓的底部是藏有8000册图书的阿维森纳图书馆和纪念馆，展出他的一些著作复制品和他生前的一些用品及图片。

老城区内还有一座犹太圣墓，即伊斯特尔（以斯帖）和她养父莫尔德扎伊的陵寝。这是一座砖石结构的圆顶建筑，很高大，内有两座墓室。据介绍，圣墓里面的石门、梁柱和天窗等都是2000多年前的原物，尚未更换。圣墓内圆顶和墙壁上有一些希伯来语的铭文。据《旧约·以斯帖记》记载，波斯帝国国王薛西斯在位时，他的犹太籍王后以斯帖曾帮助犹太人免遭灾难，所以她的陵寝就成为了犹太人的朝觐圣地。当然，还有另外一种记载说，

阿维森纳陵墓和博物馆

以斯帖实际上是葬在了德黑兰西南部的苏萨。哈马丹的那座陵寝里埋葬的是萨珊国王伊斯胡拉一世的王后苏珊·杜赫特。圣墓的守门人告诉我们，圣墓所在地当时是犹太人的聚居区，其中许多人是被居鲁士大帝解救的巴比伦犹太囚徒，他们没有回耶路撒冷，而是到了哈马丹。

巴比伦之囚是指公元前587年巴比伦国王尼布甲尼撒二世第二次攻占巴勒斯坦地区并征服犹太王国后，把犹太王室成员及大批工匠、祭司和民众掳往巴比伦囚禁。直到公元前538年波斯帝国国王居鲁士大帝灭亡巴比伦王国后，释放了被囚禁于巴比伦的犹太人，并要求他们返回耶路撒冷重建第二圣殿。还有文献记载，居鲁士大帝曾帮助返回耶路撒冷的犹太人重建了第二圣殿。

以前在德黑兰大学学习时，我曾听奥姆兹加尔教授讲到哈马丹的"宝书"石刻。"宝书"的波斯语为 GANJ NAMEH，GANJ 有宝藏、宝物的意思，NAMEH 意为书信。市区以西五公里，有一处低矮崖壁上的小型摩崖石刻。那是在一处低矮崖壁上凿出的两处凹陷平面上雕刻的石刻，刻有阿契美尼德王朝用古波斯、伊兰和巴比伦三种文字的铭文，外界称"宝书"。据当地人介绍，当有人获知"宝书"时，认为是"藏宝图"，便开始疯狂地解读，但最后解读出来的"宝书"内容却令人哭笑不得。目前解读出来的"宝书"石刻，主要是记述阿契美尼德王朝大流士一世和其子薛西斯崇拜拜火教的神阿胡拉马兹达的祈语。其中一块石刻的内容是："阿胡拉马兹达是众神中的伟大神明。他创造了大地、苍穹和人类，并给人类带来了幸福，他令大流士登上王位，并成为最伟大的国王。我就是大流士，伟大的国王，是王中之王，是伟大民族的伟大国王，是这个拥有辽阔土地王国的伟大国王，是塔伊斯佩斯·阿契美尼德的儿子。"另一块石刻的内容与上述基本相同，只是在"阿胡拉马兹达是众神中的伟大神明"前面加了一个敬语"至尊的造物主"，其次是把大流士的名字改为薛西斯。

希罗多德被誉为"西方史学之父"，他的笔下曾经描写哈马丹古城，共有七层城墙围护，层层厚重高大。最外围的城墙为白色，长度与雅典城墙大致相等。第二道城墙为黑色，第三道城墙为紫色，第四道城墙为蓝色，第五道城墙为橙色，第六道城墙为外面包银的银色，第七道城墙因为外面包着黄金而成金色。米提亚王国开国君王戴奥凯斯的王宫就坐落在包着黄金的第七道城墙之内。在希罗多德的记载中，哈马丹是一个黄金遍地、财富无穷的人间乐园。中国世界古代史研究会副理事长、北京大学伊朗研究所兼职教授李铁匠在《大漠风流——波斯文明探秘》一书中对七道城墙，特别对金银城墙之说提出了疑问。他认为："根据米提亚王国是由六个部落联合组成的情况判断，哈马丹城内的居民可能分部落或种族而居。每个居民区之间可能有围墙隔开，这些围墙加上宫墙和外城墙，总数正好是七道。"

当我站在一个建在小山丘上的古城遗址前，所看到的只是一片黄土的高低错落。我曾读过《亚历山大远征记》，但是没有读到哈马丹城有七道城墙以及金银城墙的记载。但无论如何，米提亚王国在公元前550年灭亡后，哈马丹在公元前3世纪至公元3世纪依然是塞琉西王国和安息王朝的都城，此后也在不同朝代成为王公贵族夏季避暑的圣地，保持繁荣景象长达2700余年。当然，哈马丹古城遗址现在深埋在地下，尚未进行发掘，古代哈马丹城的真实情况迄今仍然是一个谜。

哈马丹以北约70公里外，位于扎格罗斯山脉下，有著名的阿里·萨德尔溶洞群。溶洞通过地下河相连，其中最大、最壮观的是阿里·萨德尔洞。这个溶洞群全长达440公里，已经存在了约7000万年，也是伊朗发现的第一个有溪水相连的溶洞群，据说是世界上最大的水溶洞。洞口刻有大流士一世留下的铭文，溶洞中布满了奇形怪状的钟乳石，当时只是些普通的灯光照明，还没有像中国的许多溶洞里那样，用彩灯勾勒出各种富有想象力的形象和轮廓。

胡齐斯坦省：石油与古迹

阿巴丹（ABADAN）是伊朗著名的石油城，位于阿拉伯河（幼发拉底河和底格里斯河汇流而成）三角洲的阿巴丹半岛上。阿巴丹距西南重要港口霍拉姆沙赫尔约15公里，距波斯湾37公里。在阿拉伯帝国阿拔斯王朝时代，它还仅仅是一个小港口和沿海城镇，以产盐和编席著称。14世纪时曾隶属奥斯曼帝国，1847年重归伊朗。阿巴丹是阿拉伯帝国统治时期一位圣徒的名字，岛上有他的坟墓，岛因圣徒死后葬于此地而得名。

阿巴丹的发展与伊朗现代的石油工业密不可分。1908年胡齐斯坦省省会阿瓦士附近首次钻出石油，随后又发现多处油田，1909年英国石油公司与凯加王朝共同建立了英国－波斯石油公司。该公司与阿巴丹岛的酋长签订租约，在西北部人烟稀少地区修建了一座炼油厂，后来又敷设管道与油田连接。20世纪40年代阿巴丹已经发展成为伊朗最大的石油输出港。1951年伊朗摩萨台政府发动石油工业国有化运动，宣布收回所有炼油设备。1955年英国政府宣布放弃所有权。此后，伊朗又在阿巴丹逐步扩建了石油和石化工业，使该市迅速发展，成为现代化都市。70年代末，阿巴丹炼油厂的日产能力已经达到60万桶，可提炼伊朗三分之二原油和生产100多种石油产品，成为全国最大的炼油厂，也是世界较大的炼油厂之一。阿巴丹设有专门培养石油工业技术人才的阿巴丹技术学院。伊朗国家石油公司总部也设在那里。两伊战争期间，阿巴丹的炼油设施多次遭到伊拉克飞机轰炸，受到严重破坏，直到1990年后才重建炼油厂，逐渐恢复了炼油能力。

距离阿巴丹150公里外的阿瓦士（AHVAZ）市是伊朗的另一个石油富集区，两城同属胡齐斯坦省，阿瓦士是省会。两城同饮卡伦河水，阿巴丹在下游，逆流而上在中游便是阿瓦士。卡伦河长约900公里，发源于伊朗西部的扎格罗斯山脉，向南在阿巴丹以北汇入与伊拉克交界的阿尔温德河，有的称为夏台阿拉伯河。

阿瓦士地跨卡伦河两岸，是一个石油和运输枢纽，同时也是一座工业城市。古称欧辛（OXIN），在伊朗各地古代铭文中多有记载。12—13世纪是与阿拉伯国家交易糖、稻谷、蚕丝和农产品的贸易中心，后随胡齐斯坦农业衰落而衰落。20世纪初，胡齐斯坦发现并开采出石油后，阿瓦士重新繁荣。市内有钢铁、石油化工、纺织与制糖等工业。同时还有输油管通往阿巴丹。

从阿瓦士向北80公里，便是世界著名的古代水利工程系统舒什塔尔水利设施。它与中国的都江堰水利系统有异曲同工之处，修建于公元前5世纪，比都江堰水利系统早建了两个多世纪。整个系统具有供水、灌溉、运输和防御等功能，后因战乱遭到破坏，萨珊王朝时期恢复并重建。系统主要包括克鲁恩河上两条主引水渠，其中一条加尔加格水渠目前仍在使用，并通过一系列地下水道向舒什塔尔市供水。这个系统通过一个高耸的崖壁使水流倾盆而下进入下游盆地，然后流入城市南部的平原，灌溉着平原四万公顷的果园和农田。远眺整个水利系统下游的秀丽风光，近观加尔加格河道两旁高地管道不断向河道注水的景观，有一种身处世外桃源的感觉。2009年，这一古代水利系统被联合国教科文组织列入世界文化遗产目录。

在舒什塔尔与舒什古城之间，有座乔加赞比勒神殿遗迹，它是公元前13世纪伊兰国王乌塔什作为守护苏萨古城的保护神而建造的。那是一座金字塔形的建筑，占地面积约100公顷，由5座同心圆的塔叠建而成。当年最高的塔约50米，塔基周边长1200米，是当时波斯乃至整个美索不达米亚平原上最大的塔，堪与埃及的金字塔媲美。塔的最底层有地下通道和水道系统，塔的外面还有庭院环绕，但现在只剩下塔的底部三层，仅20多米高了，其中包括国王的寝宫、后宫和王宫的大门等遗迹。上世纪30年英国石油公司在当地做航空测绘时发现了这座已经坍塌了的塔，一时间轰动了伊朗，成为伊朗最重要的考古发现之一。虽然比埃及金字塔的历史晚了1000多年，但却是在亚洲地区发现的最早和唯一的金字塔形建筑。它以土坯建造，其中包括向神明祭祈的神殿和伊兰国王的宫殿等。乔加赞比勒神殿在公元前640年被亚述王国洗劫摧毁而变为废墟，残存的圆柱上的封印描绘了伊兰人打猎、编织和弹奏乐器等日常生活情景。1979年该遗迹被联合国教科文组织列入世界文化遗产目录。据文献记载，乔加赞比勒当年非常繁华，植被丰茂，还有可以阻挡洪水的林区，一片富饶景象。从塔基下通往四周的小路看，不远处应该是城镇的中心或宗教中心。

同样一座被沙土掩埋了2000多年的古城——舒什古城，在18世纪后期被法国一支考古队揭开了它神秘的面纱。舒什古称苏萨，苏萨古城建于公元前3000年左右的伊兰王国时期，公元前647年曾被亚述王国洗劫焚毁，后在阿契美尼德王朝大流士一世时重建，并被作为冬宫使用，与东北部设拉子的波斯波利斯同为波斯帝国的都城。波斯帝国衰败后，苏萨古城随后被沙土淹埋了直到再次被发现。1901年12月，那里出土了著名的《汉谟拉比》法典石柱，引起国际考古学界的高度重视。站在舒什城堡上远眺，向北可以看到阿帕达纳宫和大流士宫遗址，虽然只剩下一些残损的石柱，但依然是一处参观游览的好去处。在苏萨博物馆里陈列着很多从遗迹内挖掘出来的带翼人面狮身浮雕、卫兵浮雕和雕刻图案的石柱头，巴黎卢浮宫内的有些展品就是在这里被发现和掠走的。

世人熟知埃及的金字塔和狮身人面像，但知道古代波斯众多传奇的人还不是很多。

参与拍电影

一天,有个朋友问我想不想在伊朗电影里露个面?他说有一个摄制组正在拍摄一部电影,里边希望有几个中国人出现的镜头。详细一问,原来是伊朗一家电影公司在拍摄一部反映足球运动员的电影,里面有一个情节事主力队员比赛时受了伤,请来中国医生用中医针灸给他治疗,银针使他很快恢复并重返球场。我一是对拍电影感到很新奇,想开开眼;二是有中医治疗的情节,特别是表现中医可以使运动员快速恢复的神奇治疗方法,对于让伊朗人了解中医很有意义。于是我欣然同意,并在约定的时间赶到拍摄现场。

到了拍摄现场后,导演和制片等人给我讲述了整个剧情,我的镜头是给运动员扎针灸。当我看到剧务准备的服装后,真有些哭笑不得。他们准备了一件淡红色底、暗黄色图案的睡袍和一顶同颜色的"瓜皮帽"。我对他们说,中医有两种服装,一种是传统的长袍,另一种是现代的白大褂。负责道具的人说,我们不知道中医到底是怎么回事,所以也没有准备白大褂。那就凑合吧,我又让他们给我找一副圆框眼镜，自然也没有。

他们领我到一个小房间里，一个身材高大、穿着拖鞋的伊朗人坐在椅子上，导演介绍说他就是影片的主角。我们互相问候，导演便让化妆师给我化妆。其实也没有什么可化妆的，只是用小刷子在我脸上铺了一点什么粉，嘴唇上粘了两道胡子，下巴也粘了一小撮胡子。我穿上那件睡袍、戴上"瓜皮帽"，从镜子里看很滑稽，这哪是中医啊，把中国人的服装倒退了近百年，我真成"老"中医的师爷了。

导演让那个主角躺在一张小床上，露出一只脚，把一根做道具的针灸针头弄弯 90 度角，再粘在主角的脚底，然后对我说："你的镜头就是用手去动那根针。"

我说："中医治疗腿伤，是要用针扎小腿的，不是扎脚底。"

导演说："伊朗是伊斯兰国家，镜头里不能近距离出现裸露的四肢，时间不够了，只要有一两个镜头就行。"

我站在主角的小腿侧面，触针的动作显得很僵硬。试拍了几个镜头，导演说："你不能总是低着头，要不时地抬头看主角。"我按照导演的要求，边用手触针，边不时抬头看主角。导演很满意，又说："正式开拍，你动动嘴，随便说点什么，后期我们再配音。"这么几个镜头，我前后用了两个多小时。此前看别人演电影很自然，真到自己拍，摄影机前身体就不由自主地发僵，甚至忘记了熟悉的日常动作。折腾半天，最后导演总算满意了。

在国内，曾经播放过不少伊朗影片，如《天堂的孩子》(又名《小鞋子》)、《生命的圆圈》(又名《七个女性》)、《天堂的颜色》、《一次别离》、《谁能带我回家》、《樱桃的滋味》和《手足情深》等，其中不少在意大利威尼斯和法国戛纳国际电影节上获过奖。有电影人评价伊朗电影的特点：一是语言简洁、细腻、朴实，与好莱坞电影的张扬和感官刺激形成鲜明对比；二是关注现实社会，反映人情和人性，内涵深厚；三是拍摄制作成本低，从不单纯依靠大牌明星，甚至会请一些非专业演员出演，给如今商业化严重的电影市场带来了良好影响。

20世纪90年代初，伊朗引进了中国的电视剧《水浒》。电视台播放后，引起广泛好评，虽然很多镜头被裁减掉，仍然在当时伊朗国内掀起了一股《水浒》热。伊朗电视台此前也曾播出过日本的电视剧《阿信》，播出期间，我出去办事或到超市，常有伊朗人用日语与我打招呼，误把我当成日本人了。《水浒》播出后，伊朗人特别是年轻人看到我们后，都会双手抱拳于胸前，向前一推并说"师傅好！"还有人看到我们后，挑起大拇指喊"林冲"。一时间，早晨在德黑兰的一些公园里突然冒出许多穿着练功服的年轻人在练习中国武术，动作虽然不太规范，但也有模有样。可见文化的魅力和传播影响有多大。

参观"比斯通"铭文和巴姆古城

在伊朗学习期间,常听几位教授讲起克尔曼沙赫的比斯通摩崖石刻,建议我一定抽时间去参观。这次伊朗工作结束之前,我请了三天假,先乘伊朗航班到克尔曼沙赫,然后径直打车前往城东30公里处的比尔斯通。

据说,古代的克尔曼沙赫是伊朗西部最大和最繁忙的城市。但我没有进城,因此对该城的过去与现在均没有直观的印象。

关于那处摩崖石刻,很多书上都用"贝希斯敦"铭文。实际上波斯语中没有那样的发音。出租车司机告诉我,石刻附近有一个村子叫比斯通(BISTUN),"贝希斯敦"这个名字是后来铭文楔形文字破解者、英国人乔治·罗林森结合阿拉伯语地名的发音命名的。

比斯通石刻是在一片约100米高处难以攀登、后被人削平的崖壁上雕刻而成的。浮雕位于铭文的上部,浮雕中被捆绑者的旁边也有一些细小的铭文雕刻。据介绍是谋权篡位者及其帮凶的名字。整个石刻远远望去沿崖壁连成一片,令人十分震撼,难怪有人将其称之为古代世界最宏伟的摩崖石刻。

浮雕的顶部是阿胡拉马兹达的雕像,下部的雕像是表现大流士国王左手张弓、右手指向天空、脚踩被打倒在地的篡夺权位者拜火教祭司高莫达，感谢阿胡拉马兹达，以及八名跟随高莫达谋权篡位的部族首领分别被五花大绑、用铁链锁住颈部带到大流士面前的情景。浮雕下面是用古波斯楔形文字刻写的铭文。铭文左侧还有用巴比伦楔形文字和伊兰楔形文字刻写的内容相同的铭文。

岩壁上雕刻的铭文很多，其中一段是大流士介绍自己家世，说他的父亲以及祖父以上有八个人都是国王，靠阿胡拉马兹达的庇护，使他成为第九代君王。另一段铭文介绍他在一年中擒获地方首领（浮雕上被捆绑的人）的功绩，还有大流士的声明："你，今后将要看到这些铭文的人，要相信我所做的一切，不要认为它是谎言。我在这一年所做的一切，都是真的，不是假的。"第四段是大流士宣示："我是大流士，伟大的王、王中王、波斯王、诸国之王"；"诸国皆归于我，我命令他们的一切——无论白天和黑夜——皆立即执行；凡对我友善者，我予以恩典；凡与我为敌者，我给予惩罚。按照阿胡拉马兹达的旨意，天下皆遵从我的法律。阿胡拉马兹达把这个王国赐予我、帮助我，使我拥有这个王国"。第五段是大流士还劝诫："我以后的诸王啊，你们应力戒谎言。如果你愿我的国祚江山永固，凡说谎者，都应严惩之。"这一段劝诫的铭文，反映了拜火教善恶、黑白二元论的基本观点。

据史书记载，居鲁士大帝在攻占巴比伦以后，转向西北进军，试图征服中亚的游牧民族。但在征战中,波斯军队损失惨重,居鲁士大帝本人也战死疆场。他的儿子冈比西斯继位后,为巩固自己的地位,杀死了亲兄弟巴尔迪亚。随后他发动征服埃及的战争,离开了波斯。而此时,曾经为巴尔迪亚身边的拜火教祭司高莫达借助冈比西斯离开的时机,假称巴尔迪亚复活,在国内发动政变,夺取了政权。冈比西斯听闻消息后,立即启程回国平叛,但在路上神秘地死去。高莫达取得政权后异常残暴,随意杀人,破坏庙宇,随意没收他人财产,触怒了王公贵胄。他们为推翻高莫达的残暴统治,一致推举大流士为新国王,史称大流士一世。大流士一世首先推翻了高莫达的统治,擒获了高莫达及跟随他作乱的一些地方部族首领,以铁血手腕重新统一了波斯帝国。尔后继续南征北战,平定了被征服国家的反抗,建立起东到印度河流域,西到撒哈拉大沙漠,横跨亚非欧三大洲的大帝国。为了让后人记住他的功绩,他令工匠在那里削平了一处崖壁,把他的家世、功绩、宣示、劝诫及警语等用古波斯语、古伊兰语和古巴比伦语三种文字和有关浮雕雕刻在悬崖峭壁之上。

李铁匠教授曾研究指出,从15世纪开始,欧洲人就发现了那处摩崖石刻,并一直致力于破解那三种楔形文字。直到1835年,英国军队少校乔治·罗林森受邀任凯加王朝任克尔曼沙赫总督军事顾问时,参与了破解铭文,并取得了突破性进展。

乔治·罗林森业余爱好考古，懂波斯语、梵语和阿维斯塔语等多种语言，熟悉古典文化。他到伊朗任职后，即迷上了古波斯楔形文字，多次冒着危险拓下了铭文，先破解了右边的古波斯的楔形文字，后对照古波斯文字和已发现的藏于亚述尼尼微王国图书馆有关记载两河流域的两万块古巴比伦楔形文字泥板文书，破解了巴比伦楔形文字。最后，根据阿拉伯地理学家对当地的称呼，命名该摩崖石刻为"贝希斯敦"铭文。

克尔曼沙赫机场以北大概3公里的地方还有一处布斯坦（BOSTAN）浮雕，距今已有1700年多的历史。布斯坦浮雕是在两个山崖上开凿出的拱形顶下雕刻的。山崖上有一些精美的人物浮雕，远远就能看到。站在近处的拱顶下，可以看到很多精美的人物、动物和植物等浮雕，以及壁画，内容包括政治、宗教、打猎、战争等，最主要的几幅是反映阿德希尔二世、沙普尔三世和侯斯鲁二世三位萨珊国王的加冕仪式。那是伊朗保存较好的萨珊时期的浮雕与壁画。

看完"比斯通"铭文和布斯坦浮雕后，我即搭机前往中南部的克尔曼市。

克尔曼市以南约100多公里外的巴姆古城，也曾是"丝绸之路"上的一个中间点。周边地区虽然干旱荒凉，巴姆却因为有丰富的地下水，可以种植棕榈树和柑橘树而成为沙漠绿洲，被称为"沙漠里的翡翠"。古城堡是世界级的文化遗产，曾是人类历史上规模最大的泥土结构建筑,也是中世纪使用泥土技术修建要塞城镇的代表性范例。

马可·波罗在《寰宇记》中曾记载:"疲劳而荒寂的旅道,整整三天不见民居,尽是沙漠干旱,亦无野兽踪迹,因其不能求食也。"他所描写的是沙漠的荒凉景象。的确,我们在天地空旷的沙漠中开辟出的公路上迎着刺眼的阳光和明晃晃的黄沙,以及公路上不时冒起的热气中行进了100多公里后,看到了一片与沙漠交相辉映的土黄色古城遗址,即巴姆古城。

古城直接暴露在炎热的阳光下,无遮无拦。这座于公元前250年左右用土坯和泥土修建的古城,占地约6平方公里,颇具规模,像座迷宫。外围环绕着三道城墙。最外面的城墙据说建于公元前7世纪以前,周围有38座瞭望台。第二道和第三道城墙分别建于12世纪的塞尔柱王朝和13世纪蒙古人统治时期。古城分为贵族居住区、平民居住区、军营和马厩等四个部分。第一道城墙内有一条南北向的通道,据说是萨法维王朝时期修建的100多米长的商业街和马厩、军营等。当地居民都住在第二道城墙内,与商业街分开。那个区域有几百所房屋,以及学校和清真寺等公共建筑遗迹。贵族居住区位于第三道城墙内,中心位置有一座城堡,是16-18世纪萨法维王朝时期贵族用棕榈树干等材料建造的,是当时保存最好的部分。城堡中有一座四面通风的被称为"四时大殿"的两层建筑和一个私人浴池遗址。"四时大殿"是当时贵族夏季消暑纳凉的地方，大殿下有一条通往城外的秘密通道，用于城堡失守时逃跑。浴池的底部和四周的砖缝是用石灰、砂砾、鸡蛋清和骆驼奶等制成的黏合剂黏结而成的，既结实又不会漏水。城堡中还有一口很深的水井，一眼看不到底，据说是阿契美尼德王朝时期挖掘的，是古城中最古老的遗迹。站在古城堡最高处的平台上可以清晰地看到古城西南部约五公里外的巴姆新城。

有人把这座古城堡与希腊雅典神庙和意大利古罗马大剧场相媲美，但是这座用土坯和泥土建造、远远看去像是一座泥塑的古城能够保留下来2000多年，应该更具有震撼力。2000多年来，巴姆一直是商旅在沙漠中穿行途中的一个舒适快乐的绿洲，现在也是伊朗椰枣的主要产地之一。

驱车前往巴姆新城区，不久就看到一片绿荫，凉爽的气息迎面扑来，令人心情舒畅。街道两旁种植着繁茂的棕榈树，路边怡人的花坛中不时可见喷泉。在这片水源奇缺的地区，巴姆却有着丰富的地下水资源，滋润着连绵不断的棕榈树林以及诱人的柑橘园，实在让人惊奇大自然的美妙馈赠。然而，令人遗憾的是，2003年12月26日凌晨，一场里氏6.3级的地震使这座八万人口的新城夷为平地，造成近三万人丧生，同时也摧毁了古城80%的古老建筑遗址，使矗立了2000多年的古城堡瞬间灰飞烟灭，复归尘土。

伊朗漫记四

面面观

观摩总统和议会选举

20世纪后期,我再一次来到伊朗工作。德黑兰与我第一次见到时已经有了较大的变化,北部盖起不少高层建筑,新修建了几条公路和高架桥,打通了一些断头路,但交通还是有些拥堵。相比北京的变化速度,显得有些慢和陈旧了。

伊斯法罕是我在伊朗期间去过次数最多的城市,这里不仅仅拥有众多的历史遗迹,而且宁静漂亮,老城区街道正南正北,干净整洁,不像大城市那样人口拥挤、喧嚣。

我这次在伊朗工作期间,有幸观摩了当时的总统和议会选举。

伊朗总统和议会议员任期均为四年。总统选举一般在选举年的5月下旬至6月上旬举行,8月初由最高领袖任命后就职。议会选举一般在总统选举前一年的2月中旬举行。

总统选举一般开始都有几十人甚至上百人报名参选,其中只有少数人是由保守派、改革派或务实派等不同阵营推举的候选人,多数是以个人名义报名参选的。但经过资格审核委员会审核后,大多数报名者会被取消参选资格。议会选举也同样,每届议会选举时都有七八千人报名,但最后经资格审核委员会确认的候选人一般只剩下不到报名人数的一半。目前，伊朗议会共设290个议席（第五届以前为270个议席），其中德黑兰选区有30个固定议席，其他地方选区共有255个议席，还有5个议席属于少数宗教，其中拜火教、犹太教和亚述基督教各1席，亚美尼亚基督教2席。

总统和议会选举前，许多街道都会悬挂起候选人的大幅照片和竞选口号，烘托竞选气氛。投票点设在遍布城乡的各个清真寺里，男女投票点也会分开设立。在选举日早9点至晚7点，选民们到就近的清真寺投票。总统选举时，所有清真寺大厅里的正面墙上均悬挂上各位候选人的大幅图片和竞选口号，大厅的另一侧临时拉上栏杆，并用深色的布围上，形成一个个小"隔间"，以便选民在独立空间填写选票。议会选举时，大厅的正面墙上粘贴着所有候选人的小幅照片，其他布置基本相同。

候选人的报名时间一般在选举两个月前开始，不同的是总统候选人资格被确认后，可以在投票前的一个月组建竞选班子，提出竞选口号和纲领，并进行竞选宣传；投票前两个星期可以利用电视广播进行宣传，还可邀请竞选对手进行电视辩论。议会议员的候选人则只能在投票前一个星期开始在本选区进行宣传，争取选民支持。

伊朗人在政治上还是很开放的，一般不会隐瞒自己的观点。总统选举日那天，我到一个清真寺去观摩。里面秩序井然，很多人在排队等候确认选举证并领取选票。我作为外国人在旁边观摩，并没有人过来干涉。选民在身份确认后，要按下当天洗不掉的蓝色指模，然后在选举证上按手印，领取选票后再进入小"隔间"填写选票。填写好的选票对折后投入选票箱。

整个选举期间，德黑兰市内气氛平静，只有各个清真寺门前聚满了人群，排队等待投票。

我同几个投完票的选民聊天，他们各有自己的观点，大部分表示支持赛义德·默罕默德·哈塔米，认为哈塔米是一个温和的改革派，他提出健全法制，营造宽松的政治社会环境，吸收外国文化精华，充实和发展伊斯兰文化，倡导男女平等，强调发挥青年的作用，等等。特别是他提出的"消除紧张、文明对话"主张，有利于伊朗摆脱国际孤立处境。他们的表达，透露出伊朗人民希望新领导人为伊朗带来一个新的未来。

总统车队

一天下午三点多，并不是德黑兰交通拥堵的高峰时刻，我在环城公路上边开车边听音乐，车子在最里面的车道上行驶。突然，我听见后面有车载扩音器在呼叫"前面的车请让一让"，一遍遍不断地重复。我没太在意，误以为是在提醒什么车辆，只是下意识地踩了一脚刹车。这时后面的车载扩音器呼叫道："前面的XXX号外交车辆，请让一让，谢谢"。同时我从后视镜里看到一辆警车从后面紧跟着赶了上来。我明白是在提醒我，赶忙将车转向第二条车道以避让。警车很快与我的车平行，这时警车的扩音器里传来了声"谢谢"。坐在副驾驶座上的警察隔窗向我打个手势，表示感谢，我也礼貌地回他一个手势。

第二辆车紧接着警车开过来，当与我的车平行时，后车窗的白色窗帘被拉开了，里面有个人对我摆了摆手。我觉得他很面熟，同样向他摆了摆手算是回礼。很快第三辆车同样快速通过后，路上又恢复如常，车来车往。望着刚过去的车队，我突然意识到，那第二辆车里向我挥手的人正是刚刚当选不久的伊朗总统哈塔米。我有点不相信，一位当选总统的车队，竟然只由简简单单的三辆车组成。没有清路，没有刺耳的警笛声，只有开道车里警察"请让一让"和"谢谢"的喊话声。我在总统竞选前就听许多人谈论哈塔米，说他待人谦和，彬彬有礼，一副学者风范，在伊朗民众中口碑很好，这次偶然路遇，果真眼见为实。

政治与机构

政治体制

政教合一、神权统治是伊朗政治体制的基础,在政治体制上实行立法、司法与行政三权分立。但与西方三权分立政治体制不同的是,伊朗的司法总监由最高领袖直接任命,议会议员和总统则通过全民投票直接选举产出。同时,还成立有确定国家利益委员会、宪法监护委员会和专家会议三个机构,与三权相互制约。

最高领袖

最高领袖是伊朗最高领导人和最后决策者。伊朗伊斯兰革命胜利后的首任最高领袖是霍梅尼。伊朗宪法规定,大阿亚图拉伊马姆霍梅尼是被绝大多数人民公认和接受的宗教权威和领袖。他以后的领袖均由专家会议负责根据宪法有关条款从具备公正、虔诚、知识渊博、道德高尚、富有勇气和权威、有管理才能的宗教人士中推选。在新的领袖选定前,由总统、司法首脑、确定国家利益委员会专家会议和宪法监护委员会各自推荐的一名宗教法学家组成的委员会暂行代理领袖职责。

最高领袖的职责包括：决策国家发展建设的总方针；统帅全国的武装力量；任免三军总参谋长和伊斯兰革命卫队总司令、司法首脑、伊斯兰声像组织主席；签署当选总统的任职书；在最高法院判决总统有渎职行为、议会认为总统无执行能力后，有权罢免总统；有权决定举行公民投票、宣战、停战和大赦；协调和解决三权分歧；裁定通过正常途径解决不了的一切问题。最高领袖还掌管着一些如伊斯兰革命烈士与伤残军人及穷人基金会、"3·15"基金会、烈士基金会、住房基金会、扫盲运动、最高文化革命委员会、伊斯兰宣传组织和土地分配委员会等机构。

1989年6月4日凌晨霍梅尼去世后，阿亚图拉·赛义德·阿里·哈梅内伊于同一天当选最高领袖至今。

确定国家利益委员会

确定国家利益委员会是根据霍梅尼生前指示成立的，凌驾于议会和宪法监护委员会之上。1989年7月修订后的宪法第112条正式确认了该委员会的地位和作用，职责是在议会和宪法监护委员会之间意见相悖时做出裁决。委员会的人选由最高领袖确定。

专家会议

专家会议由公民投票选举的72名法学家和宗教学者组成，1979年通过的宪法规定其成为一个常设机构。专家会议的职责是选定和罢免最高领袖，如果最高领袖辞职、被罢免或去世时，负责推荐并选定新的最高领袖。

宪法监护委员会

宪法监护委员会是伊朗为维护伊斯兰教义和宪法而设立的一个具有相当权力的机构。伊朗宪法规定，伊斯兰议会是伊朗最高立法机构。同时，为了保证议会决议不违背伊斯兰教义和宪法原则，成立宪法监护委员会。该委员会于1980年7月17日成立，由12名伊斯兰法学家组成，其中6名由最高领袖直接任命，另外6名由最高司法委员会提名并经议会确认，任期6年。宪法规定，宪法监护委员会有权审查议会通过的一切决议和提案，监督总统选举、议会选举和公民投票；有权宣布任何不符合伊斯兰教义的法律无效。议会通过的议案必须得到宪法监护委员会的批准后才能成为法律。如果宪法监护委员会发现议会通过的议案有悖于伊斯兰教义或宪法，有权送还议会重新修订，再由宪法监护委员会审核批准。伊朗选举法也规定，宪法监护委员会有权审议和确定所有报名参加议员选举候选人的资格，并有权确定议会选举是否合法。

伊斯兰议会

伊朗宪法规定，议会实行一院制，2000年第六届议会以前设270个议席，此后设290个议席。议员由各选区选民通过无记名投票直接选举产生，任期4年。议会有权调查国家的一切事务，制定不违背伊斯兰教义和宪法的法律；批准与外国签订的一切条约、协议与合同；议会会议必须有三分之二议员出席有效；做出以全民公决方式决定国家有关经济、政治、社会和文化等重大决议，必须经出席会议的三分之二多数通过；只要有三分之一议员联署，总统或部长必须到议会回答质询，答询时间总统不得晚于一个月，部长不得晚于十天；有三分之一议员联署，可对总统和部长提出弹劾，三分之二议员投票通过，可罢免总统并呈最高领袖批准。议会下设28个专门委员会。

内阁

1989年7月修改宪法前，伊朗实行总理内阁制，此后实行总统内阁制。总统是仅次于最高领袖的国家领导人，由全民投票直接选举产生，任期4年，可连任一届。总统拥有除最高领袖掌管事务以外的所有行政领导权。伊朗宪法规定，总统负责履行宪法、签署议会和经全民公决做出的决定；对人民、最高领袖和议会负责，可直接任命一位第一副总统和数位副总统及专门事务特别代表；任免各部部长，但须获得议会信任投票；内阁共设22个部，内阁部长对总统和议会负责；总统直接负责实施国家计划、预算、行政和就业等事务。驻外使节由外长提名，总统批准，并签署驻外使节国书和接受外国使节国书。另外，总统还掌管总统府、计划和预算组织、体育组织、环境保护组织、原子能组织等13个直属机构。第一副总统由总统直接任命，负责管理内阁事务和协调其他副总统工作；在总统去世、被罢免或因故不能视事时，经最高领袖同意由第一副总统代行总统职权，并与议长、司法总监组成总统委员会，在50天内安排新总统选举事宜。

司法机构

1989年7月修改后的宪法取消了最高司法委员会,设立司法机构,由最高领袖任命一名精通伊斯兰神学、熟悉司法业务且有才干的人为司法总监,任期5年。职责是:组成并领导司法机构;领导行政公共法庭和国家监察组织;任免法官;与最高法院的法官们协商后任命最高法院院长和总检察长。

餐饮与习惯

在伊朗,全国各地饭菜种类区别不太大,如果一定要说有区别的话,就是:北部沿里海地区的人喜食米饭;德黑兰及中部以南地区的人喜食面粉做的大饼,可以说是伊朗人的主食;里海和波斯湾沿岸地区吃鱼和虾多些。不同之处是有些地方有特色菜,如波斯湾沿海地区有一种菜是裹面油炸大虾,里海沿岸地区有烤白鱼。伊朗人很少或不吃玉米等杂粮,有时做菜会放一些豆类。

伊朗菜以色拉油凉拌菜、烤肉、炸鱼虾及煮肉为主,极少用烹炒煎炸的繁复加工。餐食中没有酿造的醋,酸味调味品主要以小柠檬为原料。另外,伊朗人很喜爱酸黄瓜和咸橄榄,大街小巷随处都能买到,而且价格便宜。

在餐馆吃饭当地人多数是"份饭",按自己口味点,各吃各的。在家里吃饭,家庭主妇会做出各种饭菜后放在大器皿里,个人根据自己的喜好选用。伊朗人吃饭都用盘子,碗则是喝汤和酸奶专用,很少有人用碗吃饭。一次我在伊朗人家做客吃饭时,他们好奇地问我,在电视上看到中国人都用小碗吃饭,是不是因为中国人口多粮食不够,每顿饭只能吃一小碗;中国人是不是吃不饱等等稀奇古怪的问题,听我解释后大家都笑了。伊朗人吃饭餐具主要是刀叉勺,但更多是用勺。

伊朗人不吃动物的头、脚和内脏,也不吃无鳞鱼和海参等深海软体动物。对于虾和蚌等有壳海产品,有些地方人食用但不普遍,属于地方特色菜。

伊朗人做米饭很有特色,一般是先用清水浸泡,下锅后大火把米粒煮开,然后捞出,再加上黄油或植物油及盐搅拌,之后再放在小火上焖。焖出的米饭一粒一粒的,既不相互粘连成团,又松软可口,锅底还会留下一层厚厚的金黄色锅巴,香喷喷的。白米饭盛到盘子后,还要均匀地撒上一层用伊朗红花水浸泡过以同样方式烹制的黄米饭,色香味俱佳。

伊朗的大饼——馕主要有四种。一种是电炉烤制的,面和的软软的，醒一段时间，待醒透了，再做成一个个面团，用擀面杖擀成大约30公分宽、50公分长的椭圆形，放进电烤炉，在电炉里转一圈就好了。这种大饼波斯语叫MARMARI，刚出炉时非常松软可口，用它卷羊肉末烤肉串非常香。另一种大饼是发面饼，做成大约20公分宽，50公分长，并撒上一些黑芝麻或白芝麻放进烤箱里烘烤。这种大饼波斯语叫LAVASH，也很好吃，用清炖羊肉泡着吃更香。我在学校学习时，称其为"大鞋底子"。有的人买完那种大饼后抱在腹前，就好像抱着冲锋枪一般，很有意思。第三种大饼是做好后放进带石子的馕坑里烤。这种大饼波斯语叫SANGHAK，比较硬，有时不小心还会吃到带起的小石子。新疆就有这种馕。第四种大饼波斯语叫BARBARI，与第一种大饼相似，只是稍微厚一点。但在德黑兰，由于气候干燥，大饼若长时间存放，需要装在塑料袋里，否则会发干发硬口感就不好了。

随着生活节奏变快，伊朗人有时候也吃快餐。一种常见的快餐叫SASIS，是用一个30公分左右长的面包，从侧面切开，去掉内瓤后加上一些牛肉肠、几片西红柿、几片酸黄瓜和一点点缀的薄荷叶等小菜叶。另一种常见的快餐与土耳其转烤差不多。

伊朗餐的餐前开胃汤味道都很浓，主要有三种：一种是奶油蘑菇汤，与西餐的开胃汤很接近；另一种是大麦汤，汤中有很多大麦粒和各种蔬菜，食用时加上些柠檬，略显酸味也很好吃；还有一种是鹰嘴豆汤，是用草药、鹰嘴豆和粗面条做成的稠汤，有时还会加入酸奶或炸洋葱圈。

甜点与酸奶

伊朗的甜点种类很多，但主要是各类奶油糕点和松烤甜点。伊朗的各种甜点都很小，可以一口吃一个。各种奶油糕点一般都做成较小的四方形、长方形或菱形；松烤甜点有点类似于国内的松软糕点，只是个头稍微小一点。伊朗各类甜点有几个共同的特点：一是含糖量大，口感很甜；二是用蜂蜜量大，甜度高得腻人；三是有的添加当地特有的香料，有些特殊的香味；四是几乎没有带馅儿的甜点。

伊朗的酸奶品种不多，市场上卖的酸奶基本上都是纯酸奶，里边不加糖，质量很好，常以塑料桶装，买一次可以吃几天。伊朗人有时做羊肉末和茴香炒米饭，总会加上一大勺酸奶，因为他们认为酸奶拌米饭可以健胃并可有效防止泻肚。还有一种稀释酸奶，即在酸奶里加上少量盐和薄荷叶，吃完烤肉后喝些这样的酸奶对消化很有帮助。

寻访德黑兰特色餐馆

德黑兰市南北向的瓦里阿斯尔（WALIASR）大街北段，在万纳克（VANAK）广场附近有一家伊斯法罕风格的传统餐馆，每天晚上都是宾客盈门，需要事先预订座位，否则就得排队等候多时。里面安排有说书表演、伊朗传统器乐和舞蹈表演，演员的演出水准很高，不时博得大家的掌声。

市中心偏北东西向的沙里亚提烈士大街有一家开办于地下一层的餐馆，在外面看不出有任何的特别之处，但是走进去发现内部装修完全是传统风格，坐在老式的大木床上就餐，别有一番风趣，饭后还可以品尝一下水烟的滋味。这里同样也有传统说书、传统民族音乐和舞蹈表演。

德黑兰南北向的帕斯达朗（PASDARAN）大街北段有一家厄尔布尔士餐馆，里边最具特色的菜品是羊肉末烤肉串，其最长的有1.5米，摆放在餐桌上，满屋弥漫的香气引得食客们胃口大开。另外，餐馆的圆台上还摆放着许多国家的国旗，遇到哪个国家的客人来吃饭，服务员就会把相应的国旗摆在其餐桌上。德黑兰也有些台湾人去吃饭，他们曾按惯例摆上台湾的旗子，我们发现后郑重提醒餐馆经理，台湾是中国的一部分，应该摆五星红旗才对。经理道歉说他们没有这概念，知道便立即改正，从那以后还真没再见到青天白日旗了。那里的饭菜味道和质量很好，台湾朋友也常去，并没出现什么不愉快的事。

德黑兰北部"非洲街"上有一家烤羊排店，十分火爆。烤羊排店的老店在东北部的马什哈德，后来在德黑兰等地开了许多家连锁店。有一次我到阿富汗，曾在喀布尔也见到了它的连锁店。德黑兰和马什哈德的烤羊排店，菜品味道鲜美，分量很足，价格也公道。

德黑兰北部还有几家中国人喜欢去的餐厅，在帕斯达兰大街向东不远处，有一家餐馆的煮羊腿很有特色；往北一点还有家餐馆的炸虹鳟鱼很具有中国特色味道，裹面炸大虾配色拉酱非常美味。

德黑兰南城传统茶馆非常多，坐在茶馆里边喝茶，边聊天，边抽水烟，边听说书，能够更好地感受到伊朗民间生活，另有一番格调。

特产：开心果、红花、鱼子酱

开心果学名阿月浑子（波斯语为 PESTEH），是属干旱亚热带的古老树种结的果实，富含维生素、矿物质和抗氧化素，具有低脂肪、低卡路里、高纤维等特点。原产于伊朗，分布于意大利、法国、希腊、土耳其、叙利亚、阿富汗和伊拉克等国，美国西南部与加利福尼亚州以及俄罗斯和中国新疆亦有一定种植面积。据记载，人工栽培开心果已有 3500 余年，从伊朗中部流传到地中海之前，就已经成为一种重要作物的栽培技术了。开心果在罗马时代晚期已广为欧洲人所知。

开心果果仁是一种高营养食品，有抗衰老的作用，能增强体质，时常少量食用对身体有好处。一是它富含精氨酸，可以缓解动脉硬化的发生，有助于降低血脂，还能降低心脏病发作的危险，降低胆固醇，缓解急性精神压力反应等；二是开心果仁外的紫红色果衣，含有天然抗氧化物质——花青素，翠绿色的果仁中又含有丰富的叶黄素，不仅可以抗氧化，对保护视网膜也很有好处。

传说公元前 5 世纪时，波斯人在波希战争中英勇无比，在恶劣的环境中愈战愈勇，最终打败了希腊人，其"秘密武器"就是士兵们吃了一种神奇的干果——开心果。因此，古代波斯国国王将开心果视为"仙果"。

伊朗中部的卡尚、亚兹德和拉夫桑江等沙漠戈壁边缘干燥地带盛产开心果，果实个头大而均匀。开心果树的树叶很大，有点像龟背竹的叶子，果实长在树上像椰枣似的一簇簇地贴附于树干上，果实外面包裹着一层类似于核桃外皮的绿色肉皮。采摘后放在阳光下晾晒，去掉外面的绿皮就露出了里面的坚硬果壳，再经过暴晒，果壳会自动裂开。在伊朗，开心果的等级分类的主要依据是开口率，特级的开口率在100%，一级的在98%以上。开心果树属于小乔木或乔木树种，一般高5米左右，具有很高的经济价值。木材纹理通顺，质地坚硬，抗弯抗压力强，是制作高档家具和雕刻细木工艺品的好材料。

红花最早出现的国家之一是伊朗，也可以说是世界上最好的红花在伊朗。波斯语红花为ZAAFARAN，大多数中国人称其为藏红花，其实是一种误解。西藏并不产红花，只因当时红花从地中海沿岸经印度再经西藏传入内地而冠名藏红花。伊朗一半以上的红花都产自东部的霍拉桑省。

红花是一种耐旱植物，适于生长在冬季最低气温不低于零下20度，夏季最高气温不高于零上35度且气候干燥的地区。因水土和气候条件的限制，除了伊朗能大量种植外，希腊、印度、西班牙也有少量种植。伊朗人使用红花的历史比较悠久，制作红花的独特工艺已流传上千年，基本上都是人工操作。因此，伊朗红花十分纯净和自然，最大限度地保留了红花的颜色与芳香。

在伊朗，人们主要把红花作为食品的添加剂使用，如用红花水泡米做米饭、糕点、糖果、奶制品，甚至冰激凌等。

伊朗红花在明朝时传入中国，主要是作为药材使用。红花有治疗头痛、牙痛、利尿、养神、壮阳、解毒、降压、活血等功效。据说红花还有抑癌抗癌作用和促进炎症损伤的修复功能。长期饮用泡红花水，还可以改善微循环，清除血液垃圾，祛斑美白肌肤。泡红花水不能多喝，因为容易上火，每次泡时用3-5根红花就可以了。在伊朗，一般人买红花都是按克买。现在乌鲁木齐国际大巴扎里卖的红花基本上都是从伊朗进口的。

鱼子酱是伊朗的特产之一，不仅味道鲜美，而且营养丰富。19世纪初，伊朗就开始养殖相关鱼种，加工鱼子酱。伊朗最大的养殖场和加工厂均在北部里海边的安扎利港附近。里海鱼类资源十分丰富，鱼子酱实际上是提取里海鲟鱼的卵制成的，但鲟鱼至少要长到约四公斤以上时才能取卵制作鱼子酱。鱼子酱的等级越高，颗粒越圆润饱满，色泽越清亮透明，甚至微泛金黄色的光泽，所以有人称鱼子酱为"黑色的黄金"。鱼子酱富含脂肪酸，能够有效地滋润营养皮肤，更有促使皮肤细腻和光洁的作用。俄罗斯的鱼子酱也非常有名，但因里海南岸伊朗境内水域的温度高于北部，聚集在伊朗水域的鱼多而且肥大，鱼卵又紧密。所以，伊朗的鱼子酱在国际市场上更受欢迎，价格也更高，每公斤高达数千美元。

伊朗的水果

伊朗的水果在世界上享有盛誉,出口100多个国家,其中向阿拉伯联合酋长国和伊拉克出口最多。由于伊朗独特的地理位置,果树生长期日照时间长、昼夜温差大,因此果实的含糖量很高。如西瓜,个头很大,形状也很少见圆形的黑皮或花皮瓜,基本上都是青皮红沙或黄沙瓤,很甜。伊朗人买西瓜根本不挑,拿起一个称一称就付钱拿走。又如伊朗的樱桃,颗颗粒大,紫红色的,甜爽可口。伊朗的柑橘也是同样,只是由于天气干燥,放置时间长了,水分会有些缺失。伊朗的石榴个头大,籽粒饱满。伊朗人吃石榴,不像中国人剥开皮吃,而是用双手使劲儿揉石榴,把石榴汁挤在皮下,然后插一根吸管吸食。另外,伊朗的各种甜瓜也很好吃。但伊朗的苹果果肉不太细腻,粗渣较多,口感不是很爽滑。伊朗也产黄瓜,但外形都是短粗的,既可当作菜做蔬菜色拉用,也可作为水果吃,而且吃的时候蘸点盐。我初到伊朗去市场买西瓜,根据在国内的经验,抱起一个来拍拍,听听响。小店店主不明所以,我告诉是在挑熟透的。他说,伊朗市场上的西瓜都是熟的,不用拍拍听听,个个都是沙瓤而且很甜。确实,伊朗的西瓜个头都很大,差不多都在10公斤以上,而且皮很厚,抱起来挑很困难,但确实好吃。

礼仪与禁忌

礼仪

在伊朗，男士出门需穿着长裤和长袖上衣，夏季可穿短袖衬衫或 T 恤，但决不可穿短裤。女士出门需穿着 HEJAB（一种长袖及遮盖住臀部的长衫），戴头巾。

男士与同性别的客人见面时，一般以握手为礼。相互熟识的人见面时可拥抱，并以左右左顺序亲吻脸颊三次为礼。伊朗人见面一般会说"萨捞姆"（SALAM，你好），或"萨捞姆·阿列伊阔姆"（SALAM ALEIKOM，也是你好的意思）；回答时，可简单说"萨捞姆"，也可说"阿列伊阔姆·萨捞姆"。有意思的是，两个很熟悉的人见面，除了拥抱和贴脸礼外，口中还不断地问候着，你好吗？身体好吗？夫人好吗？孩子好吗？家里好吗？一大串问候语，外人听来有点各说各话的样子。有时贴脸礼时，嘴里还不断地发出"滋滋"声。

男女朋友相见时，不握手问候。男士要将右手放在自己左胸前，说声 SALAM，以示问候；女士则以点头或微笑回应。

打招呼时一般以先生或女士相称，有职务或学术头衔的，都会在称呼中带着，如部长先生、教授先生，博士先生、司长女士、教授女士，等等。到麦加朝觐过的，一般会在姓名前加上"哈吉"称谓，表示已到麦加朝觐过。

称赞好时不是竖大拇指，而是以拇指与食指相环，竖起其他指头，如同 OK 的表示。最有意思的是，交谈中，一方微笑或点头实际上是一种礼貌的表示，并不表示一定同意对方的看法。

禁忌

斋月的禁忌十分严格，即使非穆斯林也决不能在日出后至日落前的时间段，于公开场合吃东西、喝水或吸烟。

买卖商品不得有任何形式的欺诈行为。记得在上世纪 90 年代初，有些国内人在伊朗买东西，特别是镶钻的首饰，总爱随口问一句"是真的吗？"伊朗的店主对此很不理解。他们认为已经把白钻、黄钻、水钻，以及各种各色宝石的等级说得很清楚了，不明白为什么还要问"是真的吗？"。

禁酒，忌食猪肉、狗肉、无鳞鱼和深海软体动物，以及动物头、蹄（爪）和内脏。

禁止赌博、卖淫；女性不得从事唱歌、跳舞等"抛头露面"职业。

不喜欢与外国人有身体上的密切接触，如照相时搂抱或挎对方的胳膊。

不喜欢他人用手触摸小孩子的头部。

男士从不带金首饰，女士从不带银首饰。所谓"男不戴金，女不戴银"。

不限制女性抽烟。很多家庭富裕的女性一般不工作，因此抽烟的比例比较高，特别是已婚的女性。但要在公共场合吸烟仍需征求女士的同意。

交谈中，如果用食指指向别人，会被认为是不礼貌的举动。

接人待物时从不用左手，除非右手受伤或有残疾。

刚吃过大蒜或呼出的口气有异味与人过近接触，被认为缺乏修养，会引来反感。

历法与古代文明

伊朗目前使用的历法，是1925年伊朗王国第五届议会最终确定的以先知穆罕默德从麦加迁徙到麦地那（公元622年）为纪元的历法，称伊历太阳历。伊历太阳历一年为365天，12个月，52周。1月–6月，每月为31天，7月–11月均为30天，12月为29天（闰月为30天）。公历每年3月21日为伊历1月1日，是伊朗新年的第一天。该历法最早的修订人是伊朗11世纪著名诗人、数学家、天文学家欧马尔·哈亚姆。

伊朗古代文明主要是游牧文明和绿洲文明，但对人类贡献最大的是商业文明。

据历史记载，早在公元前3000年左右的时候，中亚阿姆河和锡尔河流域生活着一些雅利安人部落，被称为印欧雅利安人。他们在公元前约2000年的时候，开始向南部迁徙。其中一部分越过兴都库什山脉，在印度的旁遮普谷地定居，被称为印度雅利安人，他们为印度文明的产生起了决定性的作用；另一部分南下进入阿富汗和伊朗高原的一支，被称为伊朗雅利安人，或称古波斯人，定居在伊朗高原。

伊朗高原大部分地区为干旱少雨的荒漠。因此，古代伊朗人大多择河流草场而居，逐步形成了游牧文明。但同时也有一些人选择靠近河流或降雨量较大的山坡附近的绿洲地区定居生活，形成了最初的农耕文明。由于绿洲地区耕地有限，很快又产生了商业活动，一些居民沿着河谷、山地、草原或沙漠往来于各个绿洲之间，沟通有无。伴随着驼帮发展的商业文明，成为日后丝绸之路的前身。

从世界古代史地图可以看出，古代世界文明的摇篮集中在旧大陆的北纬20-50度之间。这个古老的文明地区，最东面是中华文明，北面是草原文明，南部是印度文明，西部是埃及文明和两河流域文明，中间是伊朗文明。伊朗处于古代世界文明地区的中心地域的地理位置，使它成为独具特色的古代东西方文明的交汇点和传播中心。古代各种不同的文明从四面八方汇集伊朗，经过伊朗人吸收、消化，形成具有本民族特点的文化，又传播到世界其他地方，促进了整个古代世界的共同发展。从这个意义上，应该说伊朗文明是连接东西方文明的桥梁。

古波斯的神话传说

伊朗古称波斯，位于古代各种文明的中心地带，与世界其他文明古国一样，有着悠久的历史和灿烂的文化。

公元前7世纪末至公元6世纪初，波斯各部落不断分化，原始社会逐渐解体，奴隶社会产生。随着阶级社会的形成，父权制代替母权制，尤其是奴隶制的产生，使宗教信仰发生了巨大变化，产生了反自然崇拜和多神教传统的琐罗亚斯德教，也称祆教。该教信奉阿胡拉马兹达为唯一的神，马兹达既是圣火之父，光明之神，也是宇宙中善的本原，光明的化身，所以又称马兹达教或拜火教。该教由扎鲁托什特（公元前660年—583年）创立，教义的核心是光明与黑暗、善良与邪恶的二元论，以扬善抑恶为宗旨；典籍为《阿维斯塔》，是古波斯人信奉的拜火教经书，在当时影响巨大。

古代波斯社会制度的变化推动了波斯帝国的建立，拜火教的创立又为该帝国的强盛提供了思想基础。公元前550年，居鲁士创建波斯帝国第一王朝——阿契美尼德王朝。他兼并邻国，征服两河流域，扩大统治范围，很快使波斯帝国成为雄居中亚和西亚的权力中心。继他之后的大流士一世国王（公元521年—485年），继续励精图治，使波斯帝国的版图再度扩展。他在位期间，不仅采取了加强统治，制定法典，稳定货币，统一度量衡等措施，还将拜火教定为国教，促进了社会的发展，强化了民族意识。但他屡次要剿灭希腊马其顿王国的战争导致王室内部矛盾激化，社会下层民不聊生，终于在公元前330年被亚历山大大帝所灭。公元3世纪上半叶，阿尔达希尔·巴巴·汗建立起使波斯再度辉煌的萨珊王朝（公元224年—651年）。萨珊王朝统治中亚400多年间，经济发展，文化兴盛，是古代波斯政治、经济、社会与文化最集中、最繁荣的时期。公元7世纪阿拉伯人崛起，征服了亚非欧广大地区。他们不仅在政治和经济上推行自己的政策，而且强行推广伊斯兰教。此后，古代波斯的拜火教被伊斯兰教取而代之，波斯古经《阿维斯塔》也被《古兰经》取代成为人人传诵的经书。

与世界各民族神话的演变一样，波斯神话在流传过程中也经历了漫长的岁月，随着社会的变迁和发展而不断被加入新的元素；

再经过文人墨客和宗教僧侣的利用与再创作，许多神话逐渐失去了天真、荒诞的原始面貌，日益变得历史化、宗教化和道德化。保存至今的波斯神话，大都具有这种经过加工和再创作的特点。菲尔多斯《列王记》中的神话传说已经不再具有原始的神奇色彩，而是与历史相结合，演变成情节曲折的传说，同时经过提炼和艺术加工，成为具有崇高审美价值的文学作品。拜火教的僧侣们也通过赋予神话众多抽象的哲学和道德内涵，使之更具有宗教说教的意味。此外，由于伊朗所处的地理位置比较特殊，东方有来自中国和印度文明的影响，西方又联结希腊与罗马的文明，东西方文明在那里的交汇与撞击也反映在波斯神话中。

波斯神话传说有着较为系统完整的记载。拜火教典籍《阿维斯塔》虽然是古老的宗教法典，同时也是古代波斯最早的诗歌与神话传说的典籍。从它劝诫人们信奉宗教的一面看，《阿维斯塔》第17节有"马兹达呀，我将永远遵循真诚与善良，愿你以你的理智启示我，以你的语言开导我，世界的最初是什么景象？世人啊，如若你们能皈依神圣的信仰，接受马兹达的使者，如若你们懂得真诚与善良的人们会享受永恒的安宁，而虚伪说谎的人会遭到永世的磨难，你们在未来便会一切顺利。世人啊，由于你们自己看不到和无法选择正道，阿胡拉马兹达委派我作为你们笃信阿胡拉和追随恶魔两种人的向导，把你们引上正道，教你们一起过上符合真诚正直宗教原则的生活"。从它诗歌的一面看,在第21节《亚什特》中,以诗的语言赞颂了阿胡拉马兹达及诸神的丰功伟绩。如关于传说中的英雄扎里勒说:"扎里勒在达伊迪亚河岸威武地端坐在马上,他以100匹马、1000头牛和10000只羊祭献于河神。他祈求河神:'主宰澄清奔腾的河水之神啊,请保佑我在战场上战胜追随恶魔、长有一副长爪、栖身于八个地洞的胡姆亚克,也保佑我战胜说谎的阿勒贾斯布(传说中国王的敌人)'。"从它神话传说的一面看,在第55节《亚斯纳》里,扎鲁托什特(拜火教创始人)说,"苏摩,你好。请告诉我,是谁最早创造的你?他为此得到了什么酬报?纯洁而使人长生不老的苏摩回答道,在世上,唯万格罕第一次创造了我。他喜生贵子贾姆希德。贾姆希德的双眸似太阳般明亮,他在世上领有牛羊畜群。他当政时,牲畜与百姓永不死亡,河水长流,食物丰美,草木郁郁生长。"

中古波斯语,特别是巴列维语文献中保存了大量的古代神话传说。公元8—9世纪,用巴列维语翻译和诠释拜火教经典的《巴达赫什》,是拜火教的创世纪说,其中描述了天神创造矿物、植物和动物的过程。另外,同一时期或稍晚的《丁卡尔特》《佐多斯帕拉姆选集》《巴列维语传说故事》《巴列维语文集》以及《万迪达德译释》等作品,也都保留了伊朗在伊斯兰化以前的神话传说。《1000个故事》是闻名世界的《一千零一夜》的素材来源之一。

伊朗古代大诗人菲尔多斯（公元940年—1020年）的不朽史诗《列王记》，是波斯神话与历史结合的集中反映，其中许多神话传说、人物和故事都可溯源到《阿维斯塔》。《列王记》主要内容大概可分为神话传说、勇士故事和历史故事三大部分。神话部分描写了开天辟地、人类起源、文明萌芽、农耕起始、衣食制作、政权更迭等，包罗万象，十分丰富。在记述古代波斯王朝的兴衰嬗变的同时，还塑造了众多生动饱满的人物形象，1000多年来对波斯语文学的创作产生了极其深远的影响。史诗中的俾什达迪扬和凯扬两个王朝都是传说中的王朝，菲尔多斯在那史诗中以雄奇瑰丽的笔法描绘了一幅幅远古时代人与人、人类与自然之间相互斗争又相互依存的生动画卷。

中伊历史上的交往

中伊两国在阿契美尼德王朝和安息王朝的安努希尔王朝时期，甚至在萨珊王朝的阿巴斯一世时期就有共同的边界。

公元前4世纪，中国丝绸开始西传，经过波斯转运到希腊、罗马和阿拉伯等地区。地中海东岸生产的玻璃制品及装饰品等也经波斯传入中国。中国人、阿拉伯人、欧洲人等均聚集在波斯进行贸易。那里成为中西方交往的中间地带,也成为中西物资的集散地。

据史料记载,先秦时期,中国和西亚各国之间就已经有了经济和文化交往。黄河流域汉文化的鼎在公元前2世纪时便传入波斯等地。

公元前139年到公元前126年,张骞率100多人的使团第一次出使西域。张骞在大夏了解到安息是个有"大小数百城,地数百里"的大国。回国后,他把所见所闻上奏汉武帝。那篇奏文是中国古代对波斯最早的文字记载。张骞的出使,实现了"凿空西域"、打通中国经波斯到东罗马的交通线,即举世闻名的"丝绸之路"。

据《西亚北非百科全书》记载,安息王朝的米特里·达斯特二世国王是第一位与中国建立正式关系的波斯君主。公元前115年,张骞奉命率领300多人第二次出使西域时,其中的一位副使访问安息受到欢迎和盛情接待。据《史书》记载:"汉使至安息,安息王令将两万骑迎于东界。东界去王都数千里。行至此,过数十城,人民相属甚多。汉使还,而后发使随汉使来观汉广大,以大鸟卵及黎轩善眩人献于汉。"这是中国古代文献中关于西汉与安息两个王朝之间正式建立友好关系的第一次记载。《史记》还对安息做了进一步的记述:"安息在大月氏西可数千里。其俗土著耕田,田稻麦,葡萄酒。城邑如大宛,其属大小数百城,地方数千里,最为大国。

归沩水。有市民。商贾用车及船，行旁数国，或数千里。以银为钱，钱如其王面。画草旁行，以为书记。"当时的安息国王迈赫尔达德二世与汉武帝是同时代人，都是两盛邦雄才大略的帝王。

东汉时期，班超出使西域，曾在公元97年派人到波斯。安息国王佛罗格斯二世随后派使臣访问中国，并赠送狮子、符拔（独角兽）等。

公元148年，安息国王满屈的王子安世高来到洛阳，此后在中国生活了近30年。他自幼聪颖好学，博览国内外典籍，通晓天文、地里、占卜、推步等术，特别是精通医学。由于他自幼信奉佛教，当他即将继位时，却出家修道，让王位于他的叔叔。他到中国后不久即学习了汉语，并着手翻译佛教典籍。据晋代道安编纂的《众经目录》记载，安世高翻译的典籍共有35种，合41卷，被称为东汉末期佛教翻译家。他对传播佛教以及对中伊和中印文化交流做出了积极贡献。后来，他又到广州、庐山、扬州和洛阳等地游历。

据《魏书》记载，从公元445年—552年期间，波斯的萨珊王朝十多次派遣使节访问中国，有的使团达数百人之多。据伊朗史书记载，萨珊王朝时期有两位国王访问过中国。中国也多次派遣使臣访问波斯的萨珊王朝。公元516年，魏孝明帝派宋云出使西域长达11年之久，其中就到过波斯。

隋炀帝时期和波斯交往进一步密切。隋炀帝曾派李煜出使波斯。波斯国王库斯劳二世也派使臣访问过中国。

　　唐朝是中国与波斯和阿拉伯地区交往最频繁的时期。唐朝当时是东方最强盛的国家，也是东方政治、经济、文化和科技的中心。世界上许多国家的人士纷纷到唐朝客居，当时在长安、洛阳、广州、泉州、扬州等地约有10多万波斯人和阿拉伯人。他们中有来经商的，也有来留学的，有的人还在唐朝的宫廷里做了官。7世纪中叶，阿拉伯人入侵波斯，波斯萨珊王朝被阿拉伯人打败，末代国王亚兹德·盖尔德的王子俾路兹带着王室成员及部下于651年到长安客居，唐高宗封他为右武卫将军。俾路兹死后，他的儿子尼列斯在长安组织了流亡政府，自称国王。时至今日，在唐高宗李治和武则天墓前石雕群里还有俾路兹王子的石雕像。此外，658年，波斯大酋长阿罗罕到中国客居，由于他才干非凡，受到唐高宗的重视，李治曾派他作为中国使臣访问东罗马等国。他在唐朝任职多年，被封为将军，710年他95岁时在洛阳去世。阿罗罕的墓碑现在还保存在洛阳，碑上刻着"大唐故波斯大酋长、右屯卫将军、上国柱、金城郡开国公、波斯金丘之铭"。754年，波斯托波斯坦的胡鲁汗将军派他的儿子到中国，后留在唐朝任"右武卫员外中郎将"。唐朝名将李元良也有波斯血统，智勇双全，在宫廷任侍卫，后被封为上将军。唐末诗人李旬也是波斯人的后裔，号称李波斯。《全唐诗》里收集有他的几十首诗词，他还用中文撰写了珍贵的医书《海药本草》。据《册府元龟》记载，自公元647年—762年的百余年间，波斯派使臣到中国访问过28次。至今西安一些清真寺和墓碑上还能看到当时波斯人留下的遗迹。

宋朝时期，指南针被广泛应用于航海，中外海上交往迅速发展起来。中国船只从泉州、广州等港口出海，绕印度南端西行进入波斯湾或红海，往来不绝。繁荣的海上"香料之路"比路上的"丝绸之路"更方便。据有关史料记载，中国同西亚地区在宋朝300间的官方交往达40余次，其中波斯来访人员中既有使臣也有首领代表。

由于波斯客商来华定居日多，宋朝朝廷专为他们设立了藩坊和藩学，供他们集中居住和学习。在广州、泉州等地还兴建了规模宏大的清真寺，供穆斯林礼拜用。

蒙古人推翻了宋朝和黑衣大食后，在西亚建立了伊尔汗王国，成吉思汗第三个孙子旭烈兀成为国王。他的长孙忽必烈在中国建立元朝，并当了皇帝。这样，从中国到西亚及两河流域均处在蒙古人的统治之下，中西交通大动脉"丝绸之路"和海上"香料之路"因此均不受任何关卡阻挠，客观上有利于中国与波斯、阿拉伯和土耳其等各国的交往。旭烈兀的儿子阿尔刚·汗继位后，元朝派政治代表常驻伊尔汗王国都城大不里士。元朝和伊尔汗王国的交往甚密，伊尔汗的国王阿鲁混的妻子病亡后，请元朝选派蒙古族姑娘为其配偶。当时在华的意大利人马可·波罗奉命带领600余人，分乘14条大船护送17岁的阔阔真前往波斯。据《史记》记载，元朝还派礼部尚书忽都帖木儿访问波斯，波斯国王卜赛因随后也遣使来华访问，并向中国皇帝赠送礼物。公元1297年，法克尔丁等人奉伊尔汗国王之命，从海路来华访问，献"珍珠异物、虎、豹等兽"。中国大旅行家汪大渊在至正年间曾两次出游10多个国家，其中就到过波斯湾的一些国家。他根据所见所闻写了《岛夷志略》一书。伊尔汗王国的都城大不里士是当时西亚商业和文化中心，中国人、阿拉伯人、土耳其人、欧洲人等都汇集在那里。中国的工匠、画师还参加了大不里士的城市建设。波斯史学家拉希德·丁·法杜拉是合赞·汗国王的史官，他与中国的孛罗丞相合作编写了一部《史集》。伊朗另一位古代史学家费尼在伊尔汗王国时期写的世界名著《世界征服者史》，详细记述了中国与波斯、阿拉伯地区的交往情况。

明朝曾派使臣傅安和北平按察使陈德文访问波斯。沙哈鲁国王也多次派使臣访问中国。1417年明成祖派300多人的使团访问波斯。《明史》还记录了明成祖给沙哈鲁国王的"敕谕"。哈吉·盖耶素丁在其所著的《沙哈鲁遣使中国记》里记载，公元1419年由沙哈鲁的王子率领460多人的友好使团访问中国，在京城留居了半年之久。郑和在28年的航海生涯中七下西洋，曾在1412年和

1430年两次到忽尔漠斯（霍尔木兹）。

清朝时期，中伊两国交往日渐凋零，基本中断了。

中伊古代经济和文化交流

贸易往来

在中国和伊朗2000多年的友好交往中，经济和文化交流非常突出。中伊两国的经贸关系始于中国的春秋战国和伊朗的阿契美尼德王朝（公元前550年—331年）时期。丝绸之路是当时世界上最长的陆上商路，长约7000公里。地处丝绸之路中间地带的波斯是中西国际交通大动脉上的贸易集散地，同时也是经济交流的中转站。古代波斯对中西经济和文化交流起到了积极作用。

中国最早流入西亚地区的尚品是丝绸和瓷器。那里的土特产，如玻璃、玛瑙、香料、乳香、鸵鸟、斑马、胡羊、狮子、犀牛及一些蔬菜和水果等也相继通过丝绸之路传入中国。这些特产有的是使臣贡献的礼品，有的是波斯或阿拉伯商人贩运到中国的。据史料记载，8世纪至15世纪，从事国际贸易最为活跃的是波斯人和阿拉伯人，他们的主要贸易对象国是中国。

苜蓿、葡萄、阿月浑子、无花果、波斯枣（椰枣）、胡麻、无石子和阿魏等植物和水果也是从波斯传入中国的。张骞把中国的肉桂传入波斯和阿拉伯地区。一些学者认为，桃和棉花也是经古代商人从中国传入波斯的。公元2世纪初蔡伦发明了造纸术，公元793年波斯在中国工匠的直接传授下出现了造纸作坊。1294年，元朝统治者把纸币传入波斯，同年中国的木版印刷术第一次在大不里士用于印刷钞票。

唐朝把火药用于兵器，波斯人把得到的中国的硝称为"中国雪"。

文化交流

元朝时，波斯语在宫廷曾流行一时。阿拉伯著名旅行家伊本·白图泰在游记里写道："中国皇后邀请白图泰乘船游玩，船上有乐师奏乐，并伴有波斯语、阿拉伯语和汉语的歌声。当一段伴有萨迪抒情诗的波斯乐曲结束后，皇后大喜，下令再奏一遍。"据说，100多年前还有1000多伊朗人生活在西安。南京的一位学者迄今已从汉语词汇中找出了700多个与古波斯语和现代波斯语有关的词汇。

阿契美尼德王朝时期，著名波斯画师莱伊曾到中国，把波斯的细密画技法介绍给中国，并留下许多壁画。公元3世纪的摩尼深受中国艺术的影响，把细密画技法与中国工笔画技法相糅合，创立了新的绘画技法。摩尼死后，他的许多追随者流亡到中国和中亚地区，带去了摩尼派绘画的新技法。蒙古人入侵波斯后，中国与波斯之间再次建立起文化联系，两国的绘画出现了新的结合。在那个时期，波斯的传统绘画出现了飞云卷、交叉的树干、峭石、原野等新内容，表明东方绘画风格对波斯细密画的影响。波斯石雕对中国石雕雕刻技法也有不小的影响。

杂技是由安息传入中国的，波斯的箜篌、琵琶等乐器在西汉时期也是从波斯传入中国的，后来还有唢呐等。波斯的马球在 7 世纪中叶传入中国，长安附近的唐皇孙子墓就有表现马术的壁画。

医学互鉴

中国的医学从波斯人和阿拉伯人的医学宝库中吸取了许多先进技术，如外科术、回回药等。中国的医术也被波斯人所学，晋朝王叔和的《脉经》被古代波斯医学家翻译成波斯语，1293 年的波斯语译文手抄本现保存在伊朗。古代波斯人的后裔李旬在唐朝撰写了《海药本草》，明朝医学家李时珍写《本草纲目》时曾引用该书。13 世纪拉希德编著的《伊尔汗的中国科学宝藏》一书就吸收了王叔和的《脉经》理论。

伊朗漫记四：面面观

宗教交往

历史上，曾有数万波斯人来华定居，他们也把自己的宗教信仰带到中国并传播。拜火教大约在6世纪萨珊王朝时期传入北魏，当时被称为波斯教，先后在北齐、北周、隋朝、唐朝时代广为流传，古代东西两京及镇江等地都建有祆祠。波斯人摩尼在公元3世纪创立摩尼教，其教义《二宗教》于公元694年由教徒携带传入中国，中国称为明教，并在长安兴建大云光明寺，在荆、洪、扬、越和洛阳、泉州等地也建有摩尼教寺庙，现在泉州还保留着古代修建的摩尼教寺院。在敦煌莫高窟发现的汉文摩尼教经现存国家图书馆，是国内保存最完整的摩尼教经。诗人陆游认为，张角和方腊的起义都是摩尼教的组织形式。公元148年，安息王子安世高把《道德经》等30多部梵文佛经翻译为中文。波斯血统的安玄和中国佛师严佛调合译了《法镜经》等经书。

现在中国穆斯林的日常宗教用语中还保留着不少波斯语词汇，表明波斯人在中国促进了伊斯兰教的传播。许多中国穆斯林都知道撒马尔罕、布哈拉、木鹿、尼沙普尔、花剌子模、赫拉特等地一些名人的陵墓。

中伊两国的近现代交往

近代以来，当西方列强强加给中国的不平等条约体系化的时候，伊朗的凯加王朝在1920年与中国签署了两国友好条约，并商定互派外交官等事宜。但由于当时双方各自忙于内部事务及处理与列强的关系，没有互派使节和互设使馆，但《中国与波斯王国友好条约》却是中国近代以来对外签署的第一个平等条约。1945年9月中国人民抗日战争刚刚取得胜利不久，伊朗在重庆设立了公使馆，是少数几个在中国人民抗日战争及世界反法西斯战争取得胜利后在中国设立外交机构的国家之一。

1971年8月16日，中伊建立外交关系后，两国关系发展顺利。特别是1979年4月1日伊朗伊斯兰共和国成立后，两国关系步入了新的发展阶段，高层互访频繁，政治、经济、贸易、文化、军事、宗教，以及议会、政党交往关系日益紧密。

2003年以后，虽然伊朗由于核问题不断受到国际制裁，两国政府、议会间交往有所减少，经贸与军事合作受阻，但是政党交往异军突起，不仅有效地维护和巩固了两国政治互信基础，而且开辟出新的合作领域。2010年以后，在国际金融危机不断发酵，西方对伊朗金融制裁的绳索不断收紧，我党高层领导人先后访伊，与伊朗高层就进一步推动双边关系发展达成了广泛一致，有效巩固了双方的战略互信。2012年9月吴邦国委员长访问伊朗，在困难的时期把两国关系推上了一个新台阶。近年来，两国元首在不同场合多次会晤和会面，探讨两国关系发展的新路径，助推两国关系全面持续发展。2016年1月23日，习近平主席访问伊朗，两国宣布建立全面战略合作伙伴关系，使两国关系站在了历史的新起点上。相信在两国领导人的共同推动下和在"一带一路"合作框架下，两国政府、议会、政党、经贸、军事、文化、旅游等各领域的全方位交流与合作会更加顺畅，两国人民之间的友谊之花会绽放得更加绚烂。

附：伊朗大事年表

史前时期

据考古发掘证明，在距今10万年前的旧石器时代中期，伊朗西部就有人类居住。

伊兰王国

公元前3000年上半期，居住在伊朗高原西南部卡伦河流域的土著民族伊兰人建立了以现今伊朗高原南部地区为中心的国家。公元前1176年伊兰王国攻陷巴比伦，公元前639年被亚述王国推翻。

米提亚王国（前639年—550年）

公元前2000年左右，一些印欧雅利安人部落从中亚南迁到伊朗高原，并逐渐与当地土著民族融合，形成了伊朗人的主体。公元前10世纪中叶，伊朗西北部的米提亚部落强盛，建立了伊朗历史上第一个雅利安人的国家——米提亚王国，定都现今伊朗西北部的哈马丹，公元前7世纪成为东方大国。公元前6世纪初，征服伊朗西南的波斯部落，并于公元前612年征服亚述王国。公元前550年被波斯帝国征服。

波斯帝国（前550年—前330年）

公元前6世纪，阿契美尼德部落首领居鲁士统一波斯各部落，征服米提亚王国，建立了阿契美尼德王朝，称波斯帝国，定都现今伊朗西南部的苏萨。第三代国王大流士一世（前522年—前486年）统治时期达到鼎盛，疆域东起印度河流域，西至巴尔干半岛，北起亚美尼亚，南至埃塞俄比亚，包括约70个民族，5000余万人口，成为世界上第一个地跨亚非欧三大洲的帝国。公元前5世纪下半叶，由于常年征战，帝国开始衰落。公元前490年，波斯军队在著名的马拉松战役中惨败于雅典城外。

亚历山大帝国（前330年—前312年）

公元前334年，希腊人马其顿·亚历山大率军东侵，于公元前330年攻占波斯全境，建立了历史上继波斯帝国之后的第二个地跨欧亚非三大洲的帝国，疆域东起印度河平原及费尔干纳盆地，西抵巴尔干半岛包括整个希腊和马其顿，北起中亚南部、里海和黑海，南达印度洋和非洲北部及埃及，具体包括现在的希腊、马其顿、保加利亚、阿尔巴尼亚、塞浦路斯、埃及、土耳其、黎巴嫩、叙利亚、巴勒斯坦、约旦、科威特、伊拉克、伊朗、巴基斯坦、阿富汗全境或大部。亚历山大帝国的统治基本上沿袭了波斯帝国的旧制，吸收并改进了波斯帝国的行政区划及管理体制。

塞琉西王国（前312年—前129年）

公元前323年，亚历山大去世，帝国分裂，其部将塞琉西于公元前312年建立起以现今叙利亚为中心的塞琉西王国；全盛时期疆域包括小亚细亚、叙利亚、两河流域、伊朗和中亚的一部分地区。公元前129年，塞琉西的军队被波斯人打败。

伊朗漫记四：面面观

安息王朝（公元前 129 年—公元 224 年）

公元前 250 年，伊朗帕提亚人在霍拉桑和古尔甘等地开始反对塞琉西王国统治的斗争，并于公元前 120 年建立安息王朝，盛极一时，定都巴格达东南 32 公里、底格里斯河左岸、当迪亚拉河口处的泰西封。后因长期与强敌罗马帝国作战导致内部分裂，公元 1 世纪起逐渐衰落，公元 224 年被萨珊王朝取代。

萨珊王朝（224 年—651 年）

萨珊王朝建立后，定都现今伊朗西北部的大不里士，尔后占领安息王朝全境并继续向东扩张至印度河中上游，是古代伊朗最辉煌的时期之一，奉拜火教（祆教）为国教。因长期与罗马帝国和拜占庭帝国作战，疆域常有变化，但一直控制着现今的伊朗、伊拉克的两河流域、土库曼斯坦南部、阿富汗、巴基斯坦西部广大地区。由于 200 多年间一直处于征战中，导致民不聊生，加上内部封建割据，人民起义，以及中亚游牧部落和阿拉伯人入侵，逐渐衰落，651 年被阿拉伯帝国推翻。

从 7 世纪萨珊王朝灭亡到 16 世纪萨法维王朝建立的 900 年间，古代伊朗先后被阿拉伯人、突厥人和蒙古人统治。

阿拉伯帝国统治时期（651年—11世纪初）

651年，波斯被阿拉伯帝国征服后，成为阿拉伯帝国的一个行省，皈依伊斯兰教。先后经历伍麦叶王朝（661年—750年，白衣大食，都城大马士革）和阿拔斯王朝（750年—1258年，黑衣大食，都城巴格达）统治。9世纪起，阿拉伯帝国的阿拔斯王朝日渐衰落，波斯境内及其附近地区相继出现了一些独立或半独立的地方封建王朝，与巴格达分庭抗礼。

其中有塔希尔王朝（820年—872年），辖地从霍拉桑到印度边境，都城先在今土库曼斯坦巴伊拉姆河附近的木鹿，后迁到伊朗东北部的尼沙布尔。萨法尔王朝（867年—903年），占据法尔斯、克尔曼、霍拉桑、锡斯坦、巴里赫、突霍罗斯坦（今阿富汗东部地区）和信得等地，开始定都西吉斯坦的基陵城，873年征服塔希尔王朝后，定都尼沙布尔。萨曼王朝（874年—999年），波斯人推翻萨法尔王朝后建立的王朝，先后定都布哈拉、撒马尔罕和木鹿，10世纪成为中亚、西亚乃至世界的军事强国之一，领土以现今的乌兹别克斯坦为核心，包括哈萨克斯坦、土库曼斯坦、塔吉克斯坦、阿富汗和伊朗的大部，并与控制着波斯西南部的布韦希王朝相邻。萨曼王朝的经济和文化发达，与东西方各国的商业关系密切。布哈拉和撒马尔罕作为文化中心毫不逊色于当时的巴格达。萨曼王朝出了不少著名学者，如医学家拉齐和阿维森纳（伊本·西纳）、地理学家比鲁尼、诗人鲁达吉、欧玛尔·哈亚姆和菲尔多斯，以及数学家、天文学家霍拉子弥等，其中菲尔多斯的《列王记》影响至今，霍拉子弥提出的地球太阳运转学早于哥白尼的日心学说数百年。加兹尼王朝（962年—1186年），突厥人脱离萨曼王朝自立的王朝，但名义上仍承认萨曼王朝的宗主权，直到999年萨曼王朝灭亡；控制伊朗东部、阿富汗、印度河流域等地。999年萨曼王朝灭亡后，成为盛极一时的中亚帝国，占据着现今伊朗的大部、土库曼斯坦、乌兹别克斯坦部分地区、阿富汗、巴基斯坦和印度北部等广大地区，都城加兹尼。布韦希王朝（又称"白益王朝"，923年—1055年），波斯人建立的王朝，占据伊朗西南部、胡齐斯坦、法尔斯和克尔曼等地，都城设拉子。945年，布韦希人进入阿拉伯帝国阿拔斯王朝的都城巴格达，成为那里的实际统治者达一个世纪。极盛时期的疆域广阔，几乎与萨珊王朝时期相当。后由于内部分裂，1055年塞尔柱人攻占巴格达后，布韦希王朝灭亡。

塞尔柱突厥人统治时期（11世纪初—12世纪末）

11世纪初，塞尔柱突厥人（突厥乌古斯部落联盟的一支土库曼人）在中亚兴起，先后征服巴格达、叙利亚和拜占庭帝国，建立起一个包括伊朗、美索不达米亚、小亚细亚大部分以及叙利亚和巴勒斯坦等在内的帝国，都城尼沙布尔。马利克国王在位的20年（1072年—1092年）为极盛时期，其东部疆界接近新疆。1092年马利克国王死后，诸子纷争，帝国四分五裂。

花剌子模王国（12世纪末—13世纪中叶）

1194年，中亚的花剌子模王国攻占伊朗东北部，13世纪初攻占伊朗全境，极盛时期的疆域包括现今的伊拉克东部、巴勒斯坦、乌兹别克斯坦、土库曼斯坦、塔吉克斯坦、哈萨克斯坦、吉尔吉斯斯坦、阿富汗以及锡尔河与阿姆河之间的河中地区。中心城市为乌尔坚奇，后为蒙古人所灭。

伊尔汗国（1258年—1335年）

1219年，成吉思汗率军西进，先后征服了花剌子模、中亚、亚美尼亚和阿塞拜疆等地。1258年，成吉思汗的孙子旭烈兀征服了阿拉伯帝国的阿拔斯王朝，建立了以伊朗为中心的伊尔汗国（蒙古帝国四大汗国之一），忽必烈称大汗时，旭烈兀承认其为宗主，直至忽必烈去世。伊尔汗国初定都城大不里士，但为设立民政机构，后迁都伊朗西北部的赞江。此后，当地蒙古人逐渐接受了伊斯兰教，吸收了波斯文明，并任用波斯人为行政官吏。1335年，由于权臣、部将各自拥立傀儡可汗，伊尔汗国迅速瓦解，分裂为占据波斯东部的阿富汗人的卡尔提德王朝，占据波斯西部的穆扎法尔王朝、蒙古人的札剌亦儿王朝和土耳其的楚邦王朝，并相互攻杀。14世纪末被帖木儿帝国所灭。

帖木儿统治时期（1380年—1405年）

西察合台汗国国王帖木儿（1336—1405年在位）在攻占中亚后，定都撒马尔罕。后于1380年至1393年征服伊朗全境，继而攻占美索不达米亚，并攻入印度，迁都赫拉特。1402年，帖木儿的军队征服奥斯曼帝国。1405年帖木儿死后,帝国迅速瓦解,统治范围仅限于锡尔河与阿姆河之间的河中地区及伊朗东部。在其后的近100年间,伊朗再次陷入各地封建王朝的纷争割据之中。

萨法维王朝(1502年—1722年)

是伊朗伊斯兰史上最辉煌的时期之一,是3—7世纪萨珊王朝后东部波斯与西部波斯首次实现完全统一,实现了波斯的复兴,定伊斯兰教什叶派十二伊马姆教派为国教,奠定了波斯特色的伊斯兰教与民族精神的统一,都城设拉子,后迁都伊斯法罕。极盛时期的版图东起霍拉桑,西至幼发拉底河流域,北抵卡拉库姆沙漠和咸海,南达波斯湾与阿拉伯海,包括伊朗全境、伊拉克大部分地域、土库曼斯坦、阿富汗的坎大哈与赫拉特及乌兹别克斯坦南部。阿巴斯一世时期,版图甚至远达库尔德斯坦和土耳其东部的迪亚巴克尔。可以说,萨法维王朝时期是伊朗从中世纪向现代时期过渡的中间时期。17世纪末,萨法维王朝日渐衰落。1722年,阿富汗的吉尔扎伊部落在首领马赫穆德的领导下,攻占萨法维王朝的都城伊斯法罕,并自立为伊朗国王。

阿夫沙尔王朝（1736年—1796年）

1736年，伊朗霍拉桑地区的部落首领纳迪尔·汗率军把阿富汗人驱逐出伊朗，建立了以马什哈德为中心的阿夫沙尔王朝。版图东至阿富汗和印度北部，西至巴格达，北接里海，南滨波斯湾。1737年—1738年，纳迪尔·汗率部征服了阿富汗大部分地区，1739年攻入印度卧莫尔帝国的首都并洗劫了德里，盗走了沙贾汗的孔雀宝座，抢走了两颗大钻石。纳迪尔·汗用从远征中掠夺的财富，在波斯大兴土木，鼓励文化，使波斯再次呈现出萨珊王朝全盛时期的繁荣景象。但是由于纳迪尔·汗的残暴统治，导致波斯各地经常爆发起义和暴动，最终在1847年被人暗杀。纳迪尔·汗国王被暗杀后，其子孙为争夺王位爆发内战，王朝实际控制区域仅限于霍拉桑及以东地区。1796年被凯加王朝所灭。

赞德王朝（1749年—1779年）

纳迪尔·汗国王被刺杀后，阿夫沙尔王朝内部四分五裂，各路诸侯纷纷称王，其中纳迪尔·汗的将军卡里姆·汗（1749年—

1779年在位）建立了以设拉子为首都的赞德王朝。经过多年战争，赞德王朝占据了除霍拉桑及以东地区以外的阿夫沙尔王朝的所有地域。1779年卡里姆·汗死后，赞德王朝分裂，1794年被凯加王朝所灭。

凯加王朝（1796年—1921年）

在赞德王朝陷入混乱的时候，伊朗东北部的凯加部落首领阿加·默罕默德·汗趁势扩张，1794年推翻赞德王朝，1796年阿加·默罕默德·汗加冕为国王，建立凯加王朝，定都德黑兰。凯加王朝初期，西方列强加大了对伊朗的争夺。19世纪初，英国对伊朗发动战争，实际控制了伊朗南部，导致伊朗割地赔款并承认阿富汗独立。同时，沙俄对伊朗发动了三次战争，控制了伊朗北部。此后法国、奥地利、美国等相继强迫伊朗签订不平等条约。19世纪下半叶，英、俄攫取了在伊采矿、筑路、设立银行、训练军队等特权。1905年伊朗爆发立宪运动，开始实行君主立宪制。1907年—1915年，英、俄两次瓜分伊朗，北部和南部分属沙俄与英国势力范围，中部为缓冲区。随着欧洲列强侵略的深入，伊朗逐渐沦为半殖民地国家，社会经济衰落，封建统治专横残暴，多次爆发人民起义。

巴列维王朝（1925年—1979年）

1921年2月，波斯哥萨克旅旅长礼萨·汗·巴列维发动政变，自任首相。1925年12月，议会罢免凯加王朝末代君王艾哈迈德，礼萨·汗·巴列维拥军权自立为王，建立巴列维王朝。礼萨·汗在位初期，对内采取了一些发展社会经济的措施，但同时大肆实行个人独裁，残酷迫害进步人士。对外注意改善与邻国的关系。1921年，与苏俄签订协议，废除了沙俄与伊朗签订的不平等条约。1927年，宣布废除与外国签订的所有不平等条约，以及外国在伊朗的领事裁判权，并实行自主关税。1935年改国号波斯王国为伊朗王国。第二次世界大战前，礼萨·汗采取"以德制英"政策，与德国保持密切关系。1941年英国和苏联出兵伊朗。礼萨·汗被迫放弃王位，移居毛里求斯（1944年死于南非），其长子穆罕默德·礼萨·巴列维（1941年—1979年在位）继位。1941年12月，太平洋战争爆发后，美国向伊朗派驻军队，协助盟军通过伊朗转运军需物资给苏联。1942年1月，英国、苏联与伊朗签订同盟条约。1943年9月，伊朗对德宣战。同年11月，美、英、苏三国首脑在苏联驻伊朗大使馆举行三巨头会议，讨论开辟欧洲对德"第二战场"事宜。德黑兰会议发表的宣言宣布，保障伊朗战后的主权、独立和领土完整，并允提供经济援助。二战结束后，伊与英美关系密切，英美对伊在政治、军事上给予大力支持和帮助，同时也控制了伊朗的经济命脉。1951年，"民族阵线"领导人摩萨台出任首相，宣布实行石油国有化，巴列维国王与其发生严重分歧，于1953年8月16日离开伊朗。8月19日，巴列维在美国支持下发动政变，推翻摩萨台政府，重返伊朗。巴列维回国后大权独揽，对内采取高压政策，"萨瓦克"（秘密警察）组织遍布全国；对外投靠美国，损害民族利益，导致政局动荡，内阁多次更迭，先后撤换23位首相。上世纪60年代初，巴列维以发展社会经济为名，发动以推动世俗化和现代化为核心的"白色革命"（土地革命）。由于计划过于庞大并触及宗教阶层利益和传统伊斯兰习俗等原因，经济发展严重失调，贫富悬殊加剧，社会、宗教等各种矛盾激化，各地反国王声浪不断升级。同时，以霍梅尼为首的宗教人士也掀起了反对巴列维国王统治的斗争，历时十余年。1979年1月，巴列维离国出走。2月1日流亡巴黎的宗教领袖霍梅尼回国，2月5日，霍任命"自由运动"领袖迈赫迪·巴扎尔甘为临时政府总理，并于2月11日接管了政权，这一天被定为伊朗伊斯兰革命胜利日，巴列维王朝覆灭。

伊朗伊斯兰共和国（1979年以后）

1979年4月1日，霍梅尼宣布建立伊朗伊斯兰共和国，对内全面实行伊斯兰化，逐步确立了政教合一、神权统治体制。1979年11月4日，伊朗学生为抗议美国同意流亡的巴列维到美国治病，占领了美国驻伊朗使馆，并扣留了52名人质，长达444天。美国于1980年4月7日宣布与伊朗断交，并开始对伊朗进行经济制裁，伊朗的国际处境渐陷孤立。1980年1月，迈赫迪·巴扎尔甘临时政府的财经部长阿布·哈桑·巴尼萨德尔当选首任民选总统，并兼任武装部队总司令。1980年6月，被免去总统兼武装部队总司令职务，并被通缉。同月，赛义德·阿里·哈梅内伊当选总统。1980年9月22日，伊拉克萨达姆政权发动两伊战争；1988年8月15日，伊朗政府宣布接受联合国598号决议，两伊战争终止，历时近八年。1989年6月4日凌晨，霍梅尼去世，原总统哈梅内伊当天被专家会议推举为最高领袖，不久后原议长阿克巴尔·哈什米·拉夫桑贾尼当选总统。拉夫桑贾尼执政后，议会修改宪法，进行审慎改革，首先改总理内阁制为总统内阁制；同时积极推行务实政策，着手开始战后重建工作。1993年，拉夫桑贾尼蝉联总统。1997年温和、开明的宗教人士、国家图书馆馆长赛义德·默罕默德·哈塔米当选为第七届总统。哈塔米执政后，倡导改革。对内大力发展民主政治，对外奉行"消除紧张、文明对话"政策，伊朗政治、社会、文化、思想和外交领域均发生深刻变化，与西方关系有所缓和。2001年6月，哈塔米蝉联总统。因2002年底核计划曝光，伊朗受到美西方的抵制与制裁。2005年6月，艾哈迈迪·内贾德当选总统，对外奉行强硬政策，与美西方关系紧张。2009年6月，艾哈迈迪·内贾德蝉联总统。2013年6月，伊朗前核谈判首席代表哈桑·鲁哈尼当选总统。同年11月推动伊朗与伊朗核问题六方达成阶段性协议。2015年7月，伊朗与六方达成全面协议，与西方国家关系开始缓和。

后记

伊朗是一个历史悠久的文明古国,中国作为东方的文明古国,两国在历史与现实中从未有过恩怨与冲突,丝绸之路如同一条绚丽的纽带,将两国人民紧密地连接在一起。同时,两国具有许多共同特征。

首先,两国都是具有5000年以上有文字记载的文明古国,为世界文明的发展做出过杰出贡献。中国古代指南针、火药、造纸术和活字印刷等四大发明,以及医学、航海、建筑技术方面取得的成就,为人类文明和进步做出贡献。伊朗在医学、天文学、数学和工艺方面也取得过闻名于世的成就,其中波斯医学家阿维森纳在11世纪所著的《医典》,对亚欧各国医学发展有着重大的影响。

其次，两国都有着悠久的传统文化，中华文学与波斯文学相映成趣，各具特色。中国古代有屈原、李白、杜甫、白居易等诗人和文学家，伊朗先后有哈亚姆、哈菲兹、菲尔多斯和萨迪等著名诗人与散文家；中国诗歌以韵律诗歌为主，伊朗文学以散文和散文体诗歌为特色；中国有《萨格尔王传》《江格尔》《玛纳斯》等散文体诗歌，伊朗有《列王记》《蔷薇园》等史诗与散文，都是世界文坛的瑰宝；中国古代有《孙子兵法》，伊朗有政策谋略之书。

第三，两国都保留着在重要民族节日前后各自独具特色的民族习俗。中国春节前后有清扫、祭拜、家庭团聚和走亲串友以及祈福平安等习俗；伊朗有伊历新年前清扫、用麦苗或豆苗等绿色装饰、家人聚会和互拜亲戚朋友、祭拜亡灵，以及节后扔麦苗、跳火堆祈福平安等习俗。另外，两国老辈人都有坐茶馆喝茶、听说书的爱好，不同的是中国人以喝绿茶、抽旱烟为主，伊朗人以喝红茶、抽水烟为乐。

第四，两国都经历过外敌入侵，惨遭蹂躏的民族屈辱的历史。先有伊朗遭受马其顿帝国亚历山大军队铁蹄的践踏，摧毁波斯帝国春都"波斯波利斯"（贾姆希德宝座）的悲剧，后有中国遭受西方八国联军依靠船坚炮利入侵火烧北京圆明园的屈辱。这两处闻名于世、迄今依然保留着的残垣断壁，在向世人诉说着难以忘却的过去。

第五，两国在同一年先后跨入了新的发展时期。上世纪70年代末，中国开始进行改革开放，为经济社会发展带来新的动力。伊朗在取得伊斯兰革命胜利后，也在向世界开放。所不同的是，中国完全打开了大门，笑迎四方客；而伊朗则由于美国和西方的封锁与制裁，国门总是在半开半合的状态。但无论如何，伊朗伊斯兰革命推翻了巴列维王朝，建立起共和国摆脱了羁绊，迎来了快速的发展时期。